ハヤカワ・ミステリ

LUCY FOLEY

ゲストリスト

THE GUEST LIST

ルーシー・フォーリー

唐木田みゆき訳

TOKYO
HAYAKAWA
BOOKS

A HAYAKAWA
POCKET MYSTERY BOOK

THE GUEST LIST
by
LUCY FOLEY

Translated by
MIYUKI KARAKIDA
First published 2021 in Japan by
HAYAKAWA PUBLISHING, INC.
This book is published in Japan by
arrangement with
LOST AND FOUND BOOKS LTD
c/o CURTIS BROWN GROUP LIMITED, LONDON
through TUTTLE-MORI AGENCY, INC., TOKYO.

装幀／水戸部 功

ケイトとロビーへ。女の子がこれ以上望めないほどよく助けてくれる姉妹
……この本の人たちと少しも似ていなくてよかった！

ゲストリスト

登場人物

イーファ…………ウェディング・プランナー

ジュール…………花嫁。ウェブ雑誌〈ザ・ダウンロード〉の創設者

ウィル……………花婿。サバイバル番組の主演スター

オリヴィア………花嫁介添人《ブライズメイド》。ジュールの妹

ジョンノ…………花婿介添人代表《ベストマン》。ウィルの親友

チャーリー………ジュールの親友。教師

ハンナ……………チャーリーの妻

フェミ／**アンガス**／**ダンカン**／**ピーター**………花婿介添人。ウィルの旧友

現在
婚礼の夜

明かりが消える。

一瞬で、すべてが闇に呑まれる。バンドが演奏をやめる。大テントのなかで招待客たちが悲鳴をあげ、互いにしがみつく。卓上のキャンドルの光は混乱に追い打ちをかけ、いくつもの影法師を帆布の壁に走らせるだけだ。どこにだれがいるのか見えず、だれが何を言っているのか聞き取れない。声をあげる客たちの頭上で風が狂ったように吹き荒れる。

外は嵐だ。嵐がそこらじゅうで咆哮してつづけざまに大テントを打つ。打たれるたびに、テント全体が金属のうめき声をあげながら体を丸めて震えているかに見え、招待客たちが怯えて縮こまる。テントの入口では開閉用のロープとフラップがはずれている。そこを照らすオイルトーチの炎がせせら笑う。

恨みでもあるのか、この嵐は。まるでこの日のために激しい怒りをためこんできたと言わんばかりだ。

電気のショートはこれがはじめてではない。さっきは消えた明かりが数分でついた。客はふたたびダンスに興じ、酒を飲み、薬物を摂取し、乳繰り合い、食べ、笑い……停電のことなどまったく忘れていた。

どれぐらい経ったのだろう。暗闇ではよくわからない。二、三分か。十五分か。二十分か。

全員がそろそろ不安になってくる。この暗闇にはどこか不吉で容赦のないところがある。闇のなかで何があってもおかしくないと思わせるような。

ようやく電球が明滅してともる。喝采が湧く。明るくなって見えたありさまに、こんどは全員が気恥ずかしくなる。攻撃から身を守ろうとするかのようにだれもがしゃがんでいたからだ。みんなで笑い飛ばす。こわかったわけじゃない、とひとまず自分を納得させる。

三張り連結した大テントの中、照らされたのは祝いの光景のはずだが、それは惨憺たるながめと言ったほうがいい。会食用のメインテントでは、ラミネート加工の床に土くれとワインがまき散らされ、白いリネンのあちらこちらに深紅色の染みがある。いたるところにシャンパンボトルが群れをなし、祝杯の夕べの証となっている。さびしげな銀のサンダルが一足、テーブルクロスの下からのぞく。

ダンス会場のテントのほうで、アイルランドのバンドが演奏を再開する。祝賀気分を取りもどすため、小気味のいい小曲だ。大勢の客がそちらの会場へ軽い息抜きを求めて急ぐ。もし一同が踊ったあとを注意深く見たら、裸足の客が割れたグラスを踏んでラミネートの床に血まみれの足跡を残し、それが乾いて赤茶けた染みになっているのに気づいたかもしれない。しかし、だれひとり気づかない。

ほかの客はメインテントの片隅になんとはなしに群れ、消え残ったたばこの煙のようにとどまっている。ここにいたくはないが、嵐がやまないうちは安全な大テントから出る気もしない。それに、だれひとりこの島から出られない。いまはまだ。風がおさまるまでボートは来ない。

あらゆるものの中心に巨大なケーキがそびえている。きょう一日全員の前で完璧な形を保ち、砂糖でできた葉が並んで照明の下で輝いていた。けれども、明かりが消えるわずか数分前、招待客たちはまわりに集まって、ケーキのはらわたを抜く儀式を見守った。いまは大きく裂けたケーキの内側に深紅のスポンジ生地が見える。

そのとき、外から新しい音が聞こえる。風の音と混同しそうだ。しかし、それは高く大きく響き、もう聞きまちがえようがない。

全員が動きを止める。顔を見合わせる。急にまた不安になる。さっき明かりが消えたときより怖気《おじけ》づく。

あれは恐怖の叫びだ。

前日

イーファ
——ウェディング・プランナー

ウェディングパーティーははじまっているも同然だ。もろもろのことがひとつギアをあげて走り出そうとしている。きょうは特別な招待客が集う婚礼前夜のディナーがあるので、実際は今夜が結婚式のスタートとなる。

食前酒のシャンパンは冷やしてある。ボランジェのヴィンテージを八本、それとディナー用のワインと木箱ふたつ分のギネスビール——すべて花嫁の指示どおり。わたしが口を出すことではないが、かなりの量だと思う。とはいえ、全員おとなだ。きっとおのれを律する方法を心得ているだろう。それとも、ちがうだろうか。あの花婿付添人《ベストマン》代表は少し危ないかもしれない

――正直言って、花婿付添人《アッシャー》全員がそうだ。それに、花嫁付添人《ブライズメイド》――花嫁の異父妹――がひとりで島を歩きまわっているのを見かけたけれど、前かがみになって速足で歩くさまが、何かを追い越そうとしているように見えた。

　こんな仕事をしていると、内輪の秘密がいろいろとわかってくるものだ。ほかのだれもが見ないはずのものを見る。招待客たちが聞きたくてたまらないゴシップのすべてを知る。ウェディング・プランナーとしては何ひとつ見落とすわけにはいかない。どんな細かい事情にも、水面下の小さな流れにも警戒を怠ってはならない。油断した場合、その流れのひとつが大きな激流となり、念入りな計画全体が崩れることがある。そして、もうひとつ――一番小さな流れが一番強いこともある。

　フォリー館の一階の部屋を見てまわり、今夜ちょうどいい熾火《おきび》になるように泥炭の塊を暖炉にくべる。フレディとわたしは湿地から切り出した泥炭を干して使うようになったが、やり方は何世紀も前と変わらない。泥炭を焚いたときのいぶした土のにおいはこの土地ならではの雰囲気を醸し出すだろう。お客様はお気に召すはずだ。真夏とはいえ、この島の夜は冷える。フォリー館の古い石壁はぬくもりを中に入れず、中の熱を保つのも不得手だ。

　いずれにしろ、このあたりの標準ではきょうは意外とあたたかかったが、あしたはちがうらしい。ラジオの天気予報の最後に風の予報があった。ここはあらゆる天候の打撃を受ける土地だ。嵐はしまいに本土へ到達するときより格段にひどく、まるでこの島で勢力を使い果たしてしまうかのようだ。まだ日が照っているが、午後には〝晴天〟から〝変わりやすい天候〟へと、廊下の古い気圧計の針がふれた。だから取りはずしておいた。花嫁に見てもらいたくない。とはいえ、彼女がそれでうろたえるような人物とは思えない。それよりも、腹を立てて責めるべき相手を探しそうだ。そして、だれが非難の的になるかはわかっている。

「フレディ」わたしは厨房のほうへ声をかける。「そろそろディナーをはじめる？」

「いいとも」フレディが返事をする。「準備万端だ」

今夜お出しするのは、コネマラ地方伝統の漁師風煮込料理をもとにした魚介のチャウダーで、スモークした魚とたっぷりのクリームを使ってある。はじめて訪れてこれを食べたとき、この島にはまだ人が住んでいた。今夜のチャウダーはふだんのレシピをさらに洗練させてあり、わたしたちがお迎えする洗練されたお客様にふさわしい逸品だ。少なくとも、お客様は自分たちをそんなふうに思いたいらしい。酔ったときにどうなるかはそのうちわかるだろう。

「それから、あしたのためにカナッペの準備をはじめないと」頭のなかのリストをざっとチェックしながらわたしは言う。

「いまやってる」

「それにケーキ。時間どおりに設置できるといいんだけど」

そのケーキには一見の価値がある。当然だ。どれほど値が張ったかわたしは知っている。花嫁はその値段を聞いてもまばたきひとつしなかった。きっと最高級品を買い慣れているのだろう。ケーキは深い紅のベルベットのようなスポンジ生地が四層になり、それを純白の砂糖ごろもが覆った上に砂糖菓子の青葉がちりばめられて、礼拝堂や大テントの装飾とよく合っている。非常に壊れやすい、花嫁の特別注文どおりに作られたケーキは、ダブリンの厳選されたケーキ店からここまではるばる旅をしてきた。無事に海を渡るのはなまやさしいことではなかった。もちろん、あしたになればケーキは壊される。しかし、最も大切なのはそのいっとき、結婚式だ。その一日だ。大勢の見解とはちがうが、結婚生活そのものはどうでもいい。

たしかに、わたしは人様の幸せを組み立てる仕事をしている。ウェディング・プランナーになった理由はそれだ。人生は手に負えない。わたしたちはそれをよく知っている。悲惨なことは起こるものだ。わたしは子供のころそれを学んだ。しかし、何があろうと人生は日々の連続にすぎない。人は一日より多い日々を思いどおりにできない。それでも、一日だけなら思いどおりにできる。二十四時間なら策を練ることができる。結婚式の日とは、時間をきれいにくるんだ小さな包みであり、そのなかでわたしは生涯大切にされる申し分のないもの、ちぎれたネックレスの一粒の真珠を創造する。

　フレディが汚れた縞柄のエプロン姿で厨房から現れる。「気分はどうだい」

　わたしは肩をすくめる。「ほんとうはちょっと緊張してる」

「だいじょうぶさ。何度もやってきたじゃないか」

「でも、今回はちがう。なにしろ相手は——」ウィル・スレイターとジュリア・キーガンからここで結婚式を挙げる依頼を受けたのは、じつに快挙だった。わたしは以前、ダブリンでイベント・プランナーをしていた。ここに拠点を移し、くずれかけた廃墟のフォリー館を寝室十室と食堂と客間と厨房がある優雅な屋敷に修復したのは、全部わたしの発案だった。フレディとわたしは常時ここに住んでいるが、ふたりだけのときはわずかなスペースしか使わない。

「落ち着いて」フレディが近づいてわたしを抱き寄せる。はじめは自分が硬くなっているのを感じる。こなすべき仕事のことばかり考えているいま、こんなことをしている暇はないとも思う。それでもやがて抱擁に身をまかせ、心地よいいつものあたたかさをありがたいと思う。フレディは抱き締めるのがじょうずだ。〝なでたくなるほどかわいい〟と人から言われそうなタイプだ。自分の作る食べ物が好きだ——それが仕事でもある。ここへ来る前はダブリンでレストランをやっていた。

「きっとうまくいく」とフレディ。「だいじょうぶさ。完璧な出来栄えになるよ」そして、わたしの頭のてっぺんにキスをする。わたしはこの仕事で多くの経験を積んできた。それでも、これほど大金が注ぎこまれたイベントを取り仕切るのははじめてだった。そのうえ、花嫁がとても好みにうるさい――公平な言い方をすれば、自分で雑誌を出しているという仕事柄のせいだろう。ほかの人間なら彼女の注文にへとへとになったかもしれない。でも、わたしはそれを楽しんだ。挑戦するのは好きだ。

　まあいい。自分のことはこれぐらいにしよう。なんといってもこの週末は幸せなカップルのためにある。どうやら花嫁と花婿は久しぶりの再会らしい。わたしたちの寝室もほかの部屋と同じくフォリー館のなかにあるので、ゆうべはふたりの声が聞こえてきた。「やれやれ」いっしょにベッドで横になっているとき、フレディが言った。「聞くに堪えないな」何を言いたいかはわかる。よろこびに悶えているのに苦痛の声に聞こえるのは不思議なものだ。あのふたりは熱烈に愛し合っているようだが、皮肉屋なら、道理でお互い手を出さずにはいられないわけだと茶化すところだろう。性欲を持て余していると言ったほうが正確かもしれない。

　フレディとわたしは二十年近いつき合いだが、わたしは彼に内緒にしていることがいまだにあり、きっと彼のほうもそうだ。では、あのふたりはお互いをどれほど知っているのだろう。

　相手の暗い秘密までほんとうに全部知っているのだろうか。

ハンナ——同伴者

前方の波が膨れあがり、波頭が白く砕ける。陸地にいれば美しい夏の日だけど、ここはかなり荒れている。数分前に安全な本土の港を出たばかりなのに、みるみるうちに海の色が暗くなり、波が二メートルほど高くなった。

結婚式前日の夕方、わたしたちはその島へ向かっているところだ。〝特別な招待客〟として、今夜はそこに泊まる。楽しみだ。少なくとも——楽しみなんだと思う。とりあえず、いまはちょっとした気晴らしが必要だ。

「つかまれ！」後ろの操舵室から大声が飛ぶ。マッティとかいう人だ。考える暇もなく、小さなボートが波をひとつ乗り越え、つぎの波の頂上へと突き進む。巨大な水しぶきが弧を描いて上を越えていく。

「ちくしょう！」チャーリーが叫び、見ると体の片側がびしょ濡れだ。奇跡的にわたしは少し湿っただけですむ。

「そこでちょっくら濡れててくれるかね」マッティが声をかける。

わたしは笑っているけれど、かなりこわかったので少し無理のある笑い声になる。とにかくボートが前後と左右同時に揺れるので、胃がでんぐり返っている。

「うっ」体じゅうに不快感が広がっていく。ボートに乗る前にお腹に入れた紅茶とスコーンのセットを思い出し、突然吐きたくなる。

チャーリーがその様子を見てわたしの膝に手を置き、ぐっと握って言う。「まずいな。もうはじまったか」

わたしは乗り物酔いがひどい。というより、何かにつけ胸やけを起こす。妊娠中は最悪だった。

「あ、うん、酔い止めを飲んだけどあまり効かなくて」

「そうだ」チャーリーが急いで言う。「いまからご当地情報を読むから、それで気をそらすといい」そして携帯電話の画面をスクロールする。ガイドブックをダウンロードしてきたとは、やはり夫は教師だ。またボートが突然傾き、携帯が手から飛び出しそうになる。チャーリーが悪態をつき、両手で握り締める。しまう余裕がない。

「ここにはあまり載ってないな」いったんそのページにたどり着いてから、夫が少し言い訳がましくなる。「たしかにコネマラ地方の情報は多いんだが、その島については――相当小さな島なんだろうな……」なんとか情報を引き寄せたいのか、画面に目を凝らす。「お、ここに少しあったぞ」軽く咳ばらいをしてから、たぶん授業用と思われる声で読みあげはじめる。

「〝イニシュ・アナンプローラ、または英語名でコーモラント島は、全長約三キロメートルの南北に長い島である。島はひとつの花崗岩から形成され、コネマラの海岸線から数キロ離れた大西洋上に堂々たる威容を誇っている。島の多くはピート――土地のことばでは泥炭《ターフ》――の広大な湿地に覆われている。島を観光するための最良かつ唯一の交通手段は個人のボートである。本土と島の海峡はとくに波が荒く〟――」

「たしかにそうね」わたしが船べりにつかまってつぶやくと同時に、船はふたたび波に乗っては真っ逆さまに落ちる。胃がふたたびひっくり返る。

「わしならもっとくわしく教えられるがね」マッティが操舵室から声をあげる。あそこからわたしたちの声が聞き取れるとは知らなかった。「ガイドブックを読んだって、イニシュ・アナンプローラのことはよくわからんよ」

チャーリーとわたしは話を聞くために操舵室のほうへよたよたと移動する。マッティのことばは見事なほどたっぷり訛っている。「あそこに最初に住み着いた人間がいたんだが」マッティが語る。「それが本土で迫害された、ある宗派の連中だってのはたしかだ」

「ああ、そうでしたね」チャーリーが記事を見ながら言う。「たしかその記事をちょっと見かけたような——」

「そんなものを見ても全部はわからん」マッティが顔をしかめて言い、邪魔をされて明らかに面白くなさそうだ。「わしはここでずっと生きてきたんだ——それに、わしらの仲間は何世紀も前からここにいた。あんたらのインターネットよりは教えてやれる」

「すみません」チャーリーが顔を赤らめる。

「まあいい」とマッティ。「二十年ほど前に考古学者が連中を発見した。泥炭だらけの湿地のなかできっちり並んでいるのをな」なんとなく楽しんでいるみたいだ。「あそこの下には空気がないから完璧な保存状態だったと聞いている。皆殺しだった。全員叩き切られていた」

「へえ」チャーリーがそう言ってわたしをちらりと見る。「それはあんまり聞きたくな——」

もう遅い。話はすでに頭にはいっている。黒い土のなかから出土した大昔の遺体。考えまいとするが、ビデオの誤作動さながらそのイメージがしつこく現れる。波を乗り越えるときには吐き気に襲われるけれど、精神を集中しなくてはならないのでかえってありがたいぐらいだ。

「それで、いまはだれも住んでいないんですか」チャーリーが明るく尋ね、話題を変えようとする。「新しいオーナーのほかには」

「そうさ」マッティが言う。「いるのは幽霊だけだ」

チャーリーが画面をタップする。「〝島には九〇年代まで居住者がいたが、最後の数人が水道と電気と現代的な暮らしを望んで本土へ帰ることにした〟とありますね」

「ほう、そこにはそう書いてあるんだな」マッティが愉快そうに言う。

「どういうことかしら」わたしはやっと声を出す。「ほかにも島を出たわけがあるんですか」

マッティがすぐに話すかに見える。ところが、表情が変わる。「気をつけろ！」大声で叫ぶ。チャーリーとわたしがどうにか手すりをつかんだ直後、あらゆるものから船体が落ちていく感覚があり、わたしたちは波の側面へ突っこんだあと、もうひとつの波の側面を突き破る。もうだめだ。

乗り物酔いのときは定点を見つけなくてはならない。わたしはその島に視点を定める。本土を出てからずっと見えていたそれは水平線上の青っぽい染みで、平らなハンマー台のような形をしている。ジュールが見劣りのする場所を選ぶはずがないけれど、それにしても、島の陰気な形からは、晴天にもかかわらず、うずくまってにらみつけているような印象をどうしても受ける。

「いまのはこわかったね」チャーリーが言う。

「あ、うん」わたしは曖昧に返す。「まあとにかく、最近は水道と電気が通ってるといいんだけど。着いたらゆっくりお風呂にはいりたいから」

チャーリーがにやりと笑う。「ジュールのことだ。これまで水道と電気が通ってなくても、いまは通ってるさ。彼女がどんな人間か知ってるだろ。じつに有能だ」

チャーリーは冗談半分に言ったのだろうが、それでもくらべられた気分だ。わたしは世界一有能というわけではない。ものを散らかさずに部屋にいることができないみたいだし、子供が生まれてからわが家は片付いたことがない。人を家に招くときは——めったにないが——結局戸棚にものを投げこんで無理やり扉を閉めるせいで、家全体が息を止め、爆発しないようにがんばっているように思える。ジュールが住むロンドンのイズリントンの優雅なヴィクトリア朝風の建物に、わたしたちがはじめてディナーに招かれたとき、そこは雑誌から抜け出したような場所だった。彼女の雑誌――〈ザ・ダウンロード〉というオンライン雑誌――から抜け出したような場所。染めていない髪の根元、大衆向けの服、そんな自分がどれほど場違いかに気づき、わたしはどこかへ片付けられるのではないかと、そればかり考えていた。ことばのアクセントをなるべくなめらかにし、マンチェスター方言特有の母音を目立たせまいとしていた。

　わたしたちは――ジュールとわたしは――月とすっぽんだ。夫の人生で最も重要なふたりの女。わたしは手すりから身を乗り出し、海の空気を深く吸う。

「あの記事にいいことが書いてあった」チャーリーが言う。「その島だけどね。白い砂浜があって、アイルランドのこのあたりじゃ有名らしい。それに、白い砂のせいで入江がきれいな青緑色に変わるんだ」

「へええ」わたしは言う。「泥炭の湿地よりよさそうじゃない」

「うん」とチャーリー。「泳ぎにいけるかもしれないよ」わたしに微笑みかける。

　わたしは青緑色というより冷たい灰色がかった緑色の海を見やり、身震いをする。だって、ブライトンの浜辺では泳ぐけど、あれは英仏海峡よね。なんといっても。この荒れ狂う残忍な海にくらべれば、あそこのほうがはるかに飼い慣らされていると思う。

「この週末はいい気晴らしになるね」チャーリーが言う。

「そうね」とわたし。「きっとそうなる」わたしたちにとってひさしぶりの休暇らしい休暇になるだろう。そして、いまのわたしにはどうしても必要なものだ。

「でも、なぜジュールがいきなりアイルランド沖の島を選んだのかわからない」わたしは言う。招待客が道中でほんとうに溺れかねないような行きづらい場所を選ぶのは、彼女にしてはめずらしい。「望みどおりの場所で式を挙げる余裕がないとは思えないけど」

　チャーリーが眉根を寄せる。夫はお金の話が好きではなく、その手の話題になると気まずそうにする。そういうところが彼を好きになった理由のひとつだ。とはいっても、たまには、たまのたまには、あと少しだけお金があったらどんな暮らしができるだろうと考えずにはいられない。わたしたちは贈り物候補のリストを見て悩み、そのことで少しは言い争ったりもした。ふつうの知り合いなら上限金額が五十ポンド（約七千五百円）のところを、ジュールとは長いつき合いだからもっと高額にするべきだとチャーリーは言い張った。候補に挙げられたのが〈リバティ〉の製品ばかりだったので、とうとう百五十ポンドで折り合ったものの、買えたのはけっこうありきたりに見える陶製の鉢ひとつだけだ。アロマキャンドルを添えて二百ポンドになった。

「ジュールらしいじゃないか」チャーリーが言うやいなや、ボートがまた急降下してただの水とはぜったい思えない硬い海面にぶつかり、ふたたび跳ねあがるときはおまけの横波にも襲われる。「人とちがうことをするのが好きなんだよ。父親がアイルランド人という関係もあるんだろう」

「お父さんとはうまくいってないはずだけど」

「そう単純には割り切れない事情があるんだよ。父親はぜんぜんそばにいなかったし、ちょっといけすかないところがあるが、それでも彼女は父親にずっとあこがれに似た感情をいだいていた。だから昔セーリングを教えてくれと頼まれたんだ。父親がヨットを持っていて、彼女は父親によくやったと認めてもらいたかった」

　だれかに認めてもらいたがる下の立場のジュールを想像するのはむずかしい。彼女の父親は大規模な不動産開発を手がける叩きあげの人物だと聞いている。電車の運転士と看護師の娘に生まれていつもかつかつの暮らしで育ったわたしは、大金を稼ぐ人々に惹きつけられるけれど、ほんの少しうさんくさいとも思っている。わたしにとって、その人たちはまったく別種の生き物、しなやかで危険な大型のネコ科動物だ。

「それとも、ウィルが選んだのかもね」わたしは言う。

「いかにも彼らしいじゃない、遠くて不便な場所なんて」有名人に会えると思うと、興奮してお腹のあたりがむずむずする。ジュールのフィアンセを完全に生身の人間として考えるのはむずかしい。

その番組はこっそりだけど欠かさず観ている。客観的に見れば怪しい部分もあるけれど、かなり面白い。ジュールがこの男といっしょにいるところを思い浮かべてうっとりする……体にふれて、キスをして、寝るところを。これから彼と結婚するところを。

その番組〈夜を生き延びろ〉は、ウィルが真夜中に縛られて目隠しをされた状態でどこかに置き去りにされる、というのが基本的な構成になっている。たとえば森、北極圏のツンドラのど真ん中で、ベルトにナイフぐらいは挟んであっても着の身着のままだ。ウィルは自力でいましめをほどき、機知と方向感覚だけを頼りに連絡地点まで行かなくてはならない。見せ場はいろいろある。ある回では暗闇で滝を渡らなくてはならない。またある回では狼の群れに追われる。カメラマンがその場で本人を見守りながら撮影しているのだ、と視聴者がふと思い返すこともあるだろう。ほんとうにあぶなければ助けにはいるはずだ。けれども、テレビはじつにうまい具合に見る者をひやひやさせる。

わたしがウィルのことを言ったので、チャーリーの顔がくもる。「ろくにつき合ってもいない男と彼女がなぜ結婚するのか、いまだにわからないよ」チャーリーが言う。「まあそこがジュールらしいのかな。いったん決めたらすぐに行動する。でも、これだけはたしかだよ、ハン。あの男は何か隠してる。あの上っ面をはがせばどうなってるかわかったものじゃない」

わたしが内緒でその番組を観ている理由がこれだ。チャーリーがいやがるのを知っているからだ。ときどき、彼のウィルへの反感に少し嫉妬が混じっているような気がしてならない。もちろん、嫉妬でないほうがいいに決まっている。だって、もしそうならどういうこと？

ウィルのスタッグ・パーティー（男性だけでおこなう結婚直前の集い）も関係がありそうだ。だいたい参加するのが大まちがいだと思うが、チャーリーはジュールの友人として出かけていった。週末をスウェーデンで過ごし、帰ってきたときは少しげっそりしていた。それとなく尋ねるたびに妙に態度が硬くなる。わたしはかまわないことにした。とにかく無事に帰ってきたじゃない。

海がますます荒れてきたような気がする。古い釣り船が前後左右いちどきにあらゆる方向へ揺れ、まるでロデオマシンがわたしたちを甲板から振り落とそうとしているみたいだ。「このままでほんとうにだいじょうぶ？」わたしはマッティに声をかける。

「はいよ！」波しぶきと風の咆哮をものともせず、マッティが返事をする。「きょうはましなほうさ。もうじきイニシュ・アナンプローラだよ」

自分の額に濡れた髪の一部が貼りついているのはわかるけど、残りの髪は頭のまわりに吹きあげられて大きな雲の塊となっているのだろう。ようやく到着したとき、ジュールやウィルやほかの人たちの目にどう映るかは想像するほかない。

「鵜《う》だ！」チャーリーが叫んで指をさす。吐き気に苦しむわたしの気をそらそうとしているのだろう。こちらは注射のために医者のところへ連れていかれる子供の気分だ。それでも、指がさすほうを目で追い、ミニチュア潜水艦の潜望鏡のように波間からのぞいている、なめらかな黒い頭を見つける。すると、鵜は海へひょいと潜り、俊敏な黒い線となる。こんなきわどい状況だけど、とてもリラックスしているところだと思いこもう。

「鵜のくわしい記事がどこかにあったな」チャーリーが言う。また携帯電話を手に取る。「ああ、これだ。鵜はこの海岸沿いでとくによく見られる鳥らしい」学校教師の声になる。「〝鵜は地元の伝説では非常に評判が悪い〟おやおや。〝歴史を振り返ると、この鳥は貪欲と悪運と邪悪の象徴とされてきた〟」鵜がふたたび海面に現れるのをふたりでながめる。鋭いくちばしに小さな魚がくわえられ、一瞬銀色に光ったあと、鳥が口を大きくあけてそれを丸呑みにする。

わたしの胃がひっくり返る。魚をすばやくするりと呑みこんだのが自分で、その魚がお腹のなかで泳いでいるような気がする。そして、ボートが別の方向へ傾きはじめたとき、体が横へよろめき、紅茶とスコーンがあふれ出る。

ジュール——花嫁

寝室の鏡の前に立つ。フォリー館の十の寝室のうち、この部屋が一番広くて一番豪華なのはもちろんだ。このままほんの少し頭の向きを変えるだけで、窓から海が見える。きょうの天気は申し分なく、波に照り返す太陽がまぶしくて海をながめていられないほどだ。あしたもぜったいにこの天気のままでなくてはいけない。

わたしたちの部屋は建物の西の端にあり、ここは沿岸の海域の最西端にある島なので、わたしからアメリカ大陸までの数千キロには何もなく、だれもいない。そんなふうに考えるのが好きだ。フォリー館自体は十五世紀の建物を美しく修復した館で、贅沢と永遠、高貴さと心地よさがうまく調和している。石畳の床を覆うアンティークの敷物、猫足のバスタブ、泥炭がくすぶる暖炉。今宵の招待客全員を迎えるだけの広さはあるが、親密さを感じられるぐらいこぢんまりした雰囲気もある。完璧だ。すべて完璧にいくはずだ。

〝あの手紙のことを考えてはだめ、ジュール〟

考えるものか。

ああ。まったくもう。なぜこんなに気に病むのだろう。朝の三時に目を覚ましてくよくよ悩むような心配性ではなかったのに。少なくとも最近までは。

その手紙は三週間前に郵便受けにはいっていた。ウィルと結婚するなと書いてあった。やめろ、と。

そのことばがいつの間にかわたしのなかで陰の力を得ていた。それを考えるたびに、胃の底に不快感を感じる。恐怖に似た感覚だ。

ばかげている。ふだんなら、そんなことはいちいち気にしない。

鏡へ目をもどす。いまはドレス姿だ。大切なこのドレス。最後にもう一度、結婚式の前日に念には念を入れて試着するのを怠ってはならない。先週着てみたものの、何事も最後まで確認しないと気がすまない。思ったとおり完璧だ。重みのあるクリームのようなシルクが体からあふれ出しているかに見え、内側のコルセットがドレスを究極の砂時計の形に作りあげている。レースもよけいな飾りもない、そんなのはわたしではない。シルクの風合いがとても繊細なので、特別な白い手袋なしでさわるわけにはいかず、もちろんいまもそれをはめている。頭が吹っ飛ぶくらい値が張った。でも、それだけの価値はある。ファッションのためのファッションには興味がないが、正しい評価を得るために服の持つ力はあなどれない。これは人をクイーンにするドレスだとすぐにわかった。

あしたの夜にはこのドレスは汚れているだろうが、それはどうしようもない。けれども、裾を膝下丈にカットして濃い色に染めさせよう。わたしの一番のとりえは現実的な性格だ。何があろうとかならず計画を立ててやってきた。小さいころからずっと。

壁に貼った席次表のほうへ行く。ウィルはわたしのことを作戦図をかかげる将軍みたいだと言う。でも、大事なことでしょう。結婚式の招待客がおおいに楽しめるか気分をぶち壊されるかは席次にかかっている。夜までに完璧に仕上げる予定だ。すべて計画どおり。そんなふうにして、〈ザ・ダウンロード〉も一介のブログから二年足らずでスタッフ三十名のオンライン雑誌に育てあげた。

ほとんどの招待客はあしたやってきて結婚式に出席し、そのあと本土のホテルへと帰る。招待状にふつうは〝お車で〟とするところを〝真夜中のボートで〟と書いたのは楽しかった。それはそうと、一番大事な招待客は今夜とあした、この島のフォリー館に滞在する。特別に選ばれたお客様たち《ゲストリスト》だ。ウィルは大勢のなかから気に入った人間を花婿付添人《アッシャー》に選ばなくてはならなかった。わたしの場合は花嫁付添人《ブライズメイド》がひとりしかいないので面倒はない。半分血のつながった妹、オリヴィアだ。わたしに女友達はあまりいない。噂話に花を咲かせる暇などない。それに、女が集団でいると、学校時代にぜったい仲間に入れてくれなかった意地悪女子のグループをどうしても思い出す。ヘン・パーティー（女性だけでおこなう結婚直前の祝賀会）であまりにも多くの女たちがそうした態度を取るのには驚かされたが、考えてみれば、彼女たちの大半が〈ザ・ダウンロード〉の従業員か——半分お義理でサプライズイベントを企画してくれただけだ——あとはウィルの友達のパートナーだった。わたしの一番の親友は男だ。チャーリーだ。この週末、実際には彼がわたしの付添人《ベストマン》になる。

チャーリーとハンナはまだ道中で、今夜の招待客では最後の到着になる。チャーリーに会うのが楽しみだ。お互いおとなで彼に子供がいないころ、気ままにつき合っていたのがずいぶん昔に感じられる。当時わたしたちは年中会っていたものだ―彼がハンナといっしょになったあとでも。彼はわたしのためならいつでも時間を割いてくれた。けれども、子供が生まれてからは別の国へ行ってしまったように感じられた。そこでは、深夜といったら午後十一時のことで、子供なしの外出には慎重な計画が必要だった。そうなってはじめて、彼を自分のものにしておけばよかったと思いはじめた。

「すごくきれいだよ」

「あら!」わたしははっとし、それから鏡のなかの彼に気づく。ウィル。入口付近に寄りかかってわたしをながめている。「ウィル!」怒った声で言う。「ドレスを着てるところなのよ。出ていって! あなたは見てはいけないことに――」

ウィルが動かない。「下見も許されないのかい。それに、もう見てしまった」こちらへ歩いてくる。「こぼれたミルク、じゃなかった、こぼれたシルクを嘆いてもしかたがない。きみはまるで――なんて言えばいいんだ――それを着て通路を歩いてくるのが見たくて待ちきれないよ」わたしの後ろで立ち止まり、むきだしの肩に両手をかける。

わたしは憤慨するべきだ。実際頭にきている。それなのに、激しい怒りがぷすぷすと音を立ててしぼんでいく。なぜなら、彼の両手がわたしにふれて肩から腕へと動き、欲求が突きあげるときの、あの最初の震えが来るからだ。自分にこう言い聞かせてもいる。花婿が婚前にウェディングドレスを見たら不幸になるなんてくだらない迷信――そんな話を信じたことは一度もない。

「ここにいたらだめでしょ」不機嫌に言う。けれども、もはやあきらめ半分の口調になっている。

「見てごらん」そう言われて鏡のなかで目を合わせたとき、彼がわたしの頬の横へ指を滑らせる。「お似合いじゃないか」

たしかにそのとおりだ。わたしは黒っぽい髪に白い肌、彼は金髪に日焼けした肌。これほど魅力的なカップルはどこにもいない。世間の人間にどう見えるか、あしたの客にどう見えるかを想像すれば、たいしたことないという顔つきではいられない。学校でわたしのことをおでぶのガリ勉（遅咲きのタイプだった）とからかった女生徒たちのことを思い返し、心の内で言う。

〝だれが最後に笑うか見てごらん〟

ウィルが露出した肩を噛んでくる。下腹部にある欲望の芯が引っ張られてぱちんとお腹をはじく。わたしの抵抗はそこまでだ。

「あれはほとんど終わったのかい」彼がわたしの肩越しに席次表を見る。

「全員の席が決まったわけじゃないのよ」わたしは言う。

彼が席次表を念入りにながめるあいだ沈黙が流れ、首の横にかかったあたたかい息が鎖骨を這う。アフターシェーブローションの香りもする。シダーとモス。

「ピアーズを招待したのかい」彼がおだやかに尋ねる。「彼がリストに載っていた記憶がないんだが」

わたしはうんざり顔をするのをどうにかこらえる。全員に招待状を出したのはわたしだ。リストをふるいにかけ、文具店を選び、すべての住所をチェックし、スタンプを買い、一通残らず投函したのはわたしだ。ウィルは新しいシリーズの撮影で留守がちだった。彼が招待し忘れていた人の名前をふいに挙げることはときどきあった。たぶん、最終的にはじゅうぶん念入りにリストに目を通してくれたはずだ。だれか漏れていないか確認したいと言っていたのだから。でもピアーズはあとから加えた招待客だった。

「リストには載っていなかったわ」わたしは認める。「でも、彼の奥さんと〈ザ・グルーチョ〉のお酒の席でいっしょになって結婚式のことを訊かれたのよ。そうしたら、あの夫妻を招かないなんてとんでもないことのように思えたの。だってそうでしょ」ピアーズはウィルの番組のプロデューサーだ。感じのいい人で、ウィルとはずっとうまくやっているらしい。招待客を追加するのに迷う必要はなかった。招待客を
「いいんだよ」ウィルが言う。「そうだね、そうするのが当たり前だ」けれども、声が少しとがっている。どういうわけか、ウィルは気にしている。

「ねえ、聞いて」わたしは彼の首に腕を添わせる。「招いたらあなたがよろこぶと思ったのよ。お誘いしたとき、先方はとてもうれしそうだったわ」

「かまわないよ」彼が落ち着いた声で言う。「驚いただけさ」両手をわたしの腰へおろす。「少しもかまわないよ。それどころか、思いがけなくてうれしいくらいだ。会うのが楽しみだな」

「わかった。さて、それでは、ご夫婦はみんな隣り合ってすわってもらうことにする。これでどうかしら」

「永遠のジレンマだな」ウィルがもったいぶった顔で言う。

「そうねえ、わかるけど……人はこういうことにこだわるものよ」

「そうかな」とウィル。「もしきみとぼくが招待されたら、ぼくならどこにすわりたいか決まってるよ」

「あら、そうなの」

「きみの真向かいだ。こんなことができるからさ」彼の片手が下へおり、シルクの生地に皺をつけながらドレスのなかへはいりこむ。

「ウィル」わたしは言う。「シルクが――」

彼の指がパンティのふち飾りのレースに届いた。

「ウィルったら！」わたしは少し腹を立てる。「まったくなんてことを――」そして指がパンティのなかへ滑りこんでおかまいなしに勢いづくと、シルクのことはもう気にならなくなる。頭を彼の胸に預ける。

これは全然わたしらしくない。わたしは知り合って二、三カ月で婚約するような……あるいは、たった二、

三ヵ月で結婚するような軽率な人間ではない。しかし、多少疑念が湧いたときも、それは軽はずみでも衝動でもないと言い返す自分がいる。むしろその反対だ、と。自分の考えがはっきりしているから、何を欲してそのために何をするのかはっきりしているからだ、と。

「いますぐやろうよ」ウィルが小声で言い、あたたかい息が首筋にかかる。「時間はあるだろ」わたしは答えようとする――ないわ――けれども、彼の指が動くうちに、それは長く伸びたうめきになる。

ほかの男とつき合ったことはあるが、どれも二、三週間で飽きてしまい、セックスはたちまちありきたりの雑事に感じられたものだ。ウィルとなら、いくらしてもし足りない気がする――たとえほかの男たちのときより、はしたない意味で満ち足りているとしても。単に男前だからではない。もちろん、客観的に見ても彼はハンサムだ。この貪欲の根はそんなことよりはるかに深い。わたしには彼を自分のものにしたいという思いがある。体の交わりはいつもそこを目指しているのに、どうしても目的を果たせず、彼の芯の部分がいつもわたしの手をすり抜け、奥へともぐりこむ。

彼が有名人だからだろうか。有名になった人間はある意味公人だからだろうか。それとも、彼が持つ根源的なものが原因なのだろうか。秘密とか、だれも気づいていない何かがあるのだろうか。

そう考えるとどうしてもあの手紙が思い出される。

〝手紙のことを考えてはだめ〟

ウィルの指が動きつづける。「ウィル」わたしは上の空で言う。「だれか来るかも」

「そのほうが興奮するじゃないか」彼がささやく。そう、たしかにそうだと思う。ウィルがわたしの快楽の幅を広げたのはたしかだ。公共の場所でのセックスにわたしを誘った。わたしたちは夜の公園やがら空きの映画館の後ろの席でやった。思い出すと、われながら驚く。そんなことをこのわたしがしたとは。ジュリア

・キーガンは規範を守る人間なのに。
　そのうえ、裸の写真を撮るのを彼だけには許した。一度はセックスしながらのときもあった。もちろん承諾したのは婚約してからだ。そこまで大ばかではない。

でも、そういうことはウィルの趣味で、ふたりでやりはじめたけれど、わたしはそれが好きというほどではない――この状況は制御不能の典型だが、わたしはほかのあらゆる人間関係で制御する側だった――といっても、コントロールを失うこの感覚にはどういうわけか中毒になる。彼がベルトをはずす音が聞こえ、その音だけで体に興奮が走る。彼がわたしを前方の化粧台のほうへ押す――少し乱暴に。わたしは化粧台をつかむ。彼の先端があそこにあって、いまにもはいってくるのがわかる。

「おーい、だれかいる？」ドアがあく音がする。

　ちょっと。

　ウィルがさっと離れ、ジーンズとベルトを急いで身に着ける音が聞こえる。ドレスの裾がおりる。わたしは恥をしのんで振り向く。

　部屋の入口に男がのんびりと突っ立っている。ジョンノ、ウィルの花婿付添人《ベストマン》代表だ。どこまで見られたのだろう。全部？　頬がほてっていくのがわかり、わたしは自分自身に怒り狂う。この男に怒り狂う。そして、ぜったい恥じらいを見せない。

「やあ、ごめん」ジョンノが言う。「邪魔したかな」いまのは薄ら笑い？　「へえ――」わたしの衣装に目をとめる。「それって……？　縁起が悪いんじゃないのか」

　重いものを手に取ってこの男に投げつけ、出ていけと怒鳴りたい。でも、行儀よくふるまう。「まあ、どうしましょう！」そう言いながら、声の調子でこう伝わらないかと願う。〝わたしがそんなことを信じる間抜けに見える？〟ジョンノを見て片眉をあげ、腕を組む。わたしは片眉あげゲームの達人だ。仕事でこれをやればすばらしい効き目がある。いまは、それ以上言えるものなら言ってみろとジョンノに迫る。ジョンノは強がっているが、わたしを少し恐れているらしい。

「ふたりで席次を検討していたのよ」わたしは言う。「あなたはそれを邪魔したの」

「そうか」とジョンノ。「おれってすっとこどっこいだからさ……」少ししょげているようだ。それでいい。「すごく大事なものを忘れたことにいまごろ気づいた」

　心臓の鼓動が速くなる。指輪じゃないでしょうね。ウィルには、最後の最後になるまではジョンノに指輪を預けるなと言ってある。もし指輪を忘れたとしたら、わたしは自分が何をしだすか責任が持てない。

「スーツだよ」ジョンノが言う。「収納カバーに入れて持っていくばかりにしておいたのに……それなのに、土壇場になって……そのう、いったいどうなったのかな。言えるのは、イギリスの自分の部屋のドアに吊るしてあるってことだけだ」

　わたしがどちらの男からも目をそらしているあいだに、ふたりは部屋から出ていく。あとで後悔するようなことは言うまいと、そのことだけに全力をそそぐ。この週末は自分の気分をコントロールしなくてはならない。わたしは激しやすいことで知られている。褒められたことではなく、前よりましになってきたとはいえ、完全に怒りをコントロールできたと思えたためしがない。逆上した姿は花嫁に似合わない。

　ウィルがなぜジョンノと友達なのか、いままでなぜ自分の人生からあの男を切り離さなかったのか、わたしには理解できない。ジョンノがいつまでも友達でいられる理由は、機知に富んだ会話ができるからではぜったいにない。あの男は無害だと思う……少なくとも無害のはずだ。でも、ふたりはあまりにもちがう。ウィルは活動的で成功をおさめていて、自己アピールがじょうずだ。ジョンノはさえない男だ。人生の落伍者だ。鈍行列車で来たところを本土の駅でわたしたちが出迎えたとき、あの男はマリファナのにおいをぷんぷんさせ、おまけに野宿でもしていたような風体だった。ここに来る前に最低でもひげを剃り、散髪をすませてあるものだとわたしは思っていた。あなたのベストマンは原始人《ケイブマン》に見えると言っても言い過ぎではないんじゃない？　あとでわたしはウィルに頼んで、剃刀をジョンノの部屋まで届けてもらった。

　ウィルはジョンノにはもったいない友人だ。彼はジョンノに〈夜を生き延びろ〉の撮影審査のチャンスまで与えたらしいが、もちろん無駄な試みだった。なぜいつまでもジョンノとつき合っているのかとウィルに尋ねたとき、彼は「いろいろあったんだ」としか言わなかった。「最近はあまり共通点がないけど。でも、長年のつき合いだからね」

　一方、ウィルはすごく冷酷な人間にもなれる。じつは、わたしにとってはそこが魅力のひとつでもあり、はじめて会ったとき、わたしたちの共通点だとすぐに気づいたものだ。すばらしい容姿やうっとりするような笑顔と同じくらい、その魅力の下からにおってくる野心にわたしは引き寄せられた。

　だからこそ気になることがある。なぜウィルは過去を分かち合ったというだけで、ジョンノのような男と親しくしているのだろう。もっとも、その過去にがんじがらめになっているのなら別だけど。

ジョンノ——花婿付添人代表《ベストマン》

ウィルが跳ね上げ戸をあげ、ギネスビールをひとパック持ってやってくる。ここはフォリー館の胸壁に囲まれた屋上で、おれたちは石造りの銃眼から外をながめている。地面ははるか下にあり、屋上では石組みがかなりゆるんでいる場所がある。高いところに慣れていない人間ならこわい思いをするだろう。ここなら本土まで全部見渡せる。こうして顔に日差しを浴びていると、王になった気分だ。

ウィルがパックからギネスの缶を出してあける。

「一杯やろう」

「おお、いいね。ありがとう。それから、さっきは邪魔して悪かったな」おれはウィンクをする。「けど、式が終わるまでおあずけじゃなかったのか」

ウィルがあっけらかんと両方の眉をあげる。「なんのことかわからないな。ジュールといっしょに席次を考えてたんだ」

「へえ、そうか。いまはそういう言い方をするんだ。ばればれだけどね」おれは言う。「スーツのことはすまない。忘れん坊のどアホだよな」このやましい気持ちをウィルにわかってほしい——まじめにベストマンをつとめようとしているんだ。ほんとうだ、ウィルによろこんでもらいたいんだ。

「気にするな」ウィルが言う。「ぼくの予備のスーツの寸法が合うかわからないけど、それを着たらいい」

「ジュールはそれで気にしないかな。あんまりいい顔してなかった」

「まあな」ウィルが手を振って言う。「機嫌なら直るさ」つまり、機嫌は悪いらしいが、ウィルがなんとかするのだろう。

「わかった。恩に着るよ」

ウィルがギネスをぐいっとひと口飲んで後ろの石壁に寄りかかる。それから何かを思い出したらしい。

「ああ。それはそうと、おまえはオリヴィアにまだ会ってないよな。ジュールの半分血がつながった妹だ。ずっと姿を見せないんだよ。彼女はちょっと——」指で頭を指して〝まともじゃない〟と伝えるが、口では「不安定なんだ」と言う。

オリヴィアにはもう会っていた。黒っぽい髪の背の高い女の子で、むっつりとしているが、脚がすらりと長い。

「そいつはもったいない」おれは言う。「だってさ……なあ、気づかなかったなんて言うなよ」

「ジョンノ、彼女は十九だ。いいかげんにしとけよ」ウィルが言う。「ひどいことはするな。ぼくのフィアンセの妹でもあるんだぞ」

「十九歳なら法的に許される」おれはウィルをからかうつもりで言う。「昔のしきたりにあるじゃないか。ベストマンはブライズメイドのなかから好きな女を選べるんだぜ。まあ、ひとりだけの場合は選り好みできないが……」

ウィルがまずいものを味わうかのように口をゆがめる。そして「十五も歳が離れてるんじゃその決まりは無効だろうな。くだらない」と言う。いまは上品ぶっているが、ウィルは昔から女を見る目が肥えている。女のほうも昔からこの男を見る目が肥えている。幸運なやつだ。「彼女はだめだ、いいな。この鈍い頭に叩きこんどけ」ウィルがそう言っておれの頭を小突く。

〝鈍い頭〟はちょっと言いすぎだ。そりゃあ、おれはレジのなかの一番ぴかぴかのペニー銅貨じゃないかもしれない。でも、うすのろみたいに扱われるのも好きじゃない。ウィルはそれをわかっている。学校でいつも癪にさわったものだ。でも、おれは笑い飛ばす。ウィルは本気で言ったわけじゃない。

「あのなあ」ウィルが言う。「ここで十代の義理の妹にうっかりちょっかいを出されたら困るんだよ。ジュールに殺される。おまえも殺されるぞ」

「わかった、わかったよ」おれは言う。

「それにな」ウィルが声をひそめる。「あの娘はあれだから……」また〝まともじゃない〟の身振りをする。「母親から受け継いだんだろうな。さいわいジュールには少しも遺伝しなかった。とにかく手を出すな、いいな」

「はいはい、わかったよ……」おれはギネスをぐっと飲み、大きなげっぷをする。

「最近はちょくちょく登山をしてるのか」ウィルがそう尋ねるのは、話題を変えたいからだろう。

「いや」おれは言う。「あんまり。だからこうなった」自分の腹を軽く叩く。「仕事以外で登る暇がなかなかないのはこっちも同じさ」

　不思議なことに、こうしたことにいつも夢中だったのはおれのほうだった。野外活動全般のことだ。最近までそれを仕事にしていて、湖水地方のアドベンチャーセンターで働いていた。

「うん。そうだろうな」とウィル。「おかしなものだが――じつは見かけほど楽しくないんだ」

「そうでもないだろう」おれは言う。「この世でこれ以上うってつけの仕事はないじゃないか」

「まあね――そうだけど……そんなに本物ってわけじゃない。スモークやミラーがいっぱいで……」

　より過酷な場面ではスタントマンを使っているにちがいない。ウィルは自分の手が汚れるのが大嫌いだ。番組のためにトレーニングを積んだというが、怪しいものだ。

「それから、髪のセットだの化粧だのいろいろあって」ウィルが言う。「サバイバル系の番組を撮影してるのに、なんだかばかばかしいよ」

「そういうのが好きでたまらないくせに」おれはウィ

ンクをする。「だまされないぞ」

ウィルは昔から少し気取り屋だ。むろんそこが好きなところでもあるが、腹を立てさせるのも楽しいものだ。ウィルは見目麗《みめうるわ》しい男で本人も自覚している。きょう着ている服が全部、ジーンズさえも、品質のいい高価なものであるのは一目瞭然だ。おそらくジュールの影響だろう。彼女自身流行に敏感だから、ウィルを店へ引っ張っていくところは想像できる。かといって、ウィルがすごくいやがっているところも想像できない。

「ところで」ウィルの肩を叩く。「身を固める覚悟はできてるかい」

ウィルがにやりと笑ってうなずく。「そりゃあできてるさ。言うまでもないよ。彼女にぞっこんなんだから」

ウィルから結婚の報告を聞いたときは、嘘じゃなく、ほんとうに驚いた。ウィルは遊び人だとばかり思っていた。いまをときめく男の魅力にさからえる女はいない。スタッグ・パーティーのときに、ジュールの前につづけていた異性交遊についてウィルは話してくれた。「要するに、ある意味ではものすごくよかったよ。あの手のアプリを使えば、大勢のいろいろな女たちとつき合えるからね。大学時代にかぎったことじゃない。二週間に一度は使わずにいられなかった。でも、世間にはおかしなのもいるからな。しがみついてくる女っているだろ。こっちにそんな暇はない。そこへジュールが現れた。彼女はなんというか……完璧だった。自分に自信があり、人生で求めるものがはっきりしている。お互い同類なんだよ」

きっとイズリントンの住まいにも心が動いたんだろう、と思ったが言わなかった。うまいことやったじゃないか。でも、そのことであえてからかう勇気はなかった。金の話がからむとぎくしゃくするものだ。それでも、ウィルがつねに好きなもの、おそらく女よりずっと好きなものをひとつあげるとすれば、それは金だ。

子供のころ、学校でだれよりも貧しかったからかもしれない。ウィルがあの学校にいられたのは、父親が校長だったからで、一方おれはスポーツ奨学金で入学した。うちは上流階級とはほど遠い家だ。おれは十一歳のときクレイドンの学校トーナメントでラグビーの試合中に目をとめられ、父親に話が来た。トレヴェリアン《トレヴス》校では実際にそういう引き抜きがおこなわれ、いいチームを作ることがあの学校にはとても重要だった。

下のほうで声がする。「おーい、上で何やってるんだ」

「あいつらだ！」ウィルが言う。「あがってこいよ。大勢のほうが楽しいからさ」

ちくしょう。せっかくウィルとふたりきりで楽しんでたのに。

連中が跳ね上げ戸からあがってくる。四人の花婿付添人《アッシャー》だ。おれはひとりやってくるたびに軽くうなずいて場所を空ける。フェミ、そのあとアンガス、ダンカン、ピーター。

「まじかよ、ずいぶん高いんだな」フェミがへりから覗いて言う。

ダンカンがアンガスの肩をつかんで突き落とすふりをする。「おっと、あぶないところだったぞ」

アンガスが甲高い悲鳴をあげたので、全員がどっと笑う。「やめろよ！」アンガスが怒りながらも体勢を立て直す。「くそ――めちゃくちゃあぶないじゃないか」必死に石壁に貼りつきながら、そろそろと動いてみんなのそばに腰をおろす。おれたちのグループで、昔からアンガスはうじうじしたところがあったが、学期のはじめに父親のヘリで到着したため、一目置かれていた。

おれがおかわりをしようと思って見ていたギネスの缶ビールを、ウィルがつぎつぎみんなに手渡していく。

「ありがとよ」フェミが言う。缶を見る。「郷に入っては郷にしたがえってか」

ピートがはるか下の地面を顎で示す。「あれを忘れるには、おまえは二、三缶飲まなくてはな、アンガスよ」

「うん、だが飲みすぎてはまずいぞ」ダンカンが言う。「気をつけていられなくなるからな」

「勝手に言ってろ」アンガスが顔色を変えて不機嫌に言う。それでもまだ少し青ざめていて、必死に壁のへりを見ないようにしているらしい。

「今回はお宝を持ってきた」ピートが声を抑えて言う。「それを使えば、飛びおりてもどえらい空中遊泳ができる気分になるぞ」

「ヒョウは体の斑点を変えられないんだよな、ピート」フェミが言う。「ママの薬棚をあさる癖――休暇からもどってくると、おまえのナップザックがかたかた音を立ててたもんだ」

「そうだよ」アンガスが言う。「ぼくたちはみんな彼女に感謝しなくちゃ」

「おれはよく感謝してたぜ」ダンカンが言う。「おまえのママがちょっとセクシーな熟女だったのが忘れられないよ、ピート」

「あしたはその愛を分けてくれよ」フェミが言う。

ピートがフェミにウィンクをする。「お見通しだな。おれは仲間にはつねに思いやりを示す男だ」

「いまじゃだめか」おれは訊く。とがった神経をにぶらせるために急に一発決めたくなった。それに、さっき吸ったマリファナの効き目が薄れている。

「いい態度だな、わんころJ」ピートが言う。「ほどほどにしとけよ」

「あしたは行儀よくしてくれよな」ウィルがわざと厳しさを装う。「アッシャーたちのせいで赤っ恥をかきたくないからな」

「行儀よくするとも」ピートが言ってウィルの肩に手をかける。「友達の結婚式をちゃんと記憶に残るものにしたいだけだよ」

ウィルは何をするにもいつも中心にいて、グループのアンカーで、みんながウィルの周囲をまわる。スポーツが得意で、成績もそこそこよかった――あちこちに臨時の援助が少しあれば。みんなの人気者だった。そして、それをなんの努力もせずあっさりやってのけている、と人には見えただろう。おれぐらいウィルのことをわかっていなければそう見える。

日差しのなかで、だれもがいっときだまってビールを飲んでいる。

「トレヴスにもどったみたいだ」アンガスが昔をなつかしむ。「学校へビールを持ちこんだときのことを覚えてるかい。体育館の屋根にあがって飲んだよな」

「うん」とダンカン。「あのときこわくてちびったことも覚えてるんじゃないか」

アンガスが顔をしかめる。「いいかげんにしろよ」

「たしかジョンノがこっそり買ってきたんだよな」フェミが言う。「村のあの酒屋からさ」

「うん」とダンカン。「こいつは十五歳なのにでかくてひね顔で毛むくじゃらだったからな、そうだろ兄弟」身を乗り出しておれの肩をパンチする。

「そしてぬるいビールを缶から飲んだよな」とアンガス。「だって冷やす手立てがなかった。いままで酒を飲んだなかであのときが一番だったかも――いまじゃなんだって飲めるだろ。何曜日だろうが冷えたドンペリを飲みたきゃ飲める」

「二、三カ月前のことを言ってるのか」ダンカンが訊く。「RACに行ったときかな」

「いつのことだ」おれは尋ねる。

「そうか」ウィルが言う。「悪いな、ジョンノ。おまえはカンブリア州とかあちこちに行ってたから、参加するには遠すぎると思ったんだよ」

「ああ」おれは言う。「そうか。それもそうだな」どうやらこの連中は、金持ちしか会員になれない王立《R》自動車《A》クラブ《C》で古式ゆかしいシャンパンつきランチを楽しんだらしい。なるほどね。一気にギネスを飲む。もっとマリファナがあれば、おれはそれでいい。

「ぞくぞくしたよな」フェミが言う。「トレヴスでの学生時代さ。まさにそんな感じだった。つかまるかもしれないって思ってたしさ」

「おいおい」ウィルが言う。「トレヴスの思い出話なんてする必要があるのか。親父からあそこの話を聞かされるだけでじゅうぶんなんだけどな」笑いながらも、まるでギネスビールが変なところにはいったかのように、少し苦しそうな顔になる。あんな父親を持ったウィルがかわいそうだと、おれはいつも思っていた。ウィルが能力の誇示にこだわるのも無理はない。あそこで過ごした日々をすべて忘れたいのはわかる。おれだってそうだ。

「学校にいた何年間かを振り返れば、あのころはすごくつらかったけどさ」アンガスが言う。「でも、いま思い返すと――これがどういうことかわからないけど――ある意味、人生で一番大事な時代だったんじゃないかな。だからって、自分の子供たちをあそこに入れようとはぜったい思わないけど――親父さんを悪く言ってるんじゃないよ、ウィル――でも、そんなに悪くはなかった。そうだろ」

「どうかなあ」フェミが疑わしそうに言う。「おれは教師連中から特別に目をつけられてたよ。くそったれの人種差別主義者にさ」そっけなく言うが、ただひとりの黒人生徒として苦労が多かったのは知っている。

「おれは大好きだったぞ」ダンカンが言い、全員の注目を集めてからさらに言う。「嘘じゃないって！どれほど大切だったかいまになってわかるんだよな。ああなるしかなかった。あの時代がおれたちを結びつけた」

「それはさておき」ウィルが言う。「現在に話をもどそう。みんなそれなりにうまくやってるんだろ」

ウィルから見てたしかにうまくやっている。連中自身から見ても問題なくやってきた。フェミは外科医で、アンガスは父親の開発会社で働き、ダンカンは――ことばの意味はさておき――ベンチャー投資家、ピートは広告業をいとなみ、その業界にいればコカインから足を洗えないだろう。

「で、最近は何をしてるんだ、ジョンノ」ピートがおれへ顔を向けて尋ねる。「登山のインストラクターをやってたんだよな」

おれはうなずく。「アドベンチャーセンターでな」と言う。「登山だけじゃない。未開地での生活方法、キャンプの設営――」

「そうだ」ダンカンが口を挟む。「あのな、みんなで集まる日のことを考えていたんだが――おまえに相談しようと思ってな。友人割引をしてくれないか」

「よろこんで」そう言ったものの、ダンカンほど裕福なやつに友人割引は要らないと思う。「と言いたいところだが、もうその仕事はやめたんだ」

「ああ？」

「ちがうんだ。ウイスキーのビジネスをはじめてね。もうじき発売する。たぶん、六カ月かそれくらいで」

「それで、取り扱い店はあるのかい」アンガスが訊く。かなり不愉快そうな声だ。自分が持っていた、でかくて間抜けなジョンノのイメージと合わないのだろう。おれは退屈な事務仕事をどうにか避けてここまでこぎつけた。

「あるさ」おれはうなずいて言う。「あるとも」

「ウェイトローズ？」ダンカンが訊く。「それともセインズベリーか」

「まあそういったところだ」

「競争の厳しい世界だよ」アンガスが言う。

「まあな」おれは言う。「昔から名の通ったものがいろいろあって、有名人のブランドもある――あの総合格闘技UFCのファイター、コナー・マクレガーだってやってるぐらいだ。でも、うちが目指してるのはなんというか、もっと職人気質のやつだ。最近出てきたジンみたいに」

「幸運にもあしたそれが飲めるんだよ」ウィルが言う。「ジョンノがひとケース持ってきてくれた。今夜も試しに飲んでみよう。なんというウイスキーだったかな。ふるった名前だったよな」

「ヘルレイザー」おれは言う。〝地獄を呼び覚ます者〟という意味の、かなりこだわりをこめた名前だ。そこいらの古臭いブランドとはちがう。それに、ウィルが忘れていたのが少し腹立たしい――きのう渡したボトルのラベルにだけ、その名前はあった。だけど、こいつはあした結婚する。ほかのことで頭がいっぱいなんだろう。

「こうなるなんてだれが思っただろうな」フェミが言う。「おれたち全員、ちゃんとおとなだ。あんな場所から出てきたんだぜ。いや、親父さんを悪く言ってるんじゃないよ、ウィル。だけど、別の世紀にはいりこんだみたいな場所だった。おれたちは生きて出られて運がよかった。たしか一学期ごとに四人はやめてったな」

　おれはやめることすらできなかった。ラグビーの奨学金をもらって家族がおおよろこびし、おれは上流階級の全寮制の学校へ行くことになった。そこへ行けばあらゆるチャンスが与えられるはずだった。というより家族がそう思った。

「たしかにな」ピートが言う。「けしかけられて科学室のエタノールを飲んだやつがいたのを覚えてるよ。病院へ救急搬送されたっけ。それに、神経衰弱になるやつもかならずいて――」

「えいくそっ」ダンカンが興奮する。「それからあのひよわな小さいガキ、死んじまったやつ。強い者だけが生き残ったんだ！」そして全員へ大きな笑みを向ける。「地獄を呼び覚ます悪たれだけが。そうだろ、みんな。週末はともに昔へ帰るぞ！」

「いいね」フェミが言う。「でもこれを見ろよ」身を乗り出して薄くなりはじめた頭頂部を指す。「おれたちは歳を食ってありきたりの男になってるんじゃないか」

「勝手に言ってろ」とダンカン。「おれたちだっていざとなればまだまだ火がつくんだ」

「結婚式でやんちゃはやめとけよ」ウィルが言うが、笑っている。

「おまえの結婚式だからこそがんばるんだ」ダンカンが言う。

「おまえは先に結婚すると思ってたよ」フェミがウィルに言う。「ご婦人たちから引く手あまただし」

「逆にきみはぜったい結婚しないと思ってたけどな」アンガスが相変わらずごまをする。「もてすぎるからさ。なぜ身を固めるんだ」

「おまえが追いかけてたあの女を覚えてるか」ピートがアンガスに訊く。「地元のコンテストに出てたんだって？　彼女のトップレスのポラロイド写真を持ってただろう。やれやれだな」

「オカズのひとつさ」アンガスが言う。「でも、あの写真のことはときどき思い返してるよ」

「うん、おまえは現実の女とヤるのは一生無理だからな」ダンカンが言う。

ウィルがウィンクをする。「まあいいじゃないか。またいっしょになったんだから――たとえ歳を食ったありきたりの男でも。うまいこと言うじゃないか、フェミ――乾杯したほうがいいんじゃないか」

「賛成だね」ダンカンがビールの缶をかかげる。

「おれもだ」ピートが言う。

「生き残った者たちへ」ウィルが言う。

「生き残った者たちへ！」全員がつづく。そしてほんの一瞬だが、ほかの連中をながめると、いままでとちがって若く見える。太陽が一同に金メッキを施したようだ。この角度からはフェミの薄毛もアンガスの太鼓腹もわからず、ピートも夜遊びばかりしているようには見えない。そして、ウィルさえ、これ以上はありえないのに、さっきより溌剌《はつらつ》と輝いている。みんなが体育館の屋根にすわってまだ何も悪いことが起こっていなかったあのころに突然もどったような気がする。あのときに帰れるなら、おれは相当多くのことを犠牲にするだろう。

「よし」ウィルが言って、ギネスの澱《おり》を空ける。「ぼくは下へ行ったほうがいいな。チャーリーとハンナがもうじき着く。ジュールが桟橋でそろって歓迎したがってるんだ」

全員がここに到着したとき、本格的な週末がはじまるだろう。けれども、ほんのいっときでいいから、またウィルとふたりきりになり、ほかの連中が来る前みたいに無駄話ができたらいいのにと思う。最近ウィルとはあまり頻繁に会っていない。それでもウィルは、世界中でだれよりもおれのことを心からわかってくれる人間だ。そしておれは、ウィルを一番よく知っている。

オリヴィア——花嫁付添人《ブライズメイド》

ここは昔女中部屋だったのだろう。ジュールとウィルの寝室の真下なのはすぐにわかった。ゆうべは何もかも全部聞こえた。もちろん気にするまいとは思った。けれども聞くまいとすればするほど、どんな小さな物音のひとつひとつも、どんなうめき声やあえぎもくまなく聞こえてくる。まるであのふたりは聞いてほしいみたい。

けさもその調子だったけど、どっちにしてもこんどは部屋を出てフォリー館から抜け出した。暗くなったら島のあちこちを歩きまわらないように、という注意を全員が受けている。でも、今夜も同じ目に遭うなら、この部屋にいるのはぜったい無理。泥炭の沼にはまっ

たり崖から落ちたりするかもしれないけれど、外のほうがました。

携帯電話の機内モードを解除して〝圏外〟の表示がどうなったかを見ても、全然どうもなっていない。どうせ新しいメッセージはないだろう。友達とは全員音信不通みたいなものだ。仲たがいしたわけじゃない。どちらかというと、わたしが大学をドロップアウトして、あの人たちの世界から抜けた。みんな最初はメッセージをくれた。

元気にしてるよね

チャットしたかったら言って

またすぐに会えるよね

さみしいよー！💔

どうしちゃったの？？？？

急に息苦しくなる。ベッド脇のテーブルへ手を伸ばす。そこに剃刀の刃がある。小さいけれど、切れ味はいい。ジーンズをさげ、刃をショーツに近い内腿に押しつけて、引きながら皮膚の下へ入れると、血があふれてくる。青白い肌なのに、血はこんなに赤黒い。あまり大きな傷ではない。もっと大きく切ったことがある。それでも、その鋭い痛みのおかげで、金属が肉へはいっていくという一点に気持ちのすべてが集中するので、ほかのことは一瞬消えてなくなる。

呼吸が少し楽になる。たぶんもう一回やれば――

だれかがドアをノックする。剃刀の刃を落とし、あわててジーンズを直す。「だれ？」と声をかける。

「わたしよ」ジュールの声が聞こえ、どうぞと言う前にドアがあけられる。いかにもジュールらしい。すばやく動いてよかった。「あなたがブライズメイドのドレスを着たところを見ておきたいの」ジュールが言う。「ハンナとチャーリーの到着まで少し時間があるわ。あきれたことにジョンノがスーツを忘れたから、ウェディングパーティーのせめてひとりだけでもきちんとした格好だってことをたしかめたいのよ」

「試着はもうしたわ」わたしは言う。「寸法ならちゃんと合ってる」嘘だ。合ってるかどうかはまったくわからない。店へ行って試着することになっていた。けれども、ジュールが連れていこうとするたびにわたしが言いわけを考えつくので、とうとうジュールが折れて、自分で試着したらすぐに報告するという条件つきでドレスを購入した。わたしは体に合っていると伝えたけれど、どうしても身に着ける気になれなかった。ジュールに届けてもらってから、そのドレスは大きな硬い厚紙の箱におさまったままだ。

「あなたは試着したかもしれないけど」ジュールが言

う。「わたしはそれを見たいの」忘れていたのを思い出したかのように、そこでいきなり笑いかける。「なんだったら、わたしたちの寝室で試着してもいいわよ」まるですばらしい特権を与えるかのような口ぶりだ。

「べつにいい」わたしは言う。「ここのほうが――」

「いらっしゃい」ジュールが言う。「あっちには洒落た大きな鏡があるから」行くしかないのだとわたしは悟る。衣装棚へ行き、淡い青緑色の大きな箱を取り出す。ジュールの口もとが引き締まる。まだハンガーにかけていないので腹を立てているのだろう。昔からジュールといっしょにいると、二番目の母親がいるみたい、というより、よそのママ――威張り散らす厳しいママ――がひとりいるみたいだった。ママは全然そんなことなかったけれど、ジュールはそうだった。

　あとについて寝室へ行く。ジュールは超がつくほどきれい好きだし、窓をあけて新鮮な空気を入れてあるけれど、ここにはふたりの体とアフターシェーブローションと、わたしが思うに（思いたくないが）セックスのにおいがある。ここにいるのは、ふたりのプライベートな空間にいるのは、まちがっている気がする。

　ジュールがドアを閉め、わたしのほうを向いて腕を組む。「じゃあ、着てみて」

　そうするしかないような気持ちになる。ジュールは人にそう感じさせるのがうまい。わたしは脱いで下着姿になり、腿からまだ出血しているかもしれないので両脚は閉じておく。ジュールに見られたら生理になったと言わなくては。窓からはいるそよ風で鳥肌が立つ。ジュールの視線を感じる。少しは遠慮してくれてもいいのに。「体重が落ちたわね」ジュールが批判めいたことを言う。気遣うような口調だけれど、心からの心配とは思えない。ジュールは妬んでいるのだろう。一度酔っぱらったとき、子供のころ〝太っちょ〟だったから学校でいじめられたと愚痴っていた。わたしが小さいときからやせっぽちだったのを知らないかのように、ジュールは体重のことをいつもずけずけと言う。でも、人によっては痩せているのが大嫌いな場合もある。それを隠しておきたい気分のときもある。それで落ちこむこともある。

でも、ジュールの言ったとおりだ。体重は減った。いまは一番小さなサイズのジーンズしか穿けないし、それだって腰からさがってくる始末だ。体重を減らす努力などしたことがない。でも、あまり食べないときに感じるあの空っぽの感覚は……しっくりくる。それがいいことに思える。

ジュールが箱からドレスを出している。「オリヴィアったら」不機嫌に言う。「しまいっぱなしだったたの？　皺になってるわよ。このシルクはとても繊細なんだから……もう少しちゃんとできると思ってたのに」まるで子供に話しているみたいだ。たぶんそのつもりなのだろう。でも、わたしはもう子供じゃない。

「ごめんなさい」わたしは言う。「忘れてたの」嘘だ。

「そうなのね。スチーマーを持ってきてよかったわ。すっかり皺を伸ばすにはだいぶ時間がかかるけど。あとでやっとくのよ。いまはとにかく着てみて」

ジュールが子供を相手にするようにわたしに腕を出させ、ドレスを頭からかぶらせて着せる。そのとき、ジュールの手首の内側に二、三センチのあざやかなピンク色の筋がついているのに気づく。火傷かもしれない。痛そうだし、どうしたのだろう。ジュールは用心深いから、へまをして火傷を負うことはまずない。でも、もっとよく見る前に、ジュールがわたしの二の腕をつかみ、ふたりでわたしのドレス姿をながめられるように鏡のほうへ引っ張っていく。ドレスはローズピンクで、肌がますます青白く見えるのでわたしがぜったいに着ない色だ。先週ロンドンで染めさせられた爪とほとんど同じ色だ。ジュールはわたしの爪の状態に不満だったが、ネイリストに〝できるだけやってみて〟と言った。いま自分の手を見ると、笑いだしたくなる。神経質なプリンセスのきらきら光るピンクの爪には、ぎざぎざで血のにじむ甘皮がある。

ジュールが後ろへさがって腕を組み、目を細くして見る。「ぶかぶかじゃないの。まったくもう、たしか店にあるなかで一番小さなサイズだったのに。冗談じゃないわ、オリヴィア。体にちゃんと合わないなら言ってくれればよかったのに。小さく直すことだってできたのよ。でも……」眉間に皺を寄せてわたしの周囲をゆっくりとまわる。わたしは窓からはいる風にふたたび吹かれ、身を震わせる。「そうねえ、少しゆるやかなのもいいかもね。そういう感じもありっていうか」

わたしは鏡に映った自分をしげしげと見る。ドレスの形自体はそんなにひどくない。スリップみたいなワンピース、バイアス裁《だ》ち、けっこう九〇年代風。色ちがいなら着ていたかも。ジュールはまちがっていない。そう悪くは見えない。でも、生地が透けて黒いショーツと乳首が見えてしまう。

「心配しないで」わたしの心を読んだかのようにジュールが言う。「あなたに合うシリコンブラを買ってきたから。それから、シンプルなTバックも。持ってないでしょ」

よかった。それなら丸裸になった気分にならずにすむ。

姉を後ろにして鏡の前に立ち、ふたりでわたしの姿をながめていると、なんだか妙な感じがしてくる。わたしたちには明らかなちがいがある。容姿がまったく似ていない。たとえば、わたしのほうが鼻が細い——ママゆずりだ——けれども、ジュールの髪のほうが豊かでつやがある。でも、こうしていっしょにいると、他人が思うよりは似ていることに気づく。顔の形がママに似て同じだ。見れば姉妹だとわかる。少なくとも、かろうじてわかる。

ジュールにもそれが見えているのだろうか。わたしたちの似ているところが。ジュールの表情がすごく妙で、やつれて見える。

「ああ、オリヴィア」姉が言う。そのあと――実際感じるよりも前に、目の前の鏡のなかでそれが見える――ジュールが両手を出してわたしの手を包みこむ。わたしは固まる。全然ジュールらしくない。大げさなスキンシップや愛情表現をしない人なのに。「あのね」とジュール。「たしかに、わたしたちはいつも仲よしだったわけじゃない。でも、あなたがブライズメイドになってくれてほんとうによかったと思ってるのよ。わかるでしょ――ね？」

「ええ」わたしは言う。少しかすれ声になる。

ジュールがわたしの手を握り締める。これは彼女にとって大きなハグと同じことだ。「ママから聞いたけど、例の男と別れたんですって？　ねえ、オリヴィア、あなたの歳では世界が終わったみたいに感じるかもしれない。でも、そのうちあなたにほんとうにぴったりの人が現れるから、そうしたらちがいがわかるわ。ウィルとわたしみたいに――」

「だいじょうぶよ」わたしは言う。「平気だから」嘘だ。この話はぜったいだれともしたくない。一番話したくない相手はジュールだ。なぜわたしがせっせと化粧をしたり、すてきな下着をつけたり、新しい服を買ったり、髪を切りにいったりしたのか理由を思い出せないと言っても、姉にはまったく理解してもらえないだろう。全部別の人間がしていたような気がする。

突然、ほんとうに気分がおかしくなる。意識が遠のいて胸がむかつく感じ。体が少しぐらつき、ジュールに二の腕をしっかりとつかまれる。

「だいじょうぶ」どうしたのと訊かれる前に言う。ジュールが選んでくれた高級すぎるグレーのシルク地のハイヒールにかがみこみ、宝飾の留め金をはずしにかかるけれど、指先が思うようにならずにずいぶん時間がかかる。そのあと、手を上にもっていってドレスを頭から乱暴に脱いだので、破れると思ったのだろう、ジュールが小さく息を呑む。わたしはお化粧がつかないように枕カバーを使ったりしなかった。

「オリヴィア！」姉が言う。「いったいどうしたっていうの」

「ごめんなさい」わたしは言う。でも、口の形で伝えただけで実際に声に出してはいない。

「よく聞いて」ジュールが言う。「二、三日でいいから、あなたには少しがんばってもらいたいの。いいわね。これはわたしの結婚式なのよ、リヴィー。完璧な式にするために必死で準備してきたんだから。あなたにはこのドレスを買った。これを着せたいのは、ブライズメイドとして式に出てもらいたいからよ。わたしにとってはとても意義のあることなの。あなたにとっても意義があるはずよ。そうでしょ」

　わたしはうなずく。「ああ、そうね。そうよね」そのあと、もっと何か言うのを姉が待っているみたいなので、こうつけ加える。「心配ないって。なんだろう……いままでどうかしてた。もうだいじょうぶだから」

　嘘だ。

ジュール――花嫁

母の部屋のドアをあけると、ゲランの香水シャリマーらしき香りとたばこの煙が立ちこめている。ここでたばこを吸うのはあまりよくない。母はシルクのキモノをはおって鏡の前にすわり、唇の輪郭をカーマインレッドに塗るのにいそがしい。「あらまあ、ひどくすさんだ顔をしてるわね。何か用かしら、ダーリン」

ダーリン。そのことばに不思議と残酷な響きを感じる。

穏やかな態度で理性を保つ。きょうは最高の自分でいること。「オリヴィアはあしたちゃんとしてくれるわよね」

母がうんざりした顔でため息をつく。手近に置いた飲み物をひと口飲む。どうやらマティーニのようだ。やれやれ、強い酒をもう飲んでいる。

「あの子はブライズメイドなのよ」わたしは言う。「ほかに頼める人が二十人もいたわ」そこまではいなかった。「それなのに、本人は面倒でたまらないという態度なのよ。たいしたことを頼んだわけじゃないのに。ヘン・パーティーにも、別荘に部屋をとっておいたのに参加しなかった。だから変に思われて――」

「わたしが代わりに行ってあげたのに、ダーリン」

わたしは母をまじまじと見る。母が来たがるかもしれないとは、一瞬も考えなかったと思う。それに、この母アラミンタを祝賀会に呼ぶなんてぜったいにありえない。パーティーがアラミンタ・ジョーンズ・ショーになるのは避けられない。

「あのね」わたしは言う。「そんなことはいいの。もうすんだことだし。だけど、わたしのために、少しぐらい努力して楽しそうにふるまえないものかしら」

「あの子にはつらい時期があったのよ」母が言う。

「ボーイフレンドと別れたとかそういったこと？　インスタグラムを見たかぎりでは、たった二、三カ月の交際だったじゃない。ずいぶん壮大なロマンスだこと！」精一杯気をつけているのに、怒気を含んだ声になる。

　いまや母は、上唇の曲線をより正確になぞることに集中している。「でもダーリン」ひと息ついて母が言う。「それを言うなら、おまえとあのすてきなウィルのつき合いもそんなに長くないでしょ」

「それとこれとじゃだいぶちがう」わたしは苛立つ。「オリヴィアは十九歳よ。まだ十代でしょ。十代の子は体にちょうどホルモンが満ちてくるから恋が訪れた気分になるのよ。わたしもあの子ぐらいの歳では恋をしてると思いこんでいた」

　十八歳のチャーリーと出会ったときのことを思う。浅黒く焼けた肌、ときどき短パンからのぞく白い部分。わたしの思春期の恋について、母はまったく知らなかった——というより、知ろうともしなかった——という思いが心をよぎる。母は自分の恋愛でいそがしすぎた。それはそれでありがたい。そんな詮索を歓迎する十代がいるとは思えない。それでもこういったことを振り返れば、母とオリヴィアの絆がわたしの場合よりもずっと強いと感じずにはいられない。

「おまえのお父さんがわたしを捨てたとき」母が言う。「わたしも同じぐらいの歳だったのを忘れないでちょうだい。生まれたばかりの赤ん坊をかかえて——」

「わかってるわよ、ママ」わたしはなるべく辛抱強く言う。わたしが生まれたために、ぜったい、きっと、もしかしたら、すばらしかったであろう母のキャリアが終わったという話を、わたしは必要以上にしつこく聞かされてきた。

「それがどういうことだったかわかる？」母が訊く。

　ああ、はじまったか。おなじみのせりふ。「赤ん坊をかかえてキャリアを積むことが。暮らしを立てながら成功を目指すことが。それも、食卓に食べ物を並べるためだけに」

〝女優の仕事をつづけようとする必要はなかったわね〟わたしは思う。〝もしほんとうに食卓に食べ物を並べたかったのなら、それは一番良識のある手段とは言えないんじゃないかしら。わたしたちはあなたのわずかばかりの収入を、ロンドンの中心地にある劇場街シャフツベリー・アベニュー付近のアパートメントの家賃に充てたあげくに食べ物に事欠く、という事態に陥らずにすんだはず。あなたが十代のときまちがった判断をして妊娠したのは、わたしのせいではありません〟

いつもどおり、そんなことはひと言も口にしない。

「わたしたちはオリヴィアのことを話していたのよ」そう言うだけだ。

「そうねえ」母が言う。「まあこれだけは言っておくけど、オリヴィアにはつらい別れ方をした以上の、ちょっとしたことがあったのよ」そしてつややかなネイルの仕上がり具合をたしかめる。これもカーマインレッドで、まるで指を血にひたしたかのよう。

もちろんそうよね、とわたしは思う。オリヴィアだからそれは特別で、いろいろな意味でちがうのはしかたがない。気をつけて、ジュール。辛辣にならないで。一番好ましい態度を取って。「どんなこと？」わたしは尋ねる。「ほかに何があったの」

「わたしが言うことじゃないわ」この母にしては驚くほど控えめだ。「それにね」とつづける。「オリヴィアはわたしに似て、ほら——感情面が敏感でしょう。わたしたちはそう簡単には……一部の人たちみたいに自分の気持ちを抑えこんで平然としていることができないのよ」

たしかに、ある程度はそうだろう。オリヴィアは物事を深く、深すぎるほど感じ取り、それを心に刻みこむ。夢見がちなところもある。いつも校庭で擦り傷を作ったり、何かにぶつかって痣をこしらえたりして帰ってきたものだ。爪を噛む癖があり、小さなことにこだわり、余計なことを考えすぎる。あの子は〝壊れやすい〟。でも、甘やかされてもいる。

それに、〝一部の人たち〟という母の言い草に棘《とげ》を感じずにいられない。ほかの人間がものをはっきり言うからといって、自分の感情をどうにかするすべを見つけたからといって――そこに感情がないわけではない。

深呼吸をして、ジュール。

ブライズメイドになってくれてうれしいと言ったとき、オリヴィアになんとも言えない妙な目で見られたことを思い返す。試着をするために、オリヴィアが服をするりと脱いで細くてたるみひとつない体をさらしたとき、胸にちくりとした痛みを覚えずにはいられなかった。彼女はわたしの視線を感じたはずだ。あまりにも細く、あまりにも血の気がない。それなのに、まぎれもなく美しかった。九〇年代のヘロイン・シックなモデルのようだ。後ろにストリングライトが光るワンルームのアパートメントで、ゆったりと過ごすケイト・モスといったところだ。その姿を見てわたしは、オリヴィアのこととなるといつも湧いてくるふたつの感情の板挟みになった。切ないほどの深い慈《いつく》しみと、後ろめたいひそかな妬ましさ。

わたしはいつも妹にあたたかく接していたわけではなかったかもしれない。いまは彼女も成長して少し賢くなった。そして最近は、とくにあの婚約パーティー以来、目に見えて態度がよそよそしくなった。それでも小さいころのオリヴィアは、なついている子犬のようにわたしのあとをついてまわったものだ。素っ気なくしても妹が慕ってくることにわたしは慣れてしまった。一方で妬ましくもあった。

母が椅子にすわったまま振り向く。突然、柄にもなく堅苦しい顔になる。「あのね。あの子はつらい目に遭ったのよ、ジュール。おまえにはその気持ちの半分もわからないだろうけどね。あのかわいそうな子はいろいろな経験をしたのよ」

　かわいそうな子。そのことばがわたしを刺す。もう平気だと思っていた。平気じゃないとわかって情けなくなる。嫉妬の小さな矢が肋骨の奥にはいる。

　大きく息をつく。わたしはこれから結婚するのだと自分に言い聞かせる。ウィルとわたしに子供が生まれたら、わたしみたいな子供時代は送らせない――母のボーイフレンドはつぎつぎ変わり、どれも〝ブレイク寸前〟の役者だった。ソーホーでのいつもの二次会では、だれかがコートを敷いてその上でわたしを寝かせてくれた。なにしろまだ六歳で、クラスメートはとっくに寝かしつけられている時刻だったのだから。

　母が鏡へ向き直る。自分の姿に目を凝らし、髪を片方へ押し、それからもう片方へ押し、頭の後ろへねじってあげる。「新しいお客様が到着するからきれいにしなくちゃね」母が言う。「みんなハンサムかしらね、ウィルのお友達ってのは」

　あきれた。

　自分がどれほどめぐまれていたか、どれほど幸運だったか、オリヴィアはわかっていない。あの子にとってはすべてが当たり前だった。オリヴィアの父親のロブがいたころは、母もまともな母親になった。食事を作り、八時にはベッドへ行けと言い、遊戯室はおもちゃでいっぱいだった。しまいに母は幸せな家族ごっこに飽きた。でもそれは、オリヴィアが何不自由なく子供時代を終えたあとだった。なんでも持っているのにそれに気づきもしない少女を、わたしが半分憎みはじめたあとだった。

　いま、何かを壊したくてたまらない。化粧台にあるシールトゥルドンのキャンドルグラスを取って手に載せ、これが粉々に砕けるのを見るのはどんな気分だろうと想像する。いまはこれ以上しない——自制している。自分のこんな一面をウィルにはぜったい見られたくない。けれども、家族の前ではいやな自分がふと顔を出し、昔の意固地な気持ちや嫉妬心や心の傷が一気によみがえり、家出をくわだてていた十代のジュールにもどる。もっと度量が大きい人間にならなくては。わたしは自分で自分の道を敷いてきた。自分だけの力で安定した力強いものを築いてきた。そしてこの週末、そのことを世に広く示す。勝利の行進だ。

ボートのエンジン音が、窓から聞こえてくる。チャーリーが着いたのだろう。チャーリーがいてくれれば気持ちがなごむ。

キャンドルグラスを置く。

ハンナ——同伴者

ようやく穏やかな島の入江に着くまでにわたしは三べん吐き、ずぶ濡れで骨まで凍えてぼろ雑巾のようにくたびれ、救命いかだがわりにチャーリーにしがみついていた。脚から骨がなくなったみたいに力がはいらないので、ボートをおりたときにどう歩けばいいのかわからない。こんなわたしがいっしょではチャーリーが気まずい思いをするだろうか。この人はジュールの前では少し格好をつけたがる。母はそれを〝すかしてる〟と言う。

「お、あれだ」チャーリーが言う。「あっちに浜が見えるだろう。砂がほんとうに白いね」そちらへ目を向けると、浅瀬がびっくりするほどのアクアマリン色で、波が光を反射している。浜辺の一方の端には荒涼とした崖といくつもの巨大な岩柱がそびえ、そこだけ異質な風景だ。もう一方の端には、めずらしいほど小さな城が岬の上に見え、下のほうには岩棚があって波が砕け散っている。

「あそこにお城があるわね」わたしは言う。

「あれがフォリー館だろう」チャーリーが言う。「とにかくジュールはそう呼んでる」

「愚者《フォリー》の館だなんて、お金持ちって独特な名前をつけるものなのね」

　チャーリーが無視して言う。「あそこに泊まるんだ。きっと楽しいよ。それに、いい気晴らしになるんじゃないか。今月はずっとたいへんだっただろう」

「うん」わたしはうなずく。

　チャーリーがわたしの手をぐっと握る。わたしたちは少しのあいだ無言になる。

「それに、わかるだろ」ふいにチャーリーが言う。「いつもとちがって子供たちはいない。おとな同士にもどれる」

　チャーリーをちらりと見る。いまの言い方に不満そうなところはあっただろうか。たしかに、最近のわたしたちは幼い子供たちを食べさせていくこと以外たいしたことはしていない。わたしが子供にあまりにも多くの愛情と注意を注いでいるので、チャーリーが少し妬いている気がすることもあるぐらいだ。

「つき合いはじめのころを覚えてるかい」一時間前、コネマラの美しい田園地帯をふたりでドライブし、ヒースの赤い花や黒々とした泥炭をながめながら、チャーリーは言った。「週末はテントをしょって列車に乗り、自然のなかでキャンプをしたね。ずいぶん昔のことみたいだ」

　あのころのわたしたちは週末じゅうセックスをして過ごし、ベッドを離れるのは食べるか散歩へ行くときぐらいのものだった。お金にはいつも余裕があったと思う。まあ、いまは別の意味でわたしたちの人生は豊かだけれど、それでも、チャーリーが言いたいことはわかる。友達仲間で一番はじめに子供ができたのはわたしたちで、わたしは結婚前にベンを身ごもった。それはそれでよかったのだけど、でも、もう二、三年気楽に楽しめるはずだった時期をわたしたちはのがしてしまったのだろうか。ときどき、道をまちがえたような気分になるもうひとりの自分がいる。いつももう一杯つき合う、ダンスが大好きな女の子。彼女がいなくて寂しいと思うことがある。

チャーリーの言うとおりだ。わたしたちに必要なのは、遠く離れた場所でふたりで過ごす週末だ。欲を言えば、ひさしぶりのまともな息抜きの場が、チャーリーの少し近寄りがたい友達の盛大な結婚式でなかったらいいのにと思う。

最後にセックスしたのがいつかという問題はあまり考えたくない。答がわかってがっかりするに決まっている。とにかく、しばらく前だ。晴れの週末のためにビキニラインの無駄毛を処理したけれど……ああ、それもずいぶんひさしぶり。バスルームの棚にあるセルフ脱毛シートのほぼ未使用の箱を数えなくてもわかる。子供が生まれてから、ときにわたしたちは愛し合う男と女というより、どちらかといえば弱小の新興会社で全力で働かなくてはならない同僚か相棒のようなものだった。男と女。自分たちのことをそう考えたのは、最近ではいつだろう。

「ああもう」わたしは声をあげ、あれこれ考えまいとする。「あの大テントを見て！　すごいじゃない」あまりにも大きいので、ひとつの構造物というより天幕を張った町みたいだ。現実にここまでとてつもない大テントを用意する者がいるとしたら、それはジュールだろう。

それ以外の島の光景は、こう言ってよければ、遠くからながめたときよりもずっと殺伐としている。こんなわびしげな島に何日か滞在するのが信じられないくらいだ。岸に近づくにしたがい、フォリー館の後ろに黒ずんだ小さな家々が見えてくる。そして、大テントの向こうにある丘の頂上には黒々したものが密集して立っている。最初は人がいるのかと思った。わたしたちの到着を待っている大勢の人たち。ただ、奇妙なことにまったく動きがない。さらに近づくにつれ、直立する見慣れない形のものは墓標だとわかる。てっぺんが大きな球根のように見えるのは十字架、それも縦横同じ長さの十字を輪で囲んだケルト十字だ。

「あそこだ!」チャーリーが言う。そして手を振る。

桟橋に人が集まって手を振っているのがわたしにも見える。指で髪をなでつけるものの、いっそうざんばら髪になっているのが長年の経験でわかる。せめて水のボトルが一本あれば、ひと息に飲んで口のなかのいやな味を追い払えるのに。

距離が縮まるにつれ、ひとりひとりを少しは見分けられるようになる。このくらいの遠目でもジュールが完璧な装いをしているのがわかる。こんな場所で白ずくめの服を着てもすぐに汚さずにいられるのは、彼女しかいない。ジュールとウィルのそばにふたりの女性が立っているが、たぶんジュールの家族だろう——つややかな黒髪を見れば明らかだ。

「ジュールのお母さんがいるね」チャーリーが年嵩《としかさ》の女性のほうを指して言う。

「へええ」わたしは言う。予想とまるでちがう。黒い細身のジーンズを穿き、黒縁のキャッツアイ型の小ぶりな眼鏡を額の上まであげて黒くなめらかなボブヘアを押さえている。三十過ぎの娘がいる歳には見えない。

「そう、かなり若いころにジュールを産んだ」わたしの心を読んだかのようにチャーリーが言う。「そしてあれが——こいつは驚いた! たぶんあれがオリヴィアのはずだ。ジュールと半分血がつながっている、小さな妹だよ」

「いまはあまり小さくないみたいね」わたしは言う。妹はジュールや母親よりも背が高く、曲線美豊かなジュールとはまったく体型がちがう。とても印象的で美人といってもよく、肌が極限まで青白いので、その肌色には当人のような黒髪しか似合わないだろう。ジーンズを穿いた両脚はまるで木炭で描かれた二本の長い線だ。ああ、あんな脚が死ぬほどほしい。

「ずいぶん大きくなってびっくりだよ」チャーリーが言う。半分ささやき声になるのは、聞こえるぐらいのところまで近づいたからだ。少しびくついているみたい。

「あなたにお熱だったのは彼女だっけ？」そう訊いたのは、ジュールとのうろ覚えの会話を思い出したからだ。

「そうさ」チャーリーが苦笑いを浮かべる。「まったく、そのことでよくジュールにからかわれたよ。けっこう気まずい思いをしたな。滑稽だけど、気まずくもあった。あの子は口実を見つけてはおしゃべりにやってきて、十三歳の子供にできる精一杯あぶなっかしいやり方でまとわりついたもんだ」

桟橋に立つすばらしい姿を見てわたしは思う——いまはそんなに気まずくないみたいね。

そばでマッティが急にせわしなく動きはじめ、船体の片側にフェンダーを出してロープの用意をする。

チャーリーが進み出る「何か手伝うことは——」

マッティがうるさそうに手を振るので、チャーリーは少しむっとしたようだ。

「こっちへ投げろ！」ウィルが桟橋を大股で歩いてくる。テレビのなかの彼はハンサムだ。生身ではどうかというと……そう、息を呑むほどすばらしい。「手伝うよ」ウィルがマッティに声をかける。

マッティがロープを投げると、それをウィルがじょうずに宙で受け止め、アラン編みのセーターの下から筋肉の発達した腹がわずかに見える。もしかして、チャーリーが隣で苛立っているのではないか。ボートは彼の得意分野だ。若いころ、セーリングのインストラクターをしていた。けれども、アウトドア関係のすべてがウィルの得意分野らしい。

「ようこそ、おふたりとも！」ウィルが顔をほころばせてわたしへ手を差し出す。「かかえましょうか」ほんとうは必要ないけれど、それでもわたしは受け入れる。彼はわたしの脇の下に手を入れ、子供の軽さしかないみたいに、持ちあげてボートのへりを越えさせる。あるかなきかの男のにおい——苔と松の香り——がふいにわたしの鼻をかすめ、そのお返しに自分がどういうにおいを発しているのか——たとえば嘔吐物と海藻とか——に気づいてげんなりする。

もうわかっているけれど、現実の世界でも彼は魅力と磁力を持っている。番組を観ながら彼についての記事を読んだところ——彼のすべてを知るためにすぐにググらずにいられなかったからだ——女性ジャーナリストが冗談半分に、この番組を観るのはウィルに目が釘付けになってしまうからで、眼福とはまさにこのこと、と書いていた。それに対して怒りの意見が殺到し、これは人をモノ扱いした態度であり、男のジャーナリストが同じ記事を書いたなら生きながら焼かれただろう、と言い立てられた。でも、番組のPRチームはきっとシャンパンで乾杯したと思う。

正直言って、その女性ジャーナリストが言いたいことはわかる。ウィルが上半身裸になったり、苦しみながら岩場をのぼっていく場面はいっぱいあり、いつも信じられないくらい魅力的だ。でも、それだけではない。彼にはカメラに訴える特別なすべ、特別な親しみやすさがあるので、彼が一時しのぎに枝や樹皮でこしらえた避難場所ではだれもが隣に横たわり、彼のヘッドランプの明かりにまばたきをしているような気分になる。それは打ち解けた孤独、自然のなかで彼とふたりきりという孤独だ。これには心惹かれる。

チャーリーがウィルに手を差し出す。「なんだよそれ」ウィルがそう言って差し出された手を無視し、チャーリーを強くハグする。チャーリーの背中が緊張したのがここからでもわかる。

「やあ、ウィル」チャーリーが素っ気なくうなずいてさっと離れる。こんなに歓迎するウィルに対して失礼に当たるかどうか、ぎりぎりのところだ。

「チャーリー！」こんどはジュールが進み出て両腕を広げる。「ひさしぶりね。ああ、会いたかったわ」

ジュール。チャーリーの人生における別の女。彼の人生で最も重要な女——わたしが現れるまでは。ふたりが長いハグをする。

ようやくわたしたちはジュールとウィルにいざなわれてフォリー館へと向かう。ウィルが言うには、この館はもともと沿岸防備のために建てられたが、一世紀前に裕福なアイルランド人によって別荘に改築された。数日静養したり、友人たちをもてなしたりする場所として。でも、知らなければ中世の建物だと思いこむところだ。小塔があり、大きな窓が並ぶ横に小さな窓が作られている。「矢《や》狭間《はざま》を模したものだ」チャーリーが言う——城オタクなのだ。

歩いていくと礼拝堂が、というより礼拝堂の跡が、フォリー館の裏手から姿を現す。屋根は完全になくなり、わずかに残った壁と五本の支柱が——昔は尖塔だったかもしれないが——空へ向かって伸びている。窓は石壁に大きく空いたうつろな穴で、礼拝堂の正面全体は崩れ落ちたにちがいない。「あしたはここで式がとりおこなわれるの」ジュールが言う。

「すばらしいわ」とわたし。「とてもロマンチックね」じつにふさわしい。それに、ここには荒涼とした美しさがあると思う。チャーリーとわたしは地元の登記所で結婚した。美しさなど微塵もなかった。古くさい役所の一室で、少しもじもじし、緊張で筋肉が引きつった。もちろんジュールもいたが、デザイナーズブランドの服を着ていたのでまわりからかなり浮いていた。セレモニー全体は二十分程度で終わり、出ていくときにつぎのカップルとすれちがった。

　でもわたしは、この礼拝堂のような場所で結婚したいとは思わなかっただろう。たしかに美しいけれども、その美しさには明らかに痛ましいところがあり、どこか不気味ですらある。礼拝堂が空へそびえるさまは、ねじれた長い指が地面から伸びているかのようだ。ここは何かに取り憑かれているように見える。

　ウィルとジュールのあとをついていきながら、ふたりをながめる。まさかジュールがおさわり大好き人間だったはずはないけれど、彼女の手がウィルのあちこちにふれ、まるでさわらずにいられないかのようだ。だれが見ても体の関係があるのはわかる。しかも頻繁に。彼女の手が彼のジーンズのポケットに滑りこんだり、Ｔシャツの下から這いあがったりするのはあまり見られたものではない。チャーリーも気づいたはずだ。でも、わたしから言うのはよそう。自分たちのごぶさたが身に染みるだけだ。わたしたちだって昔はわくわくするようなきわどいセックスをした。でも最近は年じゅうくたびれている。それに、つい考えてしまうけれど、子供が生まれてからのわたしはチャーリーとはちがう気持ちでいて、というより、チャーリーのほうもわたしのいまのおっぱいが授乳前と変わったとか、お腹の皮が妙なぐあいにたるんでいるとか思っているのではないか。尋ねるまでもないのはわかっている。わたしの体は奇跡を起こしたのだから。しかも二度。それでも、夫婦がその後も互いを求め合うのは大事なことではないかしら。

　チャーリーとわたしがいっしょになってから、ジュールがだれかと長つづきしたことは一度もなかった。〈ザ・ダウンロード〉に入れこみすぎて、真剣なつき合いをする暇がないのだろう、とわたしはいつも察していた。チャーリーは交際がいつまでつづくか予測するのが好きだった。「長くて三ヵ月だな」とか、「ぼくに言わせれば、もう有効期限を過ぎてるよ」とか。そして破局を迎えたとき、彼女が電話する相手はいつもチャーリーだった。彼女がついに身を固めたのを見て、この人はいまどう感じているのだろう、とわたしは心の隅で思う。手放しでよろこんではいないだろう。このふたりにまつわる疑惑が頭をもたげようとしている。わたしはそれを押さえこむ。

建物に近づいたとたん、上のほうから笑い声がどっと湧き起こる。見あげると、フォリー館の胸壁つきの屋上に男性が何人かいて、こちらをながめている。あざけるようなその笑い声に、突然自分の髪や服のひどさをいやというほど気づかされる。わたしたちは笑い話のネタにされているにちがいない。

オリヴィア——ブライズメイド

チャーリーと再会したせいで、ぼうっとあの人にまとわりついていたのを思い出す。ほんの数年前のことだけど、あのころは子供だった。昔の自分を思うと恥ずかしい。でも、なんだか悲しい気持ちにもなる。

あの人たち全員から隠れる場所を探しているところだ。小道を歩き、この島に人が住んでいたころの名残りであるいくつもの廃墟を通り過ぎる。ジュールの話では、島民が自分たちの家を捨てたのは、本土で暮らすほうが楽で、電気とか使えるほうがいいと知ったからだ。それはわかる。ここにずっといるだけでだれでも気が変になるだろう。たとえ本土へ行く船に乗れたとしても、どこへ行くにもまだ百万キロ以上ある。たとえばだけど、一番近くの〈H&M〉でも何百キロも離れていると思う。ママとわたしが住む場所は不便だといつも思っていたけれど、でもいまは大西洋のただ中に浮かぶ島で暮らしていないのがほんとにありがたい。だから、そうね、出ていきたい理由はわかる。でも、ガラスの抜け落ちた窓や崩れそうな外観の荒れた家々をながめていると、この島で悪いことが起こった気がしてならない。

きのう、浜のひとつであるものを見た。まわりの石より大きく、灰色だけどもっと形がなめらかで、なんとなくやわらかそうだった。行って近くで見た。それは死んだアザラシだった。とても小さいから、赤ちゃんアザラシだろう。もう少し近くまでそうっと近づいてから、びっくりした。こちらから見えなかった反対側で、アザラシの体はすっかり裂かれ、赤黒いものがこぼれ出ている。あの光景が頭から離れない。そのときから、そこへ行くとどうしても死について考えてしまう。

その洞窟へおりるのにほんの数分しかかからない。洞窟の場所はフォリー館にある島の地図に記されている。〈ささやく洞窟〉と呼ばれている。大地に刻まれた長い傷みたいで、両端は開いている。入口が丈の長い草ですっかり隠れているので、気づかなければ落ちてしまうかもしれない。きのう見つけたとき、もう少しで落ちるところだった。ことによれば首の骨が折れていた。そうしたら、ジュールの完璧な結婚式がめちゃくちゃになるんだろうな。それを思うと笑みを漏らしそうになる。

階段に似た側面を伝って洞窟へおりる。頭のなかの雑音のレベルが一段階さがり、少し楽に息が吸えるようになるけれど、ここは変なにおいがする——硫黄のような、それに、何かが腐っているようなにおいも。あたり一面に散らばる太いロープのような海藻のせいかもしれない。それとも、洞窟の壁にところどころ生えている黄色い地衣類が悪臭を発しているのだろうか。

目の前に狭い砂利浜があり、その向こうが海だ。岩に腰をおろす。湿っているけれど、それを言うならこの場所全部が湿っている。けさ服を着たときも湿り気を感じ、まるで洗ったのに乾ききっていない服みたいだった。唇をなめれば塩の味がする。

ずっとここに、ひと晩じゅうでもいようかと思う。式がすんだあとも、すっかり終わって塵が払われるまでここに隠れていればいい。もちろん、ジュールは怒り狂うだろう。といっても……怒ったふりはするかもしれないけど、じつはひそかにほっとする。ほんとうはわたしを結婚式に参加させたいなんてまるで思っていないはずだ。わたしを憎んでいるはずだ。わたしのほうがママに好かれ、ときどきだけど会いたがってくれるパパがわたしにはいるから。自分がいやな子だってわかってる。ジュールはときどきわたしによくしてくれる。たとえば去年の夏はロンドンの自分のフラットに住まわせてくれた。だから、そんなときは口のなかでいやな味がするみたいに、自分が悔やんでいることを思い出す。

携帯電話を取り出す。ここのだめな電波のせいで、わたしのインスタグラムのトップは一枚の画像で止まっている。もちろんエリーの最新の投稿だ。みんながわたしをばかにしてるみたい。下にコメントがある。

あなたたちったら！♥♥♥

うっそー！　すてきすぎる😍

ママ＋パパ

#いまの気分♥

じゃあ、これは正式発表ってことよね（ウィン

ク）
やっぱりつらい。胸の真ん中が痛む。画像の中のうぬぼれた笑顔を見て、洞窟の壁に目いっぱい強く携帯を投げつけようかとも思う。でも、そんなことをしてもなんの解決にもならない。問題は自分のもとに無傷で残る。

洞窟のなかで何か音が聞こえ――足音だ――ぎょっとして携帯を落としそうになる。「だれ？」わたしは言う。小さなびくついた声だ。ベストマンのジョンノだったら最悪だ。あの男はさっきわたしを見ていた。

立ちあがり、壁伝いに洞窟から出ようとするけれど、岩をびっしりと覆うとがったフジツボで指先を擦りむく。ようやく岩壁から顔を出す。

「あらま！」人影が後ろへよろめき、手を胸に置く。チャーリーの奥さんだ。「やだもう！　びっくりした。こんなところにだれかいるなんて思わないもの」感じのいい北部訛りだ。「あなた、オリヴィアよね。わたしはハンナ、チャーリーの連れ合いの」

「ええ」わたしは言う。「わかってます。こんにちは」

「こんなとこで何してるの」だれにも聞かれていないのをたしかめるみたいに、彼女がさっと後ろを振り返る。「隠れ場所を探してた？　わたしもよ」

そう言われて、少しだけ気を許すことにする。

「そうか」彼女が言う。「そう言っちゃ変に聞こえるわね。ただちょっと――わたしがいないほうがチャーリーとジュールが旧交をあたためられるんじゃないかって。だって、あのふたりは昔からのつき合いで、そこにわたしは含まれないんだもの」

少しうんざりした声だ。チャーリーとジュールが過去のある時期に寝たのは、まあ九十パーセントまちがいない。ハンナはそう考えたことがないのだろうか。

ハンナが岩棚に腰かける。わたしもすわる。だってはじめからいたんだから。ほんとうは、気持ちを察してひとりにしておいてくれたほうがいいけれど。ポケットからたばこの箱を取り、一本出す。ハンナが何か言うかと様子をうかがう。何も言わない。そこで、もう一歩踏みこみ、試すつもりでライターといっしょに一本差し出す。

　彼女が顔をしかめる。「やめといたほうがいいんだけど」と言う。それから深く息を吐く。「でもいいよね。わたしたち、ここで気が合ったみたいだし――ほら、もう震えてる」見せるために片手をあげる。

　彼女がたばこに火をつけ、深々と吸ってから、また大きく息を吐く。少しくらくらしたらしい。「うわっ。いきなりがつんと来た。しばらくぶりなの。妊娠したときにやめたから。でも、クラブがよいをしてたころはずいぶん吸ったっけ」そしてわたしを見る。「うん、そうよね――百万年前の話だって思ってるんでしょ。たしかにそんな気がする」

　じつはそう思っていたので、ちょっとばつが悪い。でもよく見ると、耳の片方にはピアスの穴が四つあり、手首の内側にタトゥーがあって半分袖で隠れている。たぶん、この人には別の一面があるのだろう。

　彼女がもう一服大きく吸う。「ああ、最高。たばこをやめたとき、しまいには好きじゃなくなるとか、とくに吸いたくなくなるって思ったんだけど」大きな声で笑い飛ばす。「そう。ちがった」そして、みごとな煙のリングを吐き出す。

　いつの間にかわたしは引きこまれている。カラムもよく挑戦したけれど、全然こつをつかめなかった。

「で、大学生よね」彼女が訊く。

「ええ」

「どのあたりの？」

「エクセター」

「いい大学じゃない」

「そうね」とわたし。「たぶん」

「わたしは行かなかった」ハンナが言う。「うちの家族はだれも大学には行かなかった」そこで咳をする。「姉のアリス以外はね」

それについて何を言えばいいのかわからない。わたしは大学へ行かなかった人をあまり知らない。ママでさえ大学で演劇を専攻した。

「アリスは昔から頭がよかった」ハンナがつづける。「信じられないでしょうけど、わたしはやんちゃばかりしてた。ふたりとも最低のハイスクールにかよってたんだけど、アリスはすばらしい成績で卒業した」そして、たばこから灰を落とす。「ごめんなさい、だらだらしゃべって。急に姉を思い出したものだから」

顔つきが変わっているのに気づく。でも、全然知らない者同士だから、それについて尋ねてはいけない気がする。

「それはそうと」ハンナが言う。「エクセター大学は気に入ってる？」

「もう行ってないの」わたしは言う。「ドロップアウトしたから」なぜそう言ったのかわからない。適当に話を合わせてまだ在籍中のふりをしたほうがよっぽど簡単だった。でも、なんとなく彼女には嘘をつきたくないと急に思った。

ハンナの顔が曇る。「へえ、そうなの。じゃあ、楽しくなかったのね」

「そう」わたしは言う。「たぶんね……。ボーイフレンドがいたの。彼に振られたのよ」うわあ、みじめったらしく聞こえる。

「そいつは本物のクソ男だったのよ」ハンナが言う。「もしそいつのせいで大学をやめたのならね」

去年の出来事をいろいろ考えると、心が熱くて空っぽになって、きちんと考えたり頭のなかで整理したりできない。とくにいまは、全部をつなぎ合わせようとしても何ひとつまとまらない。全部言ってしまわないと説明できないと思う。だから、肩をすくめて言う。

「まあね、でもはじめてできた本格的なボーイフレンドだったかも」

本格的とは、どこかのホームパーティーでいちゃつく相手以上という意味だ。でも、それはハンナに言わない。

「それで、彼を愛してた」彼女が言う。

尋ねる言い方ではないので、答えなくてもいいかなと思う。それでもうなずく。「そうよ」すごく小さなかすれ声になる。大学のオリエンテーション週間中のバーで、黒い巻き毛ときれいな青い瞳を持つカラムを見るまでは、ひとめぼれなんて信じなかった。ぼくのことは知っているだろうとでも言いたげに、彼はゆったりとわたしに微笑んだ。わたしたちが最初からずっと同じ場所に来てお互いを見つけるつもりだったかのように。

はじめにカラムが愛してると言った。わたしはへまをするのがこわくて、自分からは言えなかった。それでも、しまいには自分もそう言うしかほかにどうしようもないような、それが自分のなかからはじけ出るような気持になった。別れを告げられたとき、彼はこれからもずっと愛してると言った。でも、それはまったくでたらめだ。だれかをほんとうに愛しているなら、その人を傷つけるようなことはいっさいしないものだ。

「振られただけでやめたわけじゃないの」わたしは急いで言う。「それは……」たばこを深々と吸う。手が震えている。「カラムと別れなければ、たぶん、そのあとのことは起こらなかった」

「そのあとのことって？」ハンナが尋ねる。興味深そうに前のめりになる。

わたしは答えない。話の持っていき方を考えているけれど、うまいことばが見つからない。ハンナはせかさない。だからいつまでも沈黙がただよい、ふたりともすわってたばこを吸いつづける。

その後。「いけない！」ハンナが言う。「もしかして、ここにすわってるうちにずいぶん暗くなったんじゃない？」

「日が暮れはじめたみたいね」わたしは言う。わたしたちから見える方角に太陽はないけれど、空がピンクになっているのでわかる。

「あらまあ」とハンナ。「わたしたち、そろそろフォリー館へもどらなくちゃ。チャーリーはなんでも遅れるのが大嫌いでね。そういう教師なの。もう十分間隠れていたいところだけど――」たばこを揉み消す。

「行って」わたしは言う。「かまわないから。どうってことないし」

　ハンナが目を細くしてわたしをにらむ。「そんなふうには聞こえなかったけど」

「だいじょうぶ」とわたし。「ほんとうに」

　あやうく全部打ち明けそうになった自分が信じられない。あの話はだれにもしたことがない。友達にだって。ほんとうにほっとした。話したら取り返しがつかないところだった。だって世界中にばれてしまう。わたしのしたことが。

イーファ
——ウェディング・プランナー

夜七時。食堂のテーブルにはディナーの準備ができている。フレディが晩餐のしたくをすっかりすませた、ということは、半時間の自由時間がある。そこで、墓参りをしようと決める。花を取り替えなくてはならず、あしたは息つく暇もないだろう。

外へ出るとちょうど日が沈みはじめたところで、落日の炎が海にこぼれていく。日は薄紅色を帯び、湿地に霧がおりて秘密に覆いをかける。一番好きな時間だ。

アッシャーたちが胸壁つきの屋上に居すわっている。フォリー館を出たとたんに一同の声が聞こえる——さっきより大声で、少しろれつがまわらなくなっているのは、ギネスビールのせいだろう。

「華々しく送ってやらんとな」

「ああ、何かすごいことをするべきだ。とにかく伝統なんだから……」

このまま聞き耳を立て、わたしの目を盗んで破壊行為をたくらんでいないかたしかめようかとも思う。といっても、害はなさそうだ。それに、やっと自分の時間が少し持てたところだ。

沈みゆく太陽に照らされ、きょうの島は格別に美しい。ただ、この美しいながめも、子供のころたびたびここへ来た思い出にはけっしてかなわないのではないか。ここで家族四人、夏の休暇を過ごしたものだ。あの幸福な日々に釣り合う場所などあるはずがない。とはいえ、それは懐旧の情というものであり、傷ひとつなく燦然と輝く子供時代の記憶に人は支配されているだけだ。

墓地へ着くと、さわさわとささやくような音が聞こえ、墓石のあいだで風が立ちはじめている。あしたの天候の前触れだろう。風が強いとき、何世紀も昔の女たちのクイナ——死者を悼んで泣き叫ぶ声——が、ここで木霊となって運ばれていく、そう感じるときがある。

　ここの墓がふつうより密集しているのは、しっかりと乾いた土地がこの島では不足しているからだ。墓地は乾いた土地にあるが、湿地がその周辺を少しずつ齧り取ってきたので、いくつかの墓標は呑みこまれててっぺんの十センチ程度しか残っていない。墓石同士はいまだに近づき、秘密を分かち合うかのように身を寄せ合っている。まだ見える名前はコネマラ地方では一般的なものだ。ジョイス、フォーリー、ケリー、コニーリー。

　不思議なもので、招待客が何人か到着したいまでも、この島では死者の数が生者のそれをはるかにしのいでいる。あしたはその落差が正されるだろう。

島にまつわる迷信は山ほどある。一年ほど前にフレディとわたしがフォリー館を買ったとき、ほかに入札者はいなかった。島民たちは昔から信用されず、別種の人間と見なされてきた。

　本土の人間がフレディとわたしをよそ者扱いしているのは知っている。わたしは〝ジャッキーン〟、つまりダブリン出身の都会者で、フレディはイングランド人、分別を知らない夫婦ができもしないことに手を出してきた。イニシュ・アナンプローラの暗い歴史、島の幽霊のことを知らない連中というわけだ。じつは、わたしはこの場所について意外とよく知っている。ある意味、いままでいたどの場所よりもなじみがある。それに、幽霊に悩まされる心配はしていない。わたしには自分の幽霊たちがいる。どこに行こうが彼らはついてくる。

「さびしいわ」わたしはそう言ってしゃがむ。墓石がうつろな表情でだまって見つめ返す。指先で石にふれる。きめが粗く、冷たく揺るぎない石——あざやかな記憶にある頬のあたたかさ、やわらかくてしなやかな髪とはほど遠い。「でも、わたしを誇りに思ってね」ここにしゃがむたびに味わうものを、きょうも味わう。もう慣れてしまったが、やり場のない怒りがこみあげ、口のなかが苦くなる。

そのとき、上のほうでまるでわたしのことばをあざ笑うかのような甲高い声が聞こえる。何回聞いても、その声には血が凍る思いがする。顔をあげ、姿を見届ける。大きな鵜《う》が崩れかけた礼拝堂の一番高いところに止まり、壊れた傘を乾かすかのように、曲がった黒い翼を広げている。尖塔に止まった鵜は凶兆だ。このあたりでは悪魔の鳥と呼ばれている。カリアッハ・ダブ、黒い老女、死をもたらす者。花嫁と花婿がこれを知らなければいいけれど……というより、迷信を信じない人たちならいいけれど。

手を叩いてみるが、鳥は飛び去らない。それどころか、首をゆっくりめぐらせて、意地の悪そうな横顔と無慈悲なくちばしを見せる。そして、わたしの知らない何かを知っているかのように、ビーズのように光る目で横向きにこちらをながめている。

フォリー館へもどり、今夜の飲み物の準備にシャンパンのフルートグラスを盆に載せ、食堂へと向かう。ドアをあけたとたん、ソファにすわったカップルが目にはいる。それが花嫁と別の男性だとわかるまで、一瞬の間がある。マッティのボートに乗ってきた夫婦の夫のほうだ。ふたりは身を寄せ合ってすわり、頭と頭をつけてひそひそと話している。わたしが入室してもぱっと飛びのいたりせず、どちらも少しだけ体を離す。そして、彼女が彼の膝から手をどける。

「イーファ」花嫁が呼びかける。「こちらはチャーリーよ」

名前はリストを見て覚えている。「たしか、あした司会をなさるかたですね」わたしは言う。

彼が咳ばらいをする。「ええ、そうなんです」

「わかりました。奥様はハンナさまですよね」

「ええ」彼が言う。「よく覚えてますね！」

「わたしたち、あしたのチャーリーの役割について打ち合わせていたの」花嫁がわたしに言う。

「そうなんですか」わたしは言う。「ごゆっくりどうぞ」なぜ彼女はわたしに説明しなくてはと思ったのだろう。このふたりはいっしょのソファでかなり親密そうだったが、わたしがここにいるのは依頼主に道徳的な判断をくだすためでも、ましてや好き嫌いをするためでも、物事に対して意見を持つためでもない。そういうことではうまくいかない。万事順調なら、フレディとわたしはひたすら背景に溶けこんでいるべきだ。介入するのはまずい事態になったときだけで、そうならないようにわたしは目配りをしなくてはならない。花嫁も花婿も親族も友人も、ここがほんとうに自分たちの場所で、自分たちが主人だと感じなくてはだめだ。すべてが円滑に進み、週末全体がつつがなく過ぎるようにする、そのためだけにわたしたちはいる。ただ、そのためには完全に言いなりになってはいけない。それがわたしの役割がかかえるなんともいえない葛藤だ。全員から目を離さず、危険をはらむ出来事を見張っていなくてはならない。そして、つねに一歩先んずるように努めなくてはならない。

現在

婚礼の夜

グラスが何かに打ち当たったかのように、悲鳴の余韻が尾を引く。音の波紋の中で招待客が凍りつく。咆《ほ》える暗闇のほうへ、その声が聞こえたほうへと、大テントから全員が目を凝らす。明かりがまたたき、ふたたび停電の兆候を見せる。

そのとき、ひとりの若い女がよろめきながら大テントへはいってくる。白いシャツからウエイトレスだとわかる。しかしその顔は野生動物そのもので、カッと見開いた目がけわしく、髪も乱れている。彼女がみんなの前に立って目を瞠っている。おそらくまばたきひとつしていない。

ようやくひとりの女が彼女に近寄るが、招待客ではない。ウェディング・プランナーだ。「どうしたの」やさしく尋ねる。「何があったの」

その若い女は答えない。招待客には彼女の息づかいしか聞こえないらしい。その息づかいもどこか動物的で、粗くかすれた音だ。

ウェディング・プランナーが進み出て、とりあえず肩に手を置く。女の反応がない。招待客はその場に根が生えたように動かない。さっき彼女がいたことをうっすら覚えている者もいる。にこやかにオードブルやメイン料理やデザートを運んでいた大勢のうちのひとりだ。皿をさげ、ワインをじょうずに注ぎ足し、歩くたびに赤毛のポニーテールが元気よく揺れ、白いシャツが清潔でぱりっとしていた。歌うような軽い抑揚のある話し方を思い出す者もいる。お注ぎしましょうか、何かもっとお持ちしましょうか。それ以外では、言い方は悪いが彼女は調度品のひとつだ。きょうのためにきちんと整備された機械の部品。洒落た観葉植物よりも、銀の燭台で揺らめく炎よりも、気づかれなくていい存在だ。

「何があったの」もう一度ウェディング・プランナーが訊く。やはり穏やかな口調だが、こんどはもっときっぱりとして威厳がある。そのウエイトレスが震えはじめ、あまりにもひどく震えるので、まるで何かの発作を起こしたかに見える。ウェディング・プランナーが彼女を落ち着かせようとするように、また肩に手を置く。ウエイトレスは口を手で押さえ、一瞬嘔吐するかに見える。そして、ついに口を開く。

「外に」ざらついた響きで、人間の声とも思えない。

招待客一同が身を乗り出して聞く。

彼女が低いうめき声を発する。

「さあ、しっかり」ウェディング・プランナーが冷静な声で静かに言う。こんどはウエイトレスをやさしく揺する。「しっかりして。わたしは助けになりたいのよ――みんなもそう。それに、もうだいじょうぶ。ここにいれば安全だから。何があったのか教えて」

そこでやっとウエイトレスは、ひどくかすれた声で再度ことばを口にする。「外に。血まみれの」そのあとでこう言ってくずおれる。「死体が」

前日
ハンナ——同伴者

ティッシュを唇に挟んで余分な口紅を取る。口紅はこういう場所でつけるものだ。わたしたちの部屋は広々として、わが家の寝室の二倍はある。あらゆるものを目に焼きつけておいた。高級な白ワインがはいったアイスバケット、グラスが二脚。高い天井にはアンティークのシャンデリア。大きな窓から見える海。窓に近づきすぎると目まいがしそうなので、そちらへ行くのはやめておく。もし真下を覗けば、岩に砕け散る波と小さな銀色の浜が濡れているのが見えるはずだ。

夕刻の薄れゆく入り日に照らされて、部屋全体が赤みがかった金色に染まっている。身支度をしながら大きなグラスで飲むワインはおいしい。空っぽの胃にしみわたるうえに、オリヴィアとたばこを吸ったあとなので、早くもこの時分から頭が少しくらくらしている。

洞窟でたばこを吸って楽しかった——昔に帰ったみたいだった。そのおかげで、この週末はがんばろうと思った。今月はずっといらいらして憂鬱だった。こんなときは少しぐらい、はめをはずそう。そこで、量販店の〈アンド・アザーストーリーズ〉で買った黒くて絹っぽい生地の、かなり派手目のドレスに体を押しこむ。これを着るといつも気分があがる。髪はブローしてなめらかに整えてある。たとえ外の湿気に当たって、シンデレラのカボチャの馬車のヘアスタイル版さながら縮れ毛の塊にもどるとしても、努力してみる価値はある。チャーリーが不機嫌な顔で待っていると思っていたけれど、本人は二、三分前にやっと部屋へもどってきたところだ。だから歯を磨いてたばこのにおいを消す時間があり、不良のティーンエイジャーになった気分だ。でも、チャーリーがここにいるのを半分期待していた。そうしたら、猫足のバスタブにいっしょにはいれたのに。

じつは、ボートをおりてからチャーリーをろくに見ていない。夕方、夫とジュールはなかよく司会進行の打ち合わせをしていた。「ごめんよ、ハン」もどってきたチャーリーが言う。「ジュールがあしたの全行程を検討したいと言ってね。きみが心細い思いをしてなければいいんだが」

バスルームから現れたわたしにチャーリーが賞賛の眼差しを向ける。「いいね――」そして眉をあげる。「セクシーだ」

「ありがと」わたしはダンスをするように少し肩を揺する。自分でもセクシーだと思う。本気を出したのはひさしぶりかもしれない。もちろん、チャーリーに最後にそう言われたのがいつだったか思い出せなくても気にしてはいけない。

わたしたちは客間で一同と顔を合わせ、飲み物を楽しむ。そこもわたしたちの部屋と同様みごとなしつらえだ。古風な煉瓦の床、キャンドルが立てられた枝つき燭台、生身と見まがうほどつややかな巨大魚が飾られた壁際のガラスケース。いったいどうやって魚を剥製にするのだろう。いくつもの小さな窓が青い夕闇を長方形に切り取り、いまは戸外の何もかもが霧に包まれて、どことなく別世界の空気を感じさせる。

ジュールとウィルが客たちに囲まれ、キャンドルの明かりに照らされている。ウィルが逸話をいくつか披露しているらしい。何を言ってもまわりの者が耳を傾け、ことばの端々に反応する。ふと気づいたが、ウィルとジュールはくっつかずにいられないかのように手を握り合っている。とてもお似合いのカップルで、とてつもなく堂々として優雅に見える。彼女の服装はオーダーメードのクリーム色のジャンプスーツ、彼は黒っぽいズボンの上に浅黒い肌がますます際立つ白シャツを着ている。わたしは自分をイケてると思っていたけれど、いまでは服装が浮いていると感じる。〈アンド・アザーストーリーズ〉の服を大奮発して買ったけれど、ジュールが大衆向けのチェーン店に思い切ってはいることなどまずないだろう。

　とはいえ、結局わたしがウィルのすぐそばに立っているのは、まったくの偶然ではない――彼に引き寄せられたらしい。テレビの画面で見たことがある人物を目の当たりにして、頭がぼうっとする。見慣れていると同時によその世界の人だという感覚。こんなに近いと鳥肌が立つ。歩いていくとき、ウィルの視線がわたしの顔をなでてすばやく全身をなめ、そのあと話にもどって逸話を終わらせたのに気づいた。なかなか魅力的ってことね。罪深い興奮が体に走る。子供が生まれてから何年ものあいだ――たぶん子供にべったりだったから――わたしは男たちにとって見えない存在になっていたらしい。男の視線を感じなくなったとき、いままで当たり前のようにそれを受け止めていたことに、ようやく気づいた。見られるのを楽しんでいたことに。

「ハンナ」ウィルが言い、あの有名な微笑みを気前よくわたしへ向ける。「すてきなかただ」

「ありがとう」わたしはシャンパンをひと口ぐっと飲み、艶っぽい、少し向こう見ずな気分になる。

「桟橋で訊こうと思ってたんですよ――婚約パーティーでお会いしましたか」

「いいえ」わたしは申しわけなさそうに答える。「残念ながら、ブライトンからはなかなか行けなくて」

「じゃあ、ジュールの写真であなたを見かけたんでしょうね。なんとなく見覚えがある」

「そうでしょうね」そうは思わない。わたしが写っている写真をジュールが飾っているなんて想像もできない。自分とチャーリーだけの写真ならいっぱいあるだろう。でも、ウィルが何をしているかはわかる。わたしが仲間の一員としてなじめるように気遣っている。

その親切はありがたい。「じつはね」わたしは言う。「わたしもあなたのことで同じように感じてるの。以前どこかでお見かけしたんじゃないかしら。たとえば……テレビで」

つまらない冗談だけど、それでもウィルが豊かな低い声で笑ってくれたので、何かを勝ち取った気分になる。「これはまいった！」彼が両手をあげて言う。そのとたん、またあのコロンの香りが鼻をくすぐる。苔と松、高級百貨店の香水売り場を経由した、森の下生えのにおい。彼がブライトンにいる子供たちのことを尋ねてくる。わたしの話に魅了されているように見える。自分がふつうよりも機知に富んだ魅力的な人間だと思わせてくれる、彼はそういう人だ。いつの間にかわたしは気をよくして、よく冷えたおいしいシャンパンを堪能している。

「それじゃあ」ウィルがわたしの背に手を当ててやさしくうながすので、ドレスの上からぬくもりが伝わる。

「紹介しよう。こちらはジョージナ」

ジョージナは直線的なドレスに身を包んだ細くて上品な女性で、わたしに硬い笑みを向ける。顔の筋肉をあまり動かせないらしいので、わたしはなるべく見つめないようにする——ボトックス顔を生で見るのははじめてかもしれない。「ヘン・パーティーにいらしてた？」彼女が尋ねる。「お顔を覚えてないわ」

「どうしても参加できなくて」わたしは言う。「子供たちが……」ある意味ほんとうだ。でも、パーティーの場所がスペインのイビサ島にあるヨガのリゾート施設で、百万年経ってもわたしには費用を工面できないという事情もある。

「残念がることはないさ」痩せて濃い赤茶色の髪の男が会話に割りこむ。「女どもが集まっていやというほど肌を焼いたり、ウィスパリング・エンジェルのボトルを空けながら噂話をするだけだ。やれやれ」そしてわたしを一瞥してから、腰をかがめて頬にキスをする。

「粋な装いだね」

「あ――ありがとう」その笑みを見れば思いやりで言っているとも思えるが、お世辞だったのかどうかはっきりとはわからない。

この人はダンカンという名前のようで、ジョージナの夫だ。アッシャーのひとりでもあり、アッシャーはほかに三人いる。ピーター――髪をオールバックにした遊び人風。オルワフェミ、またはフェミ――長身の黒人、すごくハンサム。アンガス――ボリス・ジョンソン首相風ブロンドと似たようなお腹のぜい肉。でも、不思議なことに全員がよく似て見える。身に着けているのは同じストライプのネクタイにこざっぱりした白シャツ、穴飾りのついたぴかぴかの靴、テーラード・ジャケットはチャーリーみたいにチェーン店の〈ネクスト〉で買ったものではぜったいにない。チャーリーはこの週末のために特別に自分の服を買ったけれど、ちがいを見せつけられてもあまり気を悪くしないでほしい。でも、少なくともベストマンのジョンノの隣ならだいぶ小ぎれいに見える。ジョンノを見ると、図体が大きいのに、学校の遺失物用の棚にあった服を着ている生徒を思い出す。

一見したところ感じのいい男たちだ。けれども、わたしたちがフォリー館へ歩いていったときの、塔の上から浴びせられた笑い声を思い出す。そしていまも、感じのいい態度の下に明らかに別の意図が感じられる。気取った笑い、眉をあげた表情、よってたかってだれかを笑いものにしているのかもしれない――たとえばわたしを。

オリヴィアとおしゃべりをしたくて彼女のほうへ行く。グレーのドレスを着た姿がはかなげで美しい。さっき洞窟で絆を作ったと思っていたのに、いまの彼女はさっと目をそらして短い返事をするだけだ。

彼女の肩越しに何度かウィルと目が合う。わたしが見たからではないと思う。このままでは、彼の目がしばらくわたしに注がれていたみたいに感じてしまいそう。そんなはずはないけれど、わくわくする。この気持ちは――こんなことを言うのはあるまじきことだとわかってはいるけれど――いいなと思う人がいて、向こうも好意を寄せているのではないかと思いはじめたときのそれとそっくりだ。

　そんなことを考えている自分に気づく。現実を見なさい、ハンナ。あなたは結婚してふたりの子供を産み、あそこに夫がいる。あなたはもうすぐ結婚する男と話しているけれど、その結婚相手は夫の親友で、彼女は女優のモニカ・ベルッチそっくりの姿で――着こなしは女優よりも上で――そこにいる。もう少しゆっくりシャンパンを飲んだほうがいい。一気に飲みすぎた。こういう人たちに囲まれて気おくれしたせいもあるだろう。でも、解放感のせいもある。出かける直前にわたしたちを困らせるベビーシッターもいなければ、朝起きて面倒をみなければいけない子供たちもいない。着飾っておとな同士で集い、あり余るほどの酒があって、なんの責任もない、というのはふだんではとてもできない体験だ。

「すごくいいにおい」わたしは言う。「だれが料理してるの」

「イーファとフレディよ」ジュールが言う。「フォリー館のオーナーなの。イーファはウェディング・プランナーでもあるのよ。ディナーのときにちゃんと紹介するわね。それから、あしたはフレディが料理のケータリングをするわ」

「きっとすばらしいでしょうね」わたしは言う。「ああ、お腹がぺこぺこ」

「うん、きみの胃袋は完全に空っぽだな」チャーリーが言う。「ボートで中身をきれいさっぱり出しただろ」

「ゲロったのかい」ダンカンがうれしそうに訊く。

「魚に餌をやったんだね」

わたしはチャーリーに冷たい視線を送る。今夜のわたしのがんばりをぶち壊された気がする。彼はわたしをダシにして笑いを取り、仲間に入れてもらおうとしている。夫の声音がまちがいなくいつもとちがうが――上品ぶった声になっている――わたしがそれを指摘しても、本人はなんのことかわからないふりをするはずだ。

「とにかく」わたしは言う。「チキンナゲットに飽きてたからちょうどよかったわ。今夜以外は毎晩子供たちといっしょにナゲットを食べることになりそうだもの」

「最近ブライトンにいいレストランはあるの？」ジュールが尋ねる。いつもジュールはブライトンを片田舎みたいに言う。

「あるわよ」とわたし。「たとえば――」

「ぼくたちはぜったい行かないけどね」チャーリーが言う。

「そんなことないでしょ」とわたし。「新しくできたあのイタリアンのお店……」

「もう新しくないさ」チャーリーが言い返す。「一年ぐらい経つ」

彼の言うとおりだ。あの店以外、最後に外食したのがいつか思い出せない。金欠気味のときは食費を削ってベビーシッター代を捻出しなくてはならない。でも、チャーリーにはそれを言ってほしくなかった。

ジョンノがチャーリーにシャンパンを注ぎ足そうとし、チャーリーが手をグラスにすばやくかぶせる。

「もうけっこう」

「なんだよ、飲もうぜ」ジョンノが言う。「婚礼の前夜なんだ。少しぐらいはめをはずせよ」

「飲めよ！」ダンカンが不満げに言う。「たかがシャンパンだ。コカインじゃない。それとも、妊娠中だって言うつもりか」

ほかのアッシャーたちがにやにやする。

「いいや」チャーリーがこんどもきっぱり拒絶する。

「今夜はほどほどにしておくよ」ばつの悪い思いで言っているのがわたしにはわかる。それでも、こんなときに自分を見失わずにいてくれてよかったと思う。

「じゃあチャーリーぼっちゃん」ジョンノが言う。「教えてくれよ。ふたりのなれそめを」

はじめはチャーリーとわたしのことかと思う。そのあと、ジョンノが見ているのはチャーリーとジュールだと気づく。なるほどね。

「遠い昔のことよ」ジュールが言う。彼女とチャーリーが完璧にそろった動きで互いに眉をあげる。

「彼女にセーリングを教えたんだ」チャーリーが言う。「ぼくはコーンウォールに住んでいてね。夏のバイトだった」

「そして、父があそこに家をもっていたのよ」ジュールが言う。「セーリングを覚えたら父がヨットで海に連れていってくれるんじゃないかと思って。でも、南海岸沿いを十六歳の娘を乗せて航海するのと、サントロペ号の舳《へ》先《さき》で新しい愛人に日光浴をさせるのとでは、くらべものにならないんだってわかった」その話は本人が意図したと思われる以上に恨みの色が濃くなる。

「それはともかく」彼女が言う。「チャーリーはわたしのインストラクターだったの」そしてチャーリーを見る。「わたしはめちゃめちゃ熱をあげた」

チャーリーが彼女に笑みを返す。わたしは一同に合わせて笑うけれど、ほんとうはそんな気分じゃない。たしかにこの話を聞くのははじめてではない。お笑いコンビ定番のやりとりみたいなものだ。田舎の青年と上品ぶった女の子。それでも、ジュールが話をつづけるそばでわたしの胃はねじれる。

「あなたが考えてたことって、大学へ行く前になるべく多くの同年代の女の子と寝てみたいとか、だいたいそんなところでしょ」ジュールがチャーリーに言う。突然チャーリーにだけ話しかけているみたいだ。「あなたはうまくいったと思うけど。年じゅう日焼けしていたし、あのころの体つきならたぶん――」

「たしかに」チャーリーが言う。「あのころの体形が一番よかった。毎日水上で体を動かす仕事をすれば、ジムの会員になってるようなものさ。十五歳の子たちに地理を教えても腹筋は割れないからね」

「いまその腹筋を見てみようぜ」ダンカンが身を乗り出し、チャーリーのシャツの下をつかむ。裾を引っ張りあげ、青白くてやわらかな腹部を十センチほどあらわにする。チャーリーがあとずさり、顔を赤らめてシャツをたくしこむ。

「それに、彼はとてもおとなに見えた」そんな中断を意に介さず、ジュールが言う。自分のもののようにチャーリーの腕にふれる。「十六のときは十八歳がずいぶん年上に思えるものよ。わたしは内気だった」

「信じがたいな」ジョンノがぶつぶつと言う。

ジュールがそれを無視する。「でも、最初はわたしを生意気なお嬢様だって思ったんでしょ」

「実際そうだったろ」チャーリーが言い、調子を取りもどして片眉をあげる。

ジュールが自分のグラスからシャンパンをチャーリーに跳ね飛ばす。「こら！」

このふたりはいちゃついている。ほかに言いようがない。

「でもちがうな。最後には、じつはとても冷静な子だとわかった」とチャーリー。「そして、こういういたずら好きのところも発見した」

「そのあともずっと連絡を取り合ってたわよね」ジュールが言う。

「携帯電話が当たり前になってきたからね」チャーリーが言う。

「翌年はあなたのほうが内気だった」とジュール。

「やっとわたしの胸がまあまあ大きくなって。桟橋を歩いていったらあなたが二度見したのを覚えてる」

わたしはシャンパンをひと口大きく飲む。そして、ふたりはティーンエイジャーだったのよと自分に言い聞かせる。もはや存在しない十七歳の娘を妬んでもしかたがない、と。

「うん、それにきみにはボーイフレンドがいて、ほかにもあらゆるものを持っていた」とチャーリー。「やつはぼくをすごく好きってわけじゃなかった」

「そうね」ジュールが秘密めいた笑みを浮かべる。「彼とはあまりつづかなかった。すごく嫉妬深くて」

「それで、きみたちはエッチしたのか」ジョンノが訊く。しかもあっさりと。わたしが単刀直入にはけっして訊けなかった質問だ。

アッシャーたちはおおよろこびだ。「こいつがそこまで言うとはな！」全員声を張りあげる。「やってくれるぜ！」群がり、興奮し、嬉々として騒ぎ、一同の輪が狭まる。わたしが突然息苦しくなったのはたぶんそのせいだ。

「ジョンノ！」ジュールが言う。「いいかげんにして。わたしの結婚式なのよ」でもしてないとは言わない。

わたしはチャーリーを見ることができない。知りたくない。

そのとき、折よく邪魔がはいる。はじける大音量。ダンカンがかかえていたシャンパンボトルをあけたところだ。

「おいおい、ダンカン」フェミが言う。「おれのめんたまが落ちるところだったぞ」

「あなたたちはなぜお互いによく知ってるの」この椿《ちん》事《じ》をぜひとも利用しようと、わたしはジョンノに質問する。

「うんまあ」ジョンノが言う。「昔からのつき合いだからね」そしてウィルの肩に手を置き、そうすることで彼とウィルがほかの仲間からなんとなく離れる。ジョンノの隣にいるほうがウィルは格段にハンサムに見える。天と地ほどの差だ。それに、ジョンノの目がどことなく妙だ。どこが妙なのか、いっとき見極めようとする。両目がくっつきすぎているのか。小さすぎるのか。

「そう」ウィルが言う。「ぼくたちは同窓生なんですよ」これには驚く。ほかの男たちにはパブリックスクールらしい品のよさがあるのに、見たところジョンノはむさくるしく——発音が上流階級のものではない。

「トレヴェリアン校の出身でね」フェミが言う。「少年たちが無人島に集まって殺し合いをする、あの本みたいなところで、ええっと、なんて言ったかな——」

「『蠅の王』だ」チャーリーがかすかに優越感のこもった声で言う。〝自分は公立学校出かもしれないが、きみたちより本を読んでいるぞ〟と言いたげだ。

「そこまでひどくはなかった」ウィルが急いで言う。「どちらかというと……少年たちは少し自由奔放になっていた」

「男はそういうものさ！」ダンカンが割りこむ。「そうだよな、ジョンノ」

「うん。男はそういうものだ」ジョンノが繰り返す。「だから、ぼくたちはずっと友達なんだ」ウィルが言う。そしてジョンノの背中を叩く。「ぼくがエディンバラの大学にいるころ、ジョンノは大昔のボロ車に乗ってやってきたものだ。そうだろ、ジョンノ」

「ああ」とジョンノ。「おれはこいつを山へ連れ出して、登山やキャンプ旅行をしたもんだよ。こいつが軟弱にならないように。それから、あちこちでヤりまくる暇が持てないように」深く悔いているふりをして言う。「すまない、ジュール」

ジュールがつんとして上を向く。

「そう言えば、だれかエディンバラ大学へ行かなかったかい、ハン」チャーリーが言う。わたしの体が強張《こわば》る。それがだれだったか、どうして忘れたりできるのだろう。そして、彼の顔がまちがいを悟ったときのはっとした表情に変わるのがわかる。

「だれか知ってるの」ウィルが言う。「だれかな」

「彼女はだいぶ前からいないわ」わたしはあわてて言う。「あのね、ウィル、わたし不思議に思ってるの。〈夜を生き延びろ〉で北極圏のツンドラの場面があるでしょ。どれぐらい寒かったの。ほんとうに凍傷にかかりそうだった？」

「まあね」とウィル。「指の腹の感覚がまったくなくなった」わたしのほうへ片手をかかげる。「この指の二本から指紋が消えた」そう言われてわたしは目を凝らす。あまりちがいがわからない。それでも、ついつられてこう言う。「あらほんと、そうかも。うわあ」ファンの女の子みたいだ。

　チャーリーがこちらを向く。「きみがあの番組を観てるとは知らなかったよ」と言う。「いつ観てたんだい。いっしょに観たことはなかったね」しまった。幼児番組をやっているテレビの前に子供たちをすわらせ、キッチンで夕食を温めながら、アイパッドでウィルの番組を観ていた数々の午後を思い出す。チャーリーがウィルへ目をやる。「悪く思わないでくれよ――いつもきみの番組を視聴しようとは思ってるんだ」それはちがう。ちがうのは言い方でわかる。ほんとうらしく言う気配りが少しもなかった。

「もちろんわかってるよ」ウィルが穏やかに言う。

「そう言えば」わたしは言う。「全部通して観たことは一度もないのよ。だってほら……観たのはハイライトだったから」

「どうもこのご婦人は熱心に否定しすぎる」ピートが言う。そしてウィルの肩をつかんでにやりと笑う。

「ウィル、ファンがいたな！」

　ウィルが笑い飛ばす。けれどもわたしは、首から頬へ熱い血がのぼっていくのを感じる。赤面しているのがだれにもわからないほどここが暗ければいいのに。

　もういい。もっとシャンパンがほしい。おかわりを求めてグラスを差し出す。

「少なくとも奥方のほうはパーティーのやり方をご存じだぞ、兄弟」ダンカンがチャーリーに言う。フェミがフルートグラスのふち近くまで注ぐ。「ああっと」グラスのふちに達してわたしは言う。「多すぎるわ」

突然チャリンと音がして、手首に少ししずくが飛ぶ。驚いて見てみると、グラスのなかに何かが落ちている。

「これは何」わたしは面食らう。

「見てごらん」ダンカンがにやりと笑って言う。「一ペニー入れた。いまから全部飲まなくてはいけない」

わたしは彼を、それからグラスを見つめる。たしかに、なみなみと注がれたグラスの底には小さな銅貨があり、女王陛下の厳しい横顔が見える。

「ダンカンったら！」ジョージナがそう言ってくすくす笑う。「ひどすぎるわよ」

コインゲームで一気飲みをしたのは十八ぐらいのときからなかったと思う。急に全員の注目を浴びている。わたしに味方して飲まなくていいと言ってくれないかとチャーリーを見る。ところが妙なことに、夫は必死でお願いするような表情になっている。ベンがそんな顔をしそうだ。〝お願い、みんなにばかにされるからなんとかしてよ、ママ〟

こんなのはどうかしてる。飲まなくていい。わたしは三十四にもなった女だ。この人たちのことなど知らないし、この人たちの子分でもない。こんなことを無理やり——

「一気にいこう……」

「一気だ！」

まずい。はやしはじめた。

「女王陛下を救え！」

「女王が溺れてるぞ！」

「いっき、いっき、いっき」

自分の頬が真っ赤になっているのがわかる。この人たちの視線からのがれるため、はやすのをやめさせるため、わたしはグラスを傾けて飲み干す。さっきまでおいしいと思っていたシャンパンがいまはひどくまずく感じられ、とがったいやな味が喉を刺すと同時に、途中で咳きこんでもどったのが勢いよく鼻にはいる。口から少しあふれる。目に涙がたまる。わたしは辱《はずかし》めを受けている。いま繰り広げられている遊びのルールに全員が納得ずみらしい。わたし以外の全員は。

　そのあと、喝采が起こった。でも、わたしへの喝采ではない。この人たちは自分を祝福している。わたしは校庭でいじめっ子たちに囲まれている気分だ。ちらりとチャーリーのほうを見ると、すまなそうに顔を曇らせている。突然、わたしは自分がひとりだと感じる。人に顔を見られないように背を向ける。

　そのときあるものが目にとまり、わたしの血を凍らせる。

　窓辺にだれかいて、闇のなかから静かに様子をうかがっている。ガラスに押しつけられた顔がゆがんでおどろおどろしいガーゴイルの仮面と化し、歯を剝き出してにたりと笑っている。わたしがなおも見つめ、目をそらせずにいると、その顔は口のかたちでひと言伝えた。

　ばあ！

　シャンパングラスが足もとで割れるまで、それが自分の手から落ちたことさえわたしは気づかない。

現在
婚礼の夜

しばらくして、ウエイトレスが意識を取りもどす。怪我はないようだが、外で何を見たのであれ、そのときの衝撃でろくに口がきけなくなっている。彼女から聞き取れるのは低いうめき声、ことばにならない無意味な声ばかりだ。

「追加のシャンパンを二、三本、フォリー館へ取りにいってもらったんです」チーフ・ウエイトレスが――といっても二十歳ぐらいだが――おろおろしながら言う。

大テントにはまぎれもない静けさがただよっている。招待客たちは人だかりのなかに愛する者を探し、無事でいるか、所在を確認しようとする。しかし、ごった返したなかでは見つけづらく、それに終日大騒ぎしたあとなので、だれもが少し疲れている。最新式の大テントの構造も見つけづらい原因のひとつだ。ひとつのテントはダンスフロア、もうひとつはバー、一番大きいのは会食用だ。

「こわくなったんじゃないか」ある男が言い出す。「十代の女の子だしね。外は真っ暗で風が吹き荒れている」

「でも、だれかが大変なことになってるように聞こえたぞ」別の男が言う。「行って見てきたほうが――」

「みなさまで島内を歩きまわるのはお控えください」一同がウェディング・プランナーの声に耳を傾ける。生まれながらの威厳がそなわった女性だが、それでもほかの者と同じく動揺を隠せず、顔がやつれて青ざめている。「いまは強風です」彼女が言う。「日が暮れています。それに、湿地と崖があります。ほかのどなたかが……お怪我をなさってはいけません。もしそういうことが起こったのだとしたら」

「どうせ自分の保険のことでびびってるんだ」ひとりの男がぶつぶつ言う。

「われわれが見にいくべきだな」アッシャーのひとりが言う。「何人かの仲間で。人数が多ければ安心じゃないか」

前日
ジュール――花嫁

「パパ！」わたしは言う。「かわいそうに、ハンナをこわがらせてしまったじゃない」それでも、あんなふうにグラスを落とすなんて彼女はちょっと大げさだった。実際そこまで取り乱す必要があった？　苛立ちを呑みこむそばでイーファが破片を掃きはじめ、箒を持って控えめに動きまわる。

「すまなかったね」全員ににこやかに笑いかけながら、父がはいってくる。「みんなを少しぎょっとさせようと思ったんだ」いつもより訛りがはっきりしているのは、ここが自分の縄張りだから、というより縄張り同然だからだろう。ここからそう遠くない、アイルランド西部の都市ゴールウェイのアイルランド語地域《ゲールタハト》で父は育った。大男ではないが存在感はかなりあり、貫禄たっぷりだ。肩の格好やつぶれた鼻もひと役買っている。わたしなりのとらえ方があるので、父を客観的に見るのはむずかしい。それでも、知らない人が父を見れば、とても羽振りのいい不動産開発業者というよりも、元ボクサーかボクシングに似た競技の格闘家だったと思うかもしれない。

　セヴリーヌ、父の最新の妻――フランス人、わたしと歳があまり離れていない、胸の谷間のほかはリキッド・アイライナーばかりが目立つ女――があとから腰をくねらせてはいってきて、たてがみのような長い赤毛を振り払う。

「まあいいわ」わたしは父に言うが、セヴリーヌのことは無視する（父のこれまでの最長記録である結婚五年を過ぎるまでは、この女にわざわざ時間を割く気になれない）。「来てくれたのね……とうとう」だいたいいまごろ着く予定だとは知っていた――わたしがイーファにボートの手配を頼んだのだから。それでも、結局言いわけをされたり何かの遅れが生じたりして、今夜は来られないのではないかと思っていた。そうなるのははじめてではなかった。

　ウィルと父が互いにこっそり品定めをしていることに気づく。父といっしょにいるウィルが、なぜか少し影が薄く、小さく見える。プレスの効いた白シャツと黒っぽいズボンという服装のウィルが、父の目には特権階級の軽薄な男、まさにパブリックスクール出身者そのものに映るのではないかと心配になる。

「きょうがウィルと初対面だなんて信じられないわ」わたしは言う。こちらの努力が足りなかったわけではない。ウィルとわたしは数カ月前、わざわざニューヨークまで飛んだ。ところがいよいよというときに、父が仕事でヨーロッパへ呼びもどされたと知った。わたしたちの飛行機は大西洋上のどこかですれちがったのだろう。超ご多忙人間ですものね。いそがしすぎて婚礼前夜まで娘のフィアンセに会う暇すらない。わたしはいつもこんな目に遭ってきた。

「お会いできて光栄です、ローナン」ウィルがそう言いながら手を差し出す。

父が差し出された手を無視し、代わりにウィルの肩を叩く。「あの有名なウィルだな」と言う。「ついに会えたぞ」

「まだそれほど有名じゃないんですよ」ウィルがそう言って父へ得意げな笑みを向ける。わたしははっとする。いまのはめったにないミスだ。控えめな自慢に聞こえたが、父が〝有名〟と言ったのがテレビ出演と関係ないことは明らかだ。父は有名人のファンではなく、額に汗して働かずに財を成した者も尊敬しない。一本筋の通った叩きあげの人間だ。

「そして、こちらがセヴリーヌですね」ウィルが手を伸ばして彼女の両頬にキスをする。「ジュールがあなたのことをよく話してますよ。双子のお子さんのことも」

いいえ、話してません。父の最新の後継者である双子は招いていない。

セヴリーヌが作り笑いを浮かべるが、ウィルの魅力の前では形無しだ。父のほかにウィルまで惹きつけるほどの微笑みには見えない。できれば父の意向になど頓着したくない。それでもやはりわたしは立ちすくみ、狭い場所でふたりの男が牽制し合うのを見守っている。たまったものではない。イーファがはいってきてディナーのはじまりを告げたので、胸をなでおろす。

イーファはわたしにとって申し分のない女性だ。何事にもきちんとしていて、有能で、しかも控えめだ。冷然と孤高を保つところがあり、人によってはそういうところが好きになれないかもしれない。わたしは気に入っている。お金を払って何かをしてもらう相手に親友のふりをされたくない。はじめて電話で話したときからイーファに好感を持っていたので、いまの仕事をやめて〈ザ・ダウンロード〉で働かないかと誘ってみたい気持ちも半分ある。一見地味だが、彼女は鋼のような一面を持っている。

　わたしたちは食堂へ向かう。予定どおり母と父はテーブルのそれぞれ一番端と端、お互いにできるだけ離れた場所にすわってもらう。九〇年代からこのかた、両親が二、三語以上のことばを交わしたかどうかまるでわからないので、週末の調和を保つにはこのまま離れていてもらったほうが無難だろう。一方セヴリーヌは父にぴったりくっついてすわり、膝に乗っているも同然だ。ううっ。彼女は父の半分ぐらいの年齢かもしれないけれど、一応三十何歳かで、ティーンエイジャーではない。

　とにかく今夜は全員がかなり行儀よくしているようだ。さっき飲んだ一九九九年もののボランジェ数本が功を奏しているのだろう。母でさえなかなか品のいい素振りで、花嫁の母親役を堂々と演じている。この人の女優としてのスキルは、いつも舞台より実人生で力を発揮してきたのではないか。

　さて、イーファとその夫が最初の料理を運んでくる。クリーム入りのチャウダーで、パセリを散らしてある。

「こちらはイーファとフレディ」わたしは一同に伝える。このふたりが主催者だとは言わないのは、事実上わたしが主催者だからだ。それだけのものは払っている。そこで、こう言うことにする。「フォリー館の持ち主よ」

　イーファが小さくうなずく。「ご用のときはわたしたちのどちらかにお申しつけください」と言う。「みなさまが当館での滞在をお楽しみいただけますよう願っております。また、わたしたちにとってもあしたの結婚式はこの島での初仕事になりますので、ことのほか特別なものになるでしょう」

「すばらしいわ」ハンナが愛想よく言う。「それに、おいしそうね、これ」

「ありがとうございます」ようやくフレディが口を開く。夫のほうはイングランド人だ、とわたしは気づく。イーファと同じアイルランド人だとばかり思っていた。イーファが大きくうなずく。「ムール貝はわたししたちがけさ採ってきたものです」

全員に料理が行き渡って食卓の会話がまたはじまるが、オリヴィアだけは別で、だんまりを決めこんで自分の皿を見つめている。

「ブライトンには懐かしい思い出がありますのよ」母がハンナに話しかける。「じつはわたくし、あそこで何度かお仕事をしたの」ああ、やめて。母は、アートシアター系の撮影現場で挿入ありの濡れ場にいどんだ話をじきに披露しはじめるだろう（一度も放映されなかったけれど、いまでもポルノ動画サイトに載っているはずだ）。

「まあ」ハンナが言う。「わたしたち、あまり劇場に行かなくて、なんだか申しわけないわ。どこで出演なさったんですか。王立劇場とか？」

「いいえ」母の声には、うろたえたときに出る高慢さがかすかに感じられる。「もう少しこぢんまりした《ブティック》ところよ」ツンと上を向く。「〈マジック・ランタン〉っていうの。レーンズにあるわ。ご存じかしら」

「え——いいえ」ハンナが言う。そして急いでつづける。「でも、いま言ったように、わたしたちはそういう方面にとてもうといので知らないんでしょうね。たとえ有名な場所でも」

ハンナはやさしい。それは、わたしが知っている彼女の特性のひとつだ。なんというか……彼女からあふれ出ているものだ。ハンナにはじめて会ってこう思ったのを覚えている。ああ、チャーリーが望むのはこういう人だ。気立てがよくて、穏やかで、あたたかい人。わたしは彼の手には負えない女だ。あまりにも激しやすく、あまりにもがむしゃらだ。何があっても彼はわたしを選ばなかっただろう。

いまさらハンナをうらやましいとは思わない、と自分に言い聞かせる。昔のチャーリーはセーリングクラブで人目を引く男だったかもしれないが、いまは柔弱な体つきになり、かつては浅黒くて平らだった腹にぜい肉がついている。さらに言えば、自分のキャリアに安住している。もしわたしがなんとかしてあげられたら、彼は副校長を目指して努力するだろう。野心のない生き方ほど魅力に欠けるものはないわよね。

　チャーリーをながめるうちに、わたしと彼の目が合い――確実にわたしのほうから目をそらす。そして考える。この人もいま妬んでいるのかしら。ウィルへの態度には不信感が見え、まるで粗探しをしているかのようだった。お酒を飲みながらわたしたちふたりを観察していたときもあった。そのとき、自分たちがどれほど似合いのカップルかをわたしはあらためて感じ、彼の目を通してそれを想像した。

「なんて愛らしいんでしょう」母がハンナに言う。「五歳のときってかわいいわよね」母はたしかにいい芝居をして興味のあるふりをしている。「それで、あなたの双子はどうなの、ローナン」テーブルの離れた場所へ声をかける。これはセヴリーヌには訊かないことで、意図的に本人を見くだしたのだろうか。それともほんとうは――ばかばかしい、考えるまでもない。自由奔放でつかみどころがないという印象を懸命に伝えてはいるが、母の言動に意図的でないところはほとんどない。

「元気だ」父が言う。「ありがとう、アラミンタ。もうじき幼稚園にはいるんだよな」そう言ってセヴリーヌへ顔を向ける。

「ウイ」彼女が言う。「フランス語を話す幼稚園を探しています。とても大事ですから。わたしみたいに――ええと――バイレンガル、バイリンガルになるのは」

「あら、あなたはバイリンガルでしたっけ」わたしは尋ねる。ばかにせずにはいられない。

気づいたとしても、セヴリーヌは反応しない。「ウイ」肩をすくめて言う。「わたし、小さいとき、イギリスで女の子の寄宿学校へ行きました。そして弟たちも、男の子の学校へはいりました」

「まあ、それはそれは」母がそう言って、こんども父だけに話しかける。「その歳ではいろいろと大変ね、ローナン」言い返す暇を父に与えずに、母が手を叩く。

「わたくしからひと言お話ししましょう」

「しなくていいのよ、ママ」わたしが声をかける。一同が笑う。でも、冗談で言っているのではない。母は酔っているのだろうか。全員がけっこうな量を飲んでいるからなんとも言えない。それに、酔っていようがいまいが母のすることはあまり変わらないのかもしれない。もともと失うべき自制心がこれっぽっちもない人だから。

「わたしのジュリアへ」母が立ちあがってグラスをかかげる。「おまえは小さいころからずっと、自分がほしいものが何かをきちんとわかっていました。そして、おまえの邪魔をする者には災難がふりかかったわ！　わたしはそれと正反対の人間でした。わたしのほしいものがいつも週ごとに変わるのは、いつもひどく不幸だったからでしょうね。

　とにかく、おまえはいつもわかっていた。そしてほしいと思うものを追い求めた」やれやれ。母がいまこうしているのは、結婚式でのスピーチをわたしに禁じられたからだ。そうにちがいない。「ウィルのことを聞いた瞬間、おまえがほしいものは彼だ、とわたしにはわかったわ」

　母に報告したときすでにわたしたちは婚約していたから、実際は母が千里眼並みのすごい眼力の持ち主、というわけではない。けれども母がつごうのいい話にふつごうな事実を割りこませたことは一度もなかった。

「すばらしいカップルに見えるじゃありませんか」母が言う。周囲から賛同のつぶやきが聞こえる。わたしは〝見える〟を強調したように聞こえる言い方が気に入らない。

「ジュールが自分と同じく意気込みのある人間を求めるのはわかっていました」母が言う。〝意気込み〟の言い方に棘《とげ》がなかったか。なんとも言えない。テーブルの向かいのチャーリーと目を合わせる——昔から母を知っている人だ。彼がウィンクを送り、わたしのお腹の奥であたたかいものがそっと湧きあがるのがわかる。「それに、娘はこういう暮らし方をしていますからね。どなたもご存じでしょう。自分の雑誌、イズリントンの優雅なフラット、そしてこんどは目を瞠るような男性がここに」母が赤いネイルの手をウィルの肩に置く。「おまえはいつも目利きね、ジュール」わたしが靴に合わせて彼を選んだような言い草だ。彼と結婚するのはわたしの生活にぴったりだから、まるでそれだけみたいな——

「それから、だれの目にも狂気の沙汰に見えるかもしれませんね」母がつづける。「この世の果ての寒々とした寂しい島へみなさんを呼び寄せるなんて。でも、ジュールにとっては大事なことで、重要なのはそこなんです」

その言いまわしも癇《かん》にさわる。わたしは周囲の客といっしょになって笑っている。しかし、心のなかで身構えているところだ。母が検察官、わたしが弁護人という想定で、立ちあがって意見を述べたい。愛する家族のスピーチを聞いてそう思う人間は少ないのではないか。

母がぜったいに話そうとしない真実とはこうだ。もし自分の望むものがわからず、手に入れる方法も知らなかったなら、わたしは何も達成できなかっただろう。わたしは自分の思いどおりにするやり方を体得するしかなかった。なぜなら、母がまったく助けようともしなかったからだ。薄い黒のシフォンに身を包んだ母を見て——まるでウェディングドレスの陰画だ——輝くイヤリングをつけて泡立つシャンパンのグラスを持つ母を見て、わたしは思う。あなたが手に入れたんじゃない。この時間はあなたのものじゃない。これを創りあげたのはあなたじゃない。あなたみたいな母親がいたにもかかわらず、わたしが創りあげた。

テーブルの端を片手で強く握り締め、自分を押しとどめる。ほかの客の前でシャンパングラスを手に取り、ぐっと飲む。娘を誇りに思っていると言いなさいよ、と心のなかで言う。そうすればすべてが丸くおさまる。言いなさいよ、そうしたら許してあげるから。

「少しうぬぼれに聞こえるかもしれませんが」母がそう言って胸元に手をやる。「それでも、言わずにはいられません。わたくしは自分のことを誇りに思っています。だってこんなに強くてたくましい娘を育てあげたんですもの」

そして、熱烈な聴衆を前にしたかのように、軽く頭をさげる。全員がお義理で拍手をするなか、母が席に着く。

わたしは怒りで震えている。手に持ったシャンパンのフルートグラスを見る。気持ちのいい夢見心地のひとときにそれをかかげてテーブルへ叩きつけ、すべてが停止する瞬間を想像する。深呼吸をする。そして思い直し、立って乾杯の挨拶をする。

「来てくださってほんとうにありがとう」つとめてあたたかみのある口調で言う。従業員と話すことに慣れてしまったので、高飛車な声にならないように気をつける。人から軽く見られて文句を言う女性がいるらしい。どちらかといえば、わたしの悩みはその反対だ。職場のクリスマスパーティーで、イライザという従業員が酔っぱらってわたしの顔がきついと言った。わたしは聞き流した。酔っているうえに、どうせ翌朝には言ったことを覚えていないからだ。それでも、わたしはけっして忘れていない。

「みなさんに集まっていただき、とても光栄に思っています」そこで微笑む。口紅が蠟になって唇を固めているみたいに感じる。「ここに来るまで大変長い道のりでしたでしょう……また、おいそがしいなか時間のつごうをつけるのは大変でしたでしょう。それでも、この島が目にとまったときから、わたしはここが一番ふさわしいと思っていました。たとえば、ウィルは国を出て最果ての地ばかり行っています。それに、わたしの祖先はアイルランド人ですから」目を向けると父が大きな笑みを浮かべる。「ですから、みなさんに――親しい身内のかたたちに――ここへ集まっていただくのは、わたしにとって大変意義深いことなんです。わたしたちふたりにとって」ウィルに向かってグラスをかかげ、彼もお返しに自分のをかかげる。こういうことは彼のほうがずっとうまい。とくに努力もせずに魅力とやさしさを発散する。たしかにわたしは人を思いどおりに動かせる。でも好いてもらうことにはいつも失敗している。わたしの婚約者がやっているようにはうまくできない。ウィルがわたしに笑顔でウィンクをするので、つい妄想してしまうのは、さっき寝室ではじめたあれのつづき――

「じつは、こんな日が来るとは信じていなかったんです」われに返って言う。「〈ザ・ダウンロード〉の仕事でここ数年とてもいそがしく、だれかと出会う暇などないと思っていました」

「忘れないでくれよ」ウィルが声をあげる。「きみをくどいてデートするために、ぼくは必死で働いたんだから」

そのとおりだ。なんだか出来すぎに思えたものだ。その後彼は、最近有害な関係から抜け出したところで、自分も出会いは求めていないと言った。それでも、わたしたちはあのパーティーで意気投合した。

「そうしてくれてうれしいわ」わたしは彼に微笑みかける。あれよあれよという間に簡単にこうなったのが、いまだに一種の奇跡に思える。「もしかしたら」わたしは言う。「わたしたちは運命の女神によって結ばれたのかもしれません」

　ウィルがわたしに輝く笑みを向ける。目と目が合い、ふたりだけの世界にいる気がする。そのとき、あのいまいましい手紙のことがふと思い浮かぶ。そしてわたしは、笑みを浮かべた唇がわずかに引きつるのを感じる。

ジョンノ——ベストマン

外はもう真っ暗だ。暖炉の煙が部屋にただよっているので、輪郭がぼやけてみんなが別の人間に見える。いつもとちがう。

　ディナーがつぎの段階に進み、扱いづらいダークチョコレートのタルトが来る。おれが切ろうとしたタルトが皿から飛び出し、砕けたタルト生地がそこらじゅうに散らばる。

「だれかに切ってもらわないと食べられないのかい、もう大きいのに」

　テーブルの一番端からダンカンが冷やかす。ほかの連中の笑い声が聞こえる。何も変わっていないらしい。おれはみんなを無視する。

ハンナがこちらを向く。「ところでジョンノ、あなたもロンドンに住んでるの？」ハンナはいい人だ、そう思うことに決めた。やさしそうだ。それに、彼女の北部訛りは感じがよく、片耳のてっぺんに並ぶピアスもパーティー好きの女みたいで面白い。ふたりの子持ちらしいが。なろうと思えばかなり奔放になれるのだろう。

「とんでもない」おれは言う。「都会が大嫌いなんだ。田舎が一番だね。気ままにほっつきまわるほうがいい」

「かなりのアウトドア派？」ハンナが尋ねる。

「ああ」おれは答える。「そうかもしれない。以前は湖水地方のアドベンチャーセンターで働いていた。登山や野外生活《ブッシュクラフト》なんかを教えてたんだ」

「へええ、すごい。じゃあそういうことなのね。あのスタッグ・パーティーを計画したのはあなたなんでしょ」彼女が微笑みかける。どこまで知っているんだろう。

「うん、おれだよ」

「チャーリーはその話をあまりしてくれないの。でも、カヤックや山登りなんかをするんだって聞いたわ」

そうか、じゃあ何が起こったかは言わなかったんだな。当たり前か。おれがチャーリーだったら、やっぱり言わないだろうな。そういうことは口をしっかり閉じておけばおくほどいい。あれは過ぎたこととして、チャーリーが水に流してくれたのならいいが。哀れなやつ。あれはおれが考えたんじゃない。少なくとも全部じゃない。

「うん、まあね」おれは会話をつづける。「おれは昔からそういうことが大好きだからね」

「そうさ」フェミが口を差し挟む。「壁をよじのぼって体育館の屋根にあがる方法を見つけたのはジョンノなんだ。ところでおまえ、食堂の外にあるあの大木にはのぼったんだろうな」

「おっと」ウィルがハンナに言う。「こいつらに学校時代の話をさせてはだめですよ。きりがないんだから」

ハンナがおれに微笑む。「あなたもテレビのシリーズに出ていたかもね、ジョンノ」

「そうかな」おれは言う。「そう言われるのは意外だけど、じつはあの番組のオーディションを受けたんだ」

「あなたが？」ハンナが訊く。「〈夜を生き延びろ〉の？」

「まあね」しまった。どうしてなんでも話すんだ。ジョンノの間抜け、いつもべらべらしゃべっちまう。情けない。

「だけど、ジョンノはああいうくだらない仕事にはいっさい手を出さないって決めたんだ。そうだよな」ウィルが言う。助け舟を出してくれるのはうれしい。しかし、ここで嘘をついてもはじまらないから、言ったほうがいい。「こいつは友達思いだからね」おれは言う。「ほんとうのことを言えば、出来が悪かったんだよ。結局、テレビでは使えないって言われた。こいつみたいにはね――」身を乗り出してウィルの髪をくしゃくしゃにすると、ウィルがひょいと頭を引っこめて笑う。「つまり、彼の言うとおりさ。とにかく向いてなかった。化粧をされたり番組で決められた服を着たりするのはごめんだ。おまえがやることに文句を言ってるわけじゃないけどな」

「わかってるって」ウィルが両手をあげて言う。ウィルはもともとテレビ向きだ。世間が望むとおりの人間になりきる能力がある。番組を観て気づいたが、テレビのなかのウィルはh音を発音せず、〝一般大衆のひとり〟という感じを微妙に出している。けれども、パブリックスクールの仲間や、おれたちよりいい学校出身のお高くとまった連中といるときは、そちら側のひとりになる――しかも百パーセント。

「どっちにしても」おれはハンナに言う。「そういうことだ。こんな醜い間抜け面をだれがテレビで見たいんだ?」しかめっ面をして見せる。おれが正体をさらしたと言わんばかりに、ジュールが目をそむける。生意気な女だ。

「それで、番組のアイディアってどこから生まれたの、ウィル?」ハンナが質問する。彼女が話題を変えて、これ以上恥をかかせまいとしているのがありがたい。

「そうだよな」フェミが言う。「じつはおれも考えてたよ。原点は〝サバイバル〟かな」

「サバイバル?」ハンナがフェミへ顔を向ける。

「学校でよくやったゲームでね」フェミが説明する。

ダンカンの妻ジョージナが参加する。「そうそう。ダンカンから聞いたことがあるわ。ほんとうにひどいのよ。男の子を夜遅くベッドから連れ去って放置するんですって。どこか人里離れた場所に――」

「うん、そうなんだ」フェミが言う。「下級生をベッドからさらって、校舎からできるだけ遠い、敷地のどこかへ連れていく」

「うちの学校の敷地って広いんだよ」アンガスが言う。「それに、人っ子ひとりいない。真っ暗けだ。どこにも明かりが見えない」

「なんだか野蛮ね」ハンナが目を丸くして言う。

「大事な伝統だ」ダンカンが言う。「開校以来何百年もおこなわれてきたんだ」

「ウィルは一度もやられなかったよな」フェミがウィルを見て言う。

ウィルが両手をあげる。「ぼくはだれにも拉致されなかった」

「そうとも」アンガスが言う。「みんなきみの親父さんには相当びびってたからね」

「はじめに目隠しをされるんだ」アンガスがハンナに言う。「だから自分がどこにいるのかわからない。木やフェンスに縛りつけられることもあって、そうなるとその状態から自由にならなくてはいけない。ぼくのときはたしか――」

「しょんべん漏らしたんだよな」ダンカンが締めくくる。

「漏らすもんか」アンガスが言い返す。

「いや漏らしたとも」とダンカン。「忘れるはずないだろ。ちびり小僧め」

アンガスがワインをぐいっと飲む。「別にいいさ、そういうのは大勢いたんだ。死ぬほどこわかったからね」

おれは自分のサバイバルを思い出す。いつかはやられると知ってはいたが、実際にやられるときの準備などできるはずもなかった。

「これが一番とんでもないんだけど」ジョージナが言う。「ダンカンはそれを悪いと思ってないみたいなの」そして夫を見る。「そうでしょ、あなた」

「それがいまのおれを作った」ダンカンが言う。


見ると、ダンカンはすわって両手をポケットに入れて胸を張り、見渡すものすべての王、ここの支配者、という態度だ。では、それがこの男を作って何にしたのだろう。

それがおれを作って何にしたのだろう。

「まあ、害はなかったんでしょうね」ジョージナが言う。「だれかが死んだわけじゃないんでしょ」そして小さく笑う。

目が覚め、周囲の暗闇でささやき声が聞こえたのを覚えている。脚を押さえろ……おまえは頭のほうだ。そして、あいつらは笑いながらおれを押さえつけ、目隠しをした。そのあと、何人もの声。たぶん、いいぞいいぞとか、やったぜとか――でも、目隠しが耳まで覆っていたので、動物が吠えたりキーキー鳴いたりする声に聞こえた。夜に外へ連れ出され、凍えながら裸足で立った。でこぼこの地面をがたごととせわしない音が進んでゆく――手押し車だろう――長い時間乗せられたので、学校の敷地を出たにちがいないと思った。やがて、森に置き去りにされた。たったひとりで。自分の心臓の音とひそやかな森のざわめきしか聞こえない。目隠しを取るが、やはり暗く、月も出ていない。枝が頬をこすり、木が密集しているので隙間を通れそうになく、森に押しつぶされそうな気がする。すごく寒くて、喉の奥で血のような金気臭い味がした。裸足の下で小枝が折れる音。たぶん同じ場所を歩きまわっていた数キロ。ひと晩かかって森を抜け、しまいに夜が明けた。

　校舎にもどったとき、自分が生まれ変わった気がしたものだ。おまえはろくな者にならないと言った教師連中などくそくらえ。あの教師たちはこんなふうに夜を生き延びたことはなかった。自分が無敵になった気がした。どんなことでもできる気がした。

「ジョンノ」ウィルが言う。「おまえのウイスキーをここで披露しようって言ってただろう。試しに飲んでみよう」そして、さっと席を立ってボトルを一本持ってくる。

「あら」ハンナが言う。「見せてくれる?」ウィルから受け取る。「洒落たデザインね、ジョンノ。だれかといっしょにやったの?」

「ああ」おれは言う。「ロンドンにグラフィックデザイナーの友人がいるんだ。いい仕事をしてるだろ」

「ほんとうに」うなずきながら、指で文字をなぞる。

「わたしもこういうことをやってるの」と言う。「イラストレーターなのよ、職業はね。でも、ずいぶん昔のことに思える。いまでは常時育休中よ」

「ちょっと見てもいいかい」チャーリーが言う。ハンナから手渡され、ラベルを見て眉をひそめる。「蒸留酒製造所と提携するしかなかったんだろうね。なぜなら、ここに十二年ものの表示がある」

「そうだよ」おれは尋問されているか試験を受けている気持ちになる。これが学校教師というものなんだろう。「提携した」

「さあて」ウィルが仰々しくボトルをあける。「厳しく審査するぞ」そして厨房へ声をかける。「イーファ……フレディ。みんなにウイスキーグラスを持ってきてくれないか」

イーファがグラスを盆に載せてくる。

「きみも飲むといい」ウィルが領主のように言う。「それからフレディも。全員で試飲しよう！」イーファが辞退しようと首を振るがウィルは譲らない。「いいじゃないか」

フレディがのろのろとやってきて妻のかたわらに立つ。ふたりとも所在なさげだが、フレディは下ばかり見てエプロンの紐をいじっている。〝どえらい変人〟ダンカンが口の形でおれたちに伝える。この男は床を見ていて正解だろう。

イーファを観察する。はじめに思ったほど歳を食っていない。まだ四十歳ぐらいだろう。服装で老けて見えるだけだ。容姿もいい――洗練された美しさがある。こんな野暮な亭主と何をしているんだろう。

ウィルがウイスキーを注ぐ。ジュールがほんの少しにしてと言う。「悪いけど、ウイスキーはあまり飲めないの」ひと口飲んで顔をゆがめ、あわてて手で口を押さえて悟られまいとする。しかしその手は注意を引くだけだ。もしかしたら、わざとそうしたのかもしれない。彼女がおれを大好きでないのはわかりきっている。

「いいんじゃないか」ダンカンが言う。「どこかラフロイグを思い出させるよな」

「うん、そうかもね」さすがにダンカンはウイスキーを知っている。

イーファとフレディは自分たちの分をできるだけ早く飲み、さっさと厨房へもどる。わかる気がする。母は昔地元のカントリークラブ――たぶんアンガスやダンカンの親が会員になっているようなクラブ――で働いていた。母が言うには、ゴルファーが鷹揚な気分でときどき一杯おごろうとするけれど、そんなことをされても決まり悪いだけだった。

「めちゃめちゃおいしいと思う」ハンナが言う。「びっくりだわ。じつを言うとわたし、ふだんはウイスキーが好きじゃないのよ」もうひと口飲む。

「そうなの」ジュールが言う。「みなさんはとても運がいいわ」そしておれに向かって微笑む。だけど、だれかの〝目が笑ってない〟とかよく言うじゃないか。彼女の目も笑っていない。

おれはみんなに笑顔を見せる。でも、少し気分が悪い。あのサバイバルの話のせいだと思う。あいつらにとって――大勢のトレヴェリアンの卒業生にとって――あれがあくまでもゲームだったことがどうにも納得しづらい。

ウィルのほうを見る。ウィルはジュールの頭の後ろに手をやり、みんなに笑顔を振りまいている。人生のあらゆるものにめぐまれた男に見える。実際そうなのだろう。おれは考える。ウィルもなんともないのだろうか。昔の話がいろいろ出ているのに。まったく何も感じないのか。

変な気分は振り払うしかない。おれはテーブル中央のほうへ突進し、ウイスキーのボトルをつかむ。「そろそろドリンキング・ゲームの時間だな」と言う。

「ああ、それは――」ジュールがだめだと言いかけたらしいが、その声は男連中の威勢のいい賛同に呑みこまれる。

「いいとも！」アンガスが叫ぶ。「アイリッシュ・スナップ（カードゲームの一種）かい」

「そうさ」フェミが言う。「学校でやったみたいにな！ リステリンのマウスウォッシュでやったのを覚えてるか。アルコール度数五十パーセントだってわかったもんだからさ」

「きみがウオッカをこっそり持ちこんだときもあった

な、ダンク」アンガスが言う。

「よし」おれはいさんでテーブルをあとにする。「トランプを持ってくる」没頭できることが見つかったので、早くも気分が回復してくる。

厨房へ行くと、イーファが背を向けてクリップボードのリストらしきものに目を通している。おれが咳ばらいをし、彼女がびくりとする。

「イーファ、すまない」おれは言う。「トランプはあるかな」

「はい」彼女がそう言って、怯えたように一歩さがる。

「もちろんです。客間にあると思います」感じのいい訛りだ。昔からアイルランドの女が好みだった。

〝思います《シンク》〟というより〝ティンク〟と言う——それを聞くと頬がゆるむ。

夫もそこにいて、オーブンの前でいそがしそうにしている。

「あしたの料理を作ってるのかい」イーファを待つあいだに尋ねる。

「うう、ふむ」そう言って目を合わせてこない。一分かそこらでイーファがトランプを持って現れたのでやれやれだ。

テーブルへもどり、みんなにトランプを渡す。

「わたくしは失礼して、美容のためにもう寝るわ」ジュールの母親が言う。「それに、強いお酒って苦手だもの」〝うそばっかり〟ジュールの口がそう動いたのがわかる。ジュールの父親とフランス人のセクシーな継母も辞退する。

「わたしもそろそろ」ハンナが言う。「きょうは長い一日だったので。そうでしょ、あなた」

「どうするかな——」チャーリーが言う。

「行くなよ、チャーリー」おれはチャーリーへ声をかける。「楽しいぞ。少しははじけようぜ!」

チャーリーは決めかねているらしい。

スタッグのときは少しタガがはずれた。かわいそうに、チャーリーはおれたちみたいにその手の学校へは行かなかったから、心構えが足りていなかった。よくも悪くも……地理の教師だ。あの晩、チャーリーはのけ者にされていたと思う。だれだってそうなるだろう。その週末はおれたちのだれともろくに話さなかった。

　あの集まりは、いわば仲間たちの再結集だった。ほとんどがトレヴェリアン出身だ。おれたちはあの学校でつながっている。ウィルとおれとのつながりはちがう——この絆はおれたちふたりだけのものだ。でも、おれたち全員にほかの絆がある。決まった流儀、男同士の結びつき。一堂に会したときはそうした群れの心理が働く。

　だから、悪乗りする。

ハンナ——同伴者

　シャンパンの一気飲みをさせられて以来、アッシャーたちにはよくよく気をつけている。飲めば飲むほど見えてくるものがある。パブリックスクール仕込みの立ち居振る舞いに隠されていた、暗い残酷なもの。だからいま、夫が不良グループにはいりたがるティーンエイジャーみたいになっているのが腹立たしい。

「よーし」ジョンノが言う。「みんな用意はいいか」テーブルを見まわす。彼の目の何が変なのかがわかった。黒々とした目なので虹彩と瞳孔の境目がはっきりしない。そのため妙にうつろな目つきになり、声をあげて笑っても目だけ笑っていないように見える。それにくらべて目以外の顔の部分がすごく表情豊かで二、三秒ごとに変化し、とても大きな口がよく動く。この人には激しい勢いが感じられる。危険でなければいいけれど。飛びかかってくる大きなこわい犬が、じつはボールを投げてほしいだけで、顔に咬みつきはしないみたいに。

「チャーリー」ジョンノが言う。「きみもやるんだろ」

「チャーリー」わたしはささやき、夫と目を合わせようとする。夕方からずっと、夫はわたしには目もくれず、ジュールにうっとりするか、やんちゃ者たちの仲間になろうとするかのどちらかだ。それでも、わたしは彼に気づいてもらいたい。

　チャーリーは穏やかな人だ。大きな声をあげることも、子供たちに腹を立てることもめったにない。小言を言うのはだいたいわたしのほうだ。だから、酒に酔っていつもより乱暴になることも、アルコールが彼の悪い部分を増幅させることもないだろう。日常生活ではあまり短所のない人だ。そう、どこか奥深くに怒りをためこんでいるのかもしれない。でもこれだけは言えるが、酔って別のだれかに乗り移られたみたいになった夫を何度か見たことがある。そうなるほうがよほど恐ろしい。長年の経験で、わたしはごく小さな兆しも見逃さなくなった。わずかにゆるんだ口もと、垂れた目蓋。気づけるようになったのは、つぎの段階が心地よいものではないからだ。まるで小さな花火が突然脳内で爆発を起こしたみたいになる。

　とうとうチャーリーがこちらを見る。意味を取りちがえられないように、わたしはゆっくりとていねいに首を横に振る。〝やめておいて〟

「いったいなんのこった」ダンカンがうれしそうに言う。しまった、いまのしぐさを見られていた。ダンカンがチャーリーを振り返る。「奥方につながれてるのかい、チャーリー坊や」

　チャーリーの耳が真っ赤になった。「ちがう」と言う。「そんなんじゃない。よし、わかった。参加しよう」

　どうしよう。ここにいてチャーリーがばかなことをするのをなるべく止めたい、いや、結果はどうあれ、ここは本人にまかせて自力で抜け出させればいい、このふたつの思いにわたしは引き裂かれる。夫がジュールに対して露骨に鼻の下を伸ばしたあとでは、なおさら迷う。

「トランプを配るぞ」ジョンノが言う。

「待て」ダンカンが立ちあがって手を打ち合わせる。「はじめに校訓を唱えようじゃないか」

「そうだな」フェミが賛同して加わる。アンガスも立つ。「やろう、ウィル、ジョンノ。よき昔の思い出ってやつだよ」

　ジョンノとウィルが立つ。

　わたしは一同をながめる。ジョンノを除いて、全員が白いシャツと黒っぽいズボンを上品に着こなし、高級な腕時計を着けている。この人たちは卒業してうまくやっているようなのに、なぜいつまでも学校時代にこだわるのだろう。自分ががさつな母校ダンレイヴン・ハイスクールの思い出話にふけるところなど想像もできない。学校になんの恨みもなかったけれど、あまり思い入れがある場所でもない。ほかの生徒と同じように、記念に落書きをしてもらったシャツを着て母校をあとにし、二度と振り返らなかった。この人たちは午後の三時半に下校せず、家へ帰って連続ドラマ〈ホリーオークス〉を観たりしなかった。子供時代のかなりの期間、その学校に閉じこめられて過ごしたのだろう。

　ダンカンがテーブルをこぶしでゆっくりと叩きはじめる。まわりを見て、自分につづけとうながす。一同がつづく。しだいに音が強くなり、連打が速くなり、興奮が高まる。

「**ファク・フォルティア・エト・パテレ**」ダンカンが

唱えるのはラテン語にちがいない。
「ファク・フォルティア・エト・パテレ」ほかの者がつづく。
そのあとで、低い断固としたささやき声になる。

「フレクテレ・シ・ネクェーオ・スペロース、
アケロンタ・モウェーボ。
フレクテレ・シ・ネクェーオ・スペロース、
アケロンタ・モウェーボ！」

揺らめくキャンドルの明かりで男たちの目がきらめくさまを、わたしは見つめる。男たちの顔が赤らんでいる——興奮し、酒に酔っている。背筋に悪寒が走る。キャンドルの明かりと、窓を圧する闇と、詠唱と、打ち鳴らすこぶしの不思議なリズムのなかで、突然悪魔の儀式を見ている錯覚にとらわれる。ここには人を脅かす部族的な何かがある。胸に手を当てると、怯える動物のように心臓の鼓動が速くなっている。
こぶしの音が最高潮に達し、あまりにも激しく打ち鳴らされるので、皿やナイフなどの食器類があちこちで跳ねている。グラスがひとつテーブルの端から落ち、床で砕ける。わたし以外だれも気にしない。

「ファク・フォルティア・エト・パテレ！
フレクテレ・シ・ネクェーオ・スペロース、
アケロンタ・モウェーボ！」

そのあと、わたしがこれ以上耐えられないと感じたとき、ついに全員が雄たけびをあげ、そこで止まる。男たちが見つめ合う。額が汗で光る。麻薬でも吸ったみたいに瞳孔が開いている。大きなハイエナが歯を剥き出して笑い、背中を叩き合い、痛いほど小突き合う。ジョンノがほかの者たちほど大笑いしていないことにわたしは気づく。笑い顔にどこか迷いがある。

「でも、どういう意味なの」ジョージナが尋ねる。

「アンガス」フェミがろれつのまわらない舌で言う。

「おまえ、ラテン語オタクだろ」

「最初の一節はね」アンガスが言う。「〝勇気ある行動をとり、耐える〟という意味で、校訓なんだ。つぎの一節は生徒がつけ加えた。〝天国を動かせないなら、地獄を呼び覚まそう《レイズ・ヘル》〟。ラグビーの試合前にはいつも唱える」

「それ以外のときもな」ダンカンが悪そうな笑みを浮かべて言う。

「ずいぶんと鼻息が荒いのね」ジョージナが言う。けれども彼女は、赤ら顔で汗をかいて猛々しい目をした自分の夫を、こんなにすてきなところをはじめて見たという顔で見つめている。

「まあそこが大事な点だな」

「さあ、ご婦人方」ジョンノが大声で言う。「おしゃべりはそのへんにして、そろそろドリンキング・ゲームがはじまりますよ」

　ふたたび雄たけびがあがる。フェミとダンカンが、ウイスキーにワインと食事で残ったソースと塩と胡椒を入れたので、それはまずそうな茶色のスープと化す。そしてゲームがはじまり——全員がテーブルを叩いて声をかぎりに叫ぶ。

　アンガスが最初に負ける。飲むうちに混合液が真っ白なシャツにこぼれて茶色に汚す。一同がやじを飛ばす。

「おい、こら！」ダンカンが怒鳴る。「ほとんど首へ流れてるぞ」

　アンガスが最後のひと口を飲んで喉を詰まらせる。目をカッと見開く。

　つぎはウィルだ。じょうずに飲み干す。喉の筋肉がうまく動いているのが見える。グラスを頭上で逆さにしてにやりと笑う。

　全部のカードが出て、つぎはチャーリーの番だ。チャーリーがグラスを見て深呼吸をする。

「しっかりしろ、ふにゃチン！」ダンカンが叫ぶ。

「わたしは見ていられない。こんなものは見なくていい。チャーリーなんかくそくらえ。いっしょに遠出を楽しむ週末のはずだったのに。自分がやりたいのなら、自分で気をつければいい。わたしは妻であって、母親ではない。席を立つ。

「もう寝るわ」わたしは言う。「おやすみなさい、みなさん」

でも、だれも返事をせず、こちらを見もしない。

隣の客間へはいってそこを通り抜けるとき、はっとして立ち止まる。暗がりで、だれかがソファにすわっている。すぐにオリヴィアだとわかる。「あら、いたのね」わたしは言う。

オリヴィアが顔をあげる。長い脚を前へ出し、裸足でいる。「どうも」

「あそこにうんざりした？」

「うん」

「わたしもよ」とわたし。「もう少しここにいる？」と尋ねる。

彼女が肩をすくめる。「ベッドへ行ってもだめなの。わたしの部屋はすぐ隣だから。あそこの」

それを合図にするかのように、あざけるような笑い声が食堂からどっと聞こえる。だれかが吼える。「一気だ——一気に行け！」

そして、はやす声。いっき、いっき、いっき——突然かけ声が切り替わる。レイズ・ヘル、レイズ・ヘル、レイズ・ヘル！　こぶしでテーブルを叩く音。それから、何かが割れる音——またグラス？　酔いのまわった声、「ジョンノ、おまえってどうしようもないな！」

かわいそうに、オリヴィアはあの騒ぎから逃げられないでいる。わたしはどうするか決めかねてドアのそばにいる。

「だいじょうぶだから」オリヴィアが言う。「だれかについててもらわなくても」

それでも、ここにいるべきだと感じる。彼女が気の毒だと思う。それに、じつはここにいたい。さっき洞窟にすわって、いっしょにたばこを吸ったのが楽しかった。なんだかわくわくして、不思議なスリルがあった。舌にたばこの味を感じながら彼女とおしゃべりしていると、自分が十九歳で、ベッドをともにした男の子たちのことを打ち明けているような気がした——住宅ローンで身動きがとれない二児の母親ではなく。それに、オリヴィアを見てるとだれかを思い起こす。でも、だれなのかわからない。だから気になる。あることばを思い出そうとして舌の先まで出かかっているのに、どうしても思い出せないのと同じだ。

「じつはね」わたしは言う。「まだそんなに疲れてないの。それに、あしたの朝は早起きしてふたりの腕白の面倒を見なくていいから。部屋にワインがあるの——持ってくるね」

それを聞いた彼女がちらりと笑う。はじめて見る笑顔だ。そして、ソファのクッションの後ろから高そうなウオッカのボトルを取り出す。「さっき厨房からくすねたの」

「へええ」とわたし。「そうね、このほうがずっといい」ほんとうに十九歳にもどったみたいだ。

オリヴィアがボトルを渡す。わたしはキャップをはずし、ひと口あおる。たまっていた鬱屈が喉の奥で焼かれ、息が止まる。「うわぁ。いつ飲んだのかひさびさで思い出せない」ボトルを返して口をぬぐう。「さっきは話が途中だったよね。あなたはその男のことを話してた——カラムだっけ。別れた話」

オリヴィアが目を閉じ、深く息をつく。「たぶん、別れたのはただのきっかけ」彼女が言う。

隣の部屋からまた爆笑が沸き起こる。もっとテーブルを打ち鳴らす音。もっと酔った男たちが大声で交わす声。ドアにぶつかる音がしたあと、アンガスが転がりこんでくる。ズボンが足首までさがり、卑猥にもいちもつが丸見えだ。

「失礼、ご婦人方」アンガスが酔ったいやらしい目つきで言う。「どうぞおかまいなく」

「もう限界」わたしの怒りが爆発する。「まったく……とっととうせな、こっちに来るんじゃない！」

オリヴィアが呆気にとられてわたしを見る。こんなことが言えると思っていなかったのだろう。わたしもだ。どうしてこうなったのか自分でもよくわからない。たぶんウオッカのせいだ。

「あのね」わたしは言う。「ここって、おしゃべりするにはあんまりいい場所じゃないよね」

そうだと言うように、オリヴィアが首を振る。「じゃあ洞窟へ行く？」

「そうか――」島の夜の遠足は考えていなかった。湿地とかいろいろあるから、夜出歩くのはきっと危険だろう。

「なんでもない」オリヴィアが急いで言う。「わかってる。ただちょっと――変だけど――あそこのほうが話しやすい気がしたから」

ふいにさっきと同じ気持ちになる。ルールを破っているときに感じる不思議なスリル。「いいね」わたしは言う。「行こうよ。そのボトルも持って」

わたしたちは裏口からフォリー館を出る。夜になるとここはほんとうに薄気味悪い。聞こえるのは近くの岩に波が砕ける音だけで、それ以外は静まりかえっている。ときどき響いてくる奇妙なしわがれ声が腕の毛を逆立たせる。鳥の声だとやっと気づく。鳴き声からして、けっこう大きな鳥だろう。

なおも歩いていくと、崩れかけた家々が懐中電灯に照らされてすぐそこに現れる。暗くぽっかりとあいた窓が空洞の眼窩《がんか》のようで、だれかが中にいてわたしたちが通るのをじっと見ているのではないか、そんな不安な気持ちにさせられる。それに、家のなかから音が聞こえる。こすれたり、きしんだり、引っ搔いたりする音が。ネズミだろう——だからといって、とくに安心もできない。

　歩いているとき、周囲を何かが動きまわっているのには気づいている。速すぎてちゃんと見えないけれど、かすかな月明かりで一瞬目に映る。顔の間近を飛ぶので、頰をかすめるのを肌で察知できる。飛びのいて手で顔を防ぐ。コウモリ？　昆虫にしては明らかに大きすぎた。

　わたしたちが洞窟へおりていくそのとき、目の前の岩壁に黒々とした人影が現れる。ぎょっとしてボトルを落としそうになったけれども、すぐにそれが自分の影だとわかる。

　ここにいれば、じゅうぶん幽霊の存在を信じられる。

現在

婚礼の夜

　四名のアッシャーが捜索隊を結成した。救急用具一式を携帯する。入口の照明用に取りつけてあったオイルトーチをはずして持つ。

「よし、みんな」フェミが言う。「用意はいいか」

　四人が準備するさまには、不謹慎な高揚に近い奇妙な熱っぽさがあった。任務にそなえる偵察隊なのだろうが、真夜中の肝試しへ出かけるかつての男子生徒そのものだ。

　ほかの招待客たちはその準備をまわりでだまって見守り、自分たちの出る幕がなく、このまま明るいあたたかな場所にいられるのでほっとしている。

　大テントのなかで捜索隊を見送る者たちの目には、

四人の男たちが魔女狩りに繰り出す中世の村人に見える。火のついた松明《トーチ》、熱情。この世のものとも思われない気配に風と停電が拍車をかける。この先に待ち構えるまがまがしい発見がどこか空想じみていて、現実とは思えない。そのうえ何を信じるべきか、極度に興奮した十代の女の子のことばがほんとうに信頼できるのか、判断がむずかしい。いまだにひどい勘違いをしただけではないかと思う者もいる。

全員が静かに見守るなか、小さな一団は大テントのはためくフラップのむこう側へと歩を進める。荒々しい夜へ、嵐の中へ、オイルトーチを高くかかげて出ていく。

前日

オリヴィア──ブライズメイド

洞窟には足が濡れるほど海水がはいっていて、インクを流したように水面が黒い。そのせいで空間が前より小さく、狭苦しく感じられる。ハンナとわたしはさっきよりくっつき合ってすわるしかない。膝と膝がふれ、客間から持ち出した蠟燭がガラスのランタンにおさまり、目の前の岩にちょこんと載っている。

ここがなぜ〈ささやく洞窟〉と呼ばれているのか、ようやくわかる。高くなった水位がここの音響を変え、いまは言ったことすべてが後ろからささやかれているように聞こえる。まるでだれかが後ろに隠れて、ひと言残らず繰り返しているみたいだ。だれもいないとはなかなか思えない。ときどき振り向いて自分たちしかいないのをたしかめてしまう。
蠟燭のぼんやりした光ではハンナの姿がよく見えない。でも、息づかいが聞こえ、香水のにおいがする。

わたしたちはウオッカのボトルを手渡してかわるがわるに飲む。わたしはディナーのときから少し酔っていたと思う。あまり食べられなかったので、アルコールがすぐにまわった。でも、彼女に話すには、ことばが止められなくなるぐらい酔わなくては。ばかみたいだ。最近までだれかにどうしてもあのことを話したくて、いきなりことばが飛び出しそうな気がしていた。でも、いざそのときになると、うまく口がきけない。

ハンナがはじめに話しかける。「オリヴィア」
洞窟がささやき声で返す。オリヴィア、オリヴィア、オリヴィア。
「やだ」ハンナが言う。「響くわね。で、元彼は……あなたに何かしたの？　じつはわたしの知ってる人が――」そこでことばを止め、また話す。「姉のアリスのことよ。大学でボーイフレンドができてね。別れたとき、ほんとうにひどい仕打ちを受けたのよ。ほんとうにどうしようもなくひどい――」

話のつづきを待つけれど、ハンナは何も言わない。それどころか、ボトルをわたしの手から取り、ごくごくと四ショット分ぐらい飲む。
「ちがう、そういうことじゃなかったの」わたしは言う。「たしかに、カラムはちょっとクズだった。なぜかと言うと、そのあとすぐに恥ずかしげもなくエリーとくっついたから。でも彼のほうから振ってきたから、そういうのとはちがった」ハンナからボトルを取ってぐっと飲む。ボトルの口が彼女の口紅の味だ。「学期が終わって夏季休暇のときだった。ジュールが仕事で留守の数日間、イズリントンの部屋に泊まったの」

暗がりに話しかけ、洞窟がわたし自身のことばをささやき返してくる。いつの間にかわたしはハンナに、自分がどれほど寂しかったかを伝えている。いつもあこがれてわくわくしていた大都会にいるのに、その気持ちを分かち合える相手がいないと気づいたこと。金曜の夜、ジュールのフラットの先にあるセインズベリー（食料品店）へ行ってポテトチップスと朝食用の牛乳とシリアルを買って歩いて帰る途中、大勢の人たちがパブの外で飲んで笑っていたこと。オレンジ色のショッピングバッグをさげてネットフリックスで夜を過ごそうと思っている自分をたまらなくみじめに感じたこと。そんなときはいつもカラムを思い出して、いっしょに何ができただろうと考え、よけい寂しくなったこと。

　彼女のことをほとんど知らないのに、自分がここまで打ち明けているのがまだ信じられない。でも、だからなのかもしれない。ここにいる人たちのなかで彼女にだけ話せるのは、たぶん彼女が基本的によそ者だから。たしかにウオッカの助けもあるし、ここがとても暗くて彼女の顔がほとんど見えないというのもある。だからといって、何から何まで話すわけにはいかない。それを考えるとパニックになる。それでも、最初のほうなら話せそうだし、最初のほうをほとんど話したら、つぎに全部話すだけの勇気が湧いてくるかどうかわかるだろう。

「携帯電話をいじってたの」わたしは言う。「そうしたら、カラムがエリーといっしょなのがわかった。エリーとはスナップチャットで画像を共有してたから。彼の膝に乗ってる画像があった。キスしてる画像もあって、写真を撮るなってカメラに向かって中指を突き立ててたけど……でもそのあと全世界とシェアした。あきれるわよね」

　ハンナがボトルからひと口飲み、息を吐き出す。

「そりゃあ最悪だよね」と言う。「そんなのを見たら。まったく、ソーシャルメディアってどうにかならないのかな」

「そうね」わたしは肩をすくめる。「ちょっとは……気分悪かった」完全なストーカーだと思われないように、その画像を何度も見たことや、見ながらセインズベリーのショッピングバッグを握り締めて声をあげて泣いたことはだまっておく。「楽しくやったほうがいいって友達は言ってた」わたしは言う。「カラムなんか見返してやればいいって。マッチングアプリをいつも勧められたけど、大学でそういう交際はしたくなかった。せまい世界で面倒だから」

「アプリって、ティンダーとか？」

ものわかりのいいところを見せようとしているのだろう。「うん、でもティンダーを使う人はもういない」

「ごめん」ハンナが言う。「わたしってやっぱり時代遅れだよね。知ってるわけないか」ちょっと残念そうに言う。

「それほど歳はとってないでしょ」わたしは言う。

「うーん……ありがと」膝をわたしの膝にこつんとぶつける。

もうひとロウオッカをあおる。ジュールのフラットで勝手にワインを飲んで、大学周辺のバーで一杯三ポンドで飲んでたワインがどうしようもない代物だったと気づいたのは、たしかあの晩だ。パンティとブラだけでジュールの大きなグラスを手に歩きまわるのが、とても粋に思えたものだ。ここがわたしのフラットで、出かけて男をお持ち帰りし、ここでセックスするのを想像した。それをカラムに見せてやりたい。

もちろん、実際にそんなつもりはなかった。それまでセックスした相手はひとりだけ、カラムだけだった。それだってずいぶんおとなしいセックスだった。

「わたし、プロフィールを設定したの」ハンナに言う。「ロンドンなら状況がちがうと思って。ロンドンなら、デートしてもつぎの日にキャンパスじゅうに知れわたったりしない」

「なんだかもう感心するわ」ハンナが言う。「わたしにはそこまで勇気がなかった。でもそのう……安全面とか心配じゃなかった？」

「ええ」とわたし。「そこまでばかじゃないもの。本名は出さなかった。実年齢もね」

「はあ」ハンナがうなずく。「なるほど」納得していないけれど、それ以上は言うまいと思っているらしい。

じつは、歳は二十六ということにした。掲載したプロフィール写真はわたしに似ても似つかなかった。ジュールのクローゼットをあさり、完璧な化粧をした。でも、わたしらしく見せないのが大事な点だった。

「ベラと名乗ったわ」わたしは言う。「ほら、ベラ・ハディッドってモデルがいるでしょ」

ベッドにすわって男たちの写真を目が痛くなるまでスクロールしたときの様子をハンナに話す。「ほとんどがむさ苦しい人ばかりだった。ジムでしゃかりきになってる人とか、サングラスをかけてかっこいいと思ってる人とか」わたしはあきらめかけた。

「でも、これだと思う人がひとりいた」ハンナに言う。「彼はわたしの目を惹いた。彼は……ほかとはちがってたの」

最初にわたしが動いた。わたしにしてはめずらしいけれど、ジュールのワインで少し酔っていたせいもある。

〝会える？〟メッセージを送る。

〝ああ〟返事が来る。〝会いたいな、ベラ。いつがいい？〟

〝今夜はどう？〟

長い間があった。それから〝いきなりだね〟

〝空いてるのは今夜だけで、この先数週間は無理なの〟こういうのが好きだった。自分が実際より立派な立場の人間に思えた。

〝いいだろう〟メッセージが返る。〝決まりだ〟

「どんな人だった？」ハンナが頬杖をついて尋ねる。

興味津々の様子で、しげしげとわたしをながめる。

「写真よりすてきだった。わたしより少し年上」

「どれくらい年上なの」

「うーん……十五歳くらいかな」

「そうなんだ」ハンナは平気を装っているのだろうか。

「それで、どんな人？　結局どこで会ったの」

　わたしは思い返す。はじめて彼が現れたとき、わたしはまともに見ることができなかった。「たぶん、すてきだと思った。それに……ずいぶん男らしく見えた。彼にくらべればカラムは子供っぽかった」彼は体を鍛えているらしく、肩幅が広く、日に焼けていた。それにひきかえ、カラムはやせっぽちのかわいい男の子。これからの好みは男らしい人にしよう、と心に決めた。

「でも」ハンナには見えなくても肩をすくめる。「どうなのかな。はじめにどれほどすてきだと思っても、心のどこかでこれがカラムだったらいいのにと思ってたかもしれない」

　ハンナがうなずく。「そうね」いたわるように言う。「わかるわ。心に決めた人がいるときにブラッド・ピットが割りこんできても、そう簡単には――」

「ブラッド・ピットはめちゃくちゃおじさんよ」わたしは言う。

「じゃあ――ハリー・スタイルズではどう？」

　思わず笑みがこぼれそうになる。「うん。いいかも。それより、ティモシー・シャラメかな」カラムが彼に似てるとずっと前から思っていた。「でも、カラムはわたしのことなんか一瞬も考えてなかったんだろうな。とくに、エリーのばかでかいおっぱいに顔をうずめてるときなんか」わたしは彼のことをいつまでも考えるのはやめようと自分に言い聞かせていた。

「それで、その人だけど……名前はなんていうの」

「スティーヴン」

「彼は何か言ってた？　会ってみたらあなたがあんまり幼かったんで」

わたしはハンナを見る。いまのは批判がましく聞こえた。

「ごめん」ハンナが笑いながら言う。「だけど、ほんとうの話、どうだったの」

「うん、言ってた。ほんとに二十六かって。でも、疑うような言い方じゃなくて、なんていうか、ふたりともシャレで言ってるって感じ。そんなこと、あのときの彼にはどうでもよかったみたい。それに、彼はやさしかった」いま思い出すのはつらいけど。「楽しかった。彼はわたしのジョークに全部笑ってくれた。わたしについて山ほど質問した」

あの夜を思い起こす。あのバーで飲んで頭がぼうっとなっているところを――ネグローニを飲んでいたのは、そのほうがおとなの女に見えると思ったから。

「はじめは写真を撮るのが目的だった」わたしは言う。

「インスタグラムにアップするのが」カラムを見返すのが。

「もしかして……」ハンナがわたしを見て言う。「もうちょっと先まで行った?」

「うん」わたしはウオッカをごくりと飲む。

たしかあのとき、わたしは彼がさよならと言うと思ったのに、彼がタクシーのドアをあけてこう言った。

「ねえ、きみも乗らないか」そしてタクシーのなかで(ウーバーじゃなく、本物の黒いタクシー)小さな声がずっと訴えていた。〝何やってんの。ろくに知らない人でしょ!〟でも、酔って乗り気になったもうひとりのわたしがだまれと言っていた。

彼が引っ越したばかりで部屋がちゃんとしていないということで、わたしたちはジュールのフラットへ行った。やましさは少しあったけれど、シーツを洗えばいいと自分を納得させた。

「へええ」彼が言った。「これはすごい。ここは全部きみのものかい」

「そうよ」そう言ったほうがずっと垢抜けた女に見える気がした。

「そのあとはセックスよ」ハンナに言う。「わたし、酔いが醒める前にやりたかったんだと思う」

「よかった？」ハンナが訊く。わくわくしてるみたいだ。そのあとでこう言う。「何年もやってないもんだから。ごめんね。そんなの人に言う話じゃないよね」

彼女とチャーリーのセックスについてはなるべく考えないことにする。「まあね」わたしは言う。「でもちょっと——あれかな。乱暴っていうか。彼はわたしを壁に押しつけてから、腰までスカートをめくってパンティをおろした。それから——それもう少しくれない？」ハンナがボトルを渡し、わたしはすばやく飲む。「彼は口でやった。わたしがシャワーも浴びてないのに。そのほうがいいんだって」

「そうなんだ」ハンナが言う。「いいんじゃない。へええ」

カラムとわたしはあまり大胆な行為に及んだことはなかった。スティーヴンとのセックスはどこをとってもカラムのときよりよかった。ただ、あのときはじめて口でされて絶頂に達したあと、一瞬だけど泣きたいような変な気持ちになった。

「彼とはそのあと何度も会った」ハンナに言う。

ハンナがうなずくのが見えるというよりも感じられる。頭が近いので空気の動きでわかる。そして、いつの間にか彼女に話している。彼が望むような女、セクシーで大胆な女になりたかった。危ない領域へ来てしまった感じ、ベッドで要求されること全部がいつも気持ちいいわけではないと思うことがあってもだ。

「つまりね」わたしは言う。「カラムのときとはちがったの。カラムとわたしはなんというか……」

「気心の知れた仲？」ハンナが言う。

「そう」とわたし。言うのも不愉快だけど、まさにそのとおりでもある。「でも、こんどはちがったみたい。スティーヴンといても、あの人はほんの少ししか自分を見せない。だから――」

「だからもっと見たくなる？」

「うん。彼に取り憑かれたのかもしれない。それに、彼はすごくおとなで世慣れた人なのに、なぜかわたしを求めた。でも、そうこうするうちに――」わたしは肩をすくめる。「失敗しちゃった」

　ハンナが顔を曇らせる。「どういうこと？」

「なんかね。わたし、自分がおとなだってところを見せたかったんだと思う。だってわたしたちは会って、まあ、セックスする以外、いっしょに何かすることがまったくなかったっていうか。彼はわたしと寝たいだけなのかもしれない――そんな気がしてた」

　ハンナがうなずく。

「でも、夏の終わりに、ジュールがオンライン雑誌のことでヴィクトリア＆アルバート博物館でパーティーを開いたから、彼を連れていったらかっこいいだろうなって思った。きちんとしたデート。彼が一目置くかもしれない。しっかりした一人前の女だって見直すかも」

　ハンナにそのときのことを話す。階段をあがってなかへはいっていくと、すごくおとなっぽくて華やかな人たちがいっぱいいて、全員映画スターに見えた。わたしたちの名前を確認した係の人間は、わたしを来てはいけない人間のようにじろじろ見たけれど、スティーヴンはその場にすっかりなじんでいるようだった。

「ちょっと緊張しちゃって」わたしは言う。「ジュールに彼を紹介するはずだったから余計にね。それに、飲み物はいくらでもあった。わたしは浴びるほどお酒を飲んで、気持ちを落ち着かせようとした。それで、ひどく見苦しいことになったの。トイレで吐くしかなくて――どうしようもなくなった。そのあと、スティーヴンがタクシーに乗せてくれて、わたしはジュールのフラットへ帰ることになったけど、あとでジュールも帰宅するから、ついてきてとは言えなかった。彼が紙幣を数えて運転手へ渡していたのを覚えてる。わたしを子供扱いして、運転手にちゃんと送り届けてくれと頼んでいた」

「彼が送っていくべきだったのよ」ハンナが言う。「あなたの無事を彼がちゃんとたしかめなくちゃ。タクシーの運転手にまかせないで」

わたしは肩をすくめる。「たぶんね。でも、あんな醜態をさらしたんだもの。追っ払いたくなっても無理ないかも」

車の窓から彼を見てこう思ったのを覚えている。〝終わった〟。そして、わたしがこの人だったらさっさと取って返し、同じぐらい若いけど、酔って乱れたりしない子とつき合うだろうな、と。

「そのあと、彼はわたしから消えちゃったの」ことばの意味が通じないといけないのでこう言い換える。「まあ、返信してこないってことかな。既読マークがついているのに」

彼女がうなずく。

「わたしは大学へもどった。ある晩、出歩いたあとで少し酔って悲しい気分だったから、彼にメッセージを十回送った。寮のほうへ歩きながら夜中の二時に電話をかけた。彼は出なかった。返信もしなかった。彼には二度と会えないってわかった」

「クソだね」ハンナが言う。

「まあね」

「で、それっきり？」わたしがそれ以上話さないので、彼女が訊く。「再会しなかったの？」わたしが答えないのでさらに言う。「オリヴィア？」

それでも、わたしは話すことができない。いままでは魔法にかかったみたいにすらすら話せた。いまはことばが喉につっかえている。

頭のなかでこんなものが見える。白を背景にした赤いもの。全部血だ。

　フォリー館へもどると、ハンナがもうくたくただと言う。「ベッドへ直行するね」無理もない。洞窟のなかは一種独特だった。あそこの暗闇にすわり、蠟燭の火を前にウオッカを飲んでいると、わたしたちは何を話してもいいような気がした。いまは分かち合いすぎた気がしないでもない。一線を越えてしまったのかも。

　どうせ眠れそうにない。とくに、わたしの部屋の隣であの人たちがゲームをつづけているあいだは。そこで、建物の外の壁を背にして、つぎつぎと浮かんでくる考えを落ち着かせようとする。

「やあ、どうも」

　わたしは跳びあがりそうになる。「何よいったい――」

　ベストマンのジョンノだ。好きになれない。さっきわたしをじっとながめていた。それに、酔っている――それはまちがいないし、わたしもかなり酔っている。食堂から漏れる明かりで、目つきがいやらしいだけでなく、大口でにたにた笑っているのがわかる。「一服どうだい」むかつくにおいの太いマリファナたばこを差し出す。くわえられた端の部分が湿っているのが見える。

「けっこうよ」わたしは言う。

「ずいぶんお行儀がいいじゃないか」

　わたしはなかへはいろうとするが、ドアへ手を伸ばしたところで腕をしっかりつかまれる。「なあ、あしたはダンスをしなくちゃいけないんだぜ、おれとおまえで。ベストマンとブライズメイドで」

　わたしは首を横に振る。

　ジョンノがさらに足を踏み出し、わたしを近くへ引き寄せる。体はわたしよりずっと大きい。でも、ここでは何もしないはず。みんなが中にいるんだから。

「考えといたほうがいいぞ」ジョンノが言う。「驚いたかな。おじさんで」

「放してよ」わたしは怒りをこめて言う。部屋にある剃刀のことが頭をよぎる。持ち歩いていればよかったのに、あいにく置いてきた。

　腕を強く引いて手を振りほどき、ドアをあけようとするけれど、指がうまく動かない。そのあいだじゅうジョンノの視線を感じる。

ジョンノ――ベストマン

　マリファナを吸い終わったので、部屋へもどる。ダブリンに着いてから旅行者に混じってテンプル・バー地区をうろつき、どうにか手に入れた代物だ。いつもの男から仕入れるものほど強いかどうかわからないが、とにかくこれで眠れそうだ。今夜は少しばかり助けが要る。

　この島にいるとあのころのトレヴェリアンに帰った気分になる。たぶんこの土地のせいだろう。崖、海。窓の向こうから聞こえるのは、下の岩にぶつかる波の音だけだ。寄宿舎の部屋を思い出す。並んだベッドと窓の外の格子。安全のためか、閉じこめておくためか――まあ両方だろう。それから、浜に寄せる波の音もある。〝しーっ、しーっ、しーっ〟秘密を守れと念を押してくる音。

長年、あのことをきちんと考えたことがなかった。無理だ。終わったことにするしかなかった。だがここにいると、なんだかそれと向き合うしかなくなる。ところがそうすると、ちゃんと息ができない。

ベッドに横になる。意識を失うほど飲み、さらにマリファナまで吸った。けれども、体じゅうを何かが這いまわっているような、百万匹のゴキブリがこのベッドにいるような感覚を覚える。やつらは少しもおれを休ませてくれない。おれは自分の体を掻きむしり、必要なら皮膚を引き裂いてでもその感覚を止めたい。そして眠れば眠ったで、ゆうべ見たような夢を見るのがこわい。あんな夢はいつ見たのか思い出せないほど長いあいだ見ていなかった……何年ものあいだ。仲間が集まったせいだ。この場所のせいだ。

ここはとても暗い。暗すぎる。暗闇がのしかかってくる。闇に溺れてしまいそうだ。ベッドに起きあがり、だいじょうぶだとたしかめる。窒息の原因となるものはなく、ゴキブリもいない。あのマリファナのせいかもしれない――いつものとちがうから、被害妄想がひどくなったのだろう。シャワーを浴びよう、そうするしかない。気持ちのいい熱い湯を浴びて、体をしっかりこするんだ。

そのとき、部屋の隅にそれが見えた気がする。暗闇から生まれ、力をためている。

ちがう。気のせいだ。そうにきまってる。幽霊など信じてたまるか。

マリファナかウイスキーのせいにちがいない。脳のいたずらだ。くそっ、たしかにそこにいる。目の端でとらえることはできるが、そっちを見ると消えてしまう。ベッドの下の妖怪に怯える子供みたいに目を閉じ、目蓋を指で押さえると、目の中に銀の斑点が浮かぶ。だめだ。目を閉じてもそれが見える。それには顔があった。そしてそいつは、どこにでもいる他人ではなく、あるひとりの人間だ。だれなのか知っている。

「あっちへ行きやがれ」おれはささやく。それから、別の方法を試す。「悪かったよ。でもおれのせいじゃない。あんなことになるなんて思わなかっ――」

　胃がせりあがる。なんとかバスルームへ駆けこんで便器へ吐きながら、恐怖で全身を震わせる。

ジュール――花嫁

　チャーリーとわたしは胸壁のある屋上へあがり、本土の海岸沿いにきらめく明かりをながめている。気色の悪いゲームに興じる者たちにはかまわないことにした。ここにふたりきりでいると、禁を犯している気分になる。無謀なことをしている危うさ。それはたぶん、落ちたらひとたまりもない場所に――見えないけれどそれはたしかだ――最高の気分で立ち、ぞくぞくするスリルも加わって何もかもが少し危険に感じられるからだろう。それとも、闇に包まれているせい。ここで何があってもだれにもわからない。

「あなたが来てくれてほんとによかった」チャーリーに言う。「ほんとうはあなたがわたしのベストマンなのよ」

「ありがとう」チャーリーが言う。「来てよかったよ。なぜここを選んだんだい」

「あら、わかってるでしょ。アイルランドがルーツだもの。だいたいこんな場所はほかのどこにもないし、わたしは先駆けとなるのが好きなのよ。それに、辺鄙《へんぴ》なところだからパパラッチもやってこない」

「連中はほんとうに花婿の写真を撮りたいんだろうか」ウィルの名声なら当然そうなるというのが信じられないらしく、チャーリーは釈然としないようだ。

「そうでしょうね。それに、こういう最果ての地で結婚式を挙げるのは、ウィルのブランドイメージにとても合ってるのよ」

　チャーリーに言ったことはすべて、ある意味ほんとうだ。けれども、完全な真実ではない。

　彼の肩に頭をもたれさせる。彼が落ち着くのを感じ取れる気がする。こんなふうにくっつき合っているのは、昔みたいに自然なことではないかもしれない。ということは、いままでは自然だったのかしら。

　チャーリーが咳ばらいをする。「ひとつ訊いてもいいかな」

　真剣な口調だ。少し警戒心が感じられる。「いいわよ」

「彼といて、きみは幸せなんだね」

　わたしはチャーリーの肩からわずかに頭をあげる。

「どういう意味？」

　彼が肩をすくめるのがわかる。「そのとおりの意味だ。ぼくがどれほど気にかけているかわかってるだろ、ジュール」

「ええ」とわたし。「幸せよ。じゃあ、ハンナのことであなたに同じ質問をしようかしら」

「それはまったく状況がちがうから――」

「ほんと？　どうして？」答は聞きたくない。ウィルとわたしの結婚があまりにも性急なことを、まだほかの人間から指摘されたくない。それから、今夜は思いのほか酔っていたから——だってほかのいつなら言えるというの——こう言ってみる。「あなたならもっと幸せにしてくれたってこと？」

「ジュール」彼がうめくように言う。「やめてくれ」

「何を？」わたしは無邪気に尋ねる。

「ぼくたちはうまくいかなかったと思うよ。ぼくたちは友達、いい友達だ。わかってるだろう」そう言ってわたしから体を離して崖っぷちから退却しようとする。

でもわたしはどうだろう？　それに、この人は心からそう思っているの？　以前わたしを欲していたのは知っている。あの夜のことをいまだに思い出す。何度もあの思い出にひたったものだ……たとえば、バスタブで何か刺激がほしいときに。その後、あのことはふたりのあいだで禁句になった。だから余計に思いが残った。彼だってまだ思っているはずだ。

「あのころのぼくたちとはちがう」わたしの心を読んだかのように彼が言う。口で言うほど確信があるのだろうか。「そんな理由で訊いたんじゃない」彼が言う。「嫉妬してるわけじゃない……そんなんじゃないんだ」

「ほんとう？　わたしにはちょっと妬いてるみたいに聞こえたけど」

「ちがう、だから——」

「わたし、彼がベッドでどんなにうまいかあなたに言った？　友達ならそういうことを打ち明け合うものでしょ」言いすぎだとわかっても自分を抑えられない。

「いいかい」チャーリーが言う。「ぼくはきみに幸せになってもらいたいだけだ」

ていよく保護者ぶっている。わたしは彼の肩から頭をしっかりとあげる。わたしたちの距離が、比喩的にも物理的にも遠くなる。「何があれば幸せか幸せでないか、わたしには完璧に知る能力があるわ」わたしは言う。「あなたは気づいてないかもしれないけど、わたしは三十四歳の女。あなたをあがめ仰いでいた十六歳のヴァージンじゃない」

チャーリーがつらそうな顔をする。「そんな、わかってるよ。悪かったね、そんなつもりはなかった。ただ気にかけてる、それだけだ」

あることがふと頭に浮かんだ。「チャーリー」わたしは尋ねる。「わたしに手紙を書いた？」

「手紙？」

その困惑した声で質問の答がわかる。チャーリーではなかった。

「なんでもないの」とわたし。「忘れて。そうそう。もう寝たほうがいいわね。いまからなら、あしたまで八時間の睡眠がとれるもの」

「わかった」彼が言う。今夜はここまでだと知ってほっとしている様子に腹が立つ。

「ハグしてくれる？」わたしは訊く。

「もちろん」

わたしは身を乗り出す。彼の体はウィルのよりやわらかく、昔よりずいぶん締まりがない。でも、においは同じだ。なんとなく嗅ぎ慣れたにおいなのが不思議だ——ずいぶんひさしぶりなのに。

たぶん、気持ちはまだある。彼も感じているはずだ。それにしても、情愛というものはけっして消えないものね。まちがいない。彼は嫉妬している。

部屋へもどると、ウィルが服を脱いでいるところだ。わたしを見てにっと笑うので、そばへ寄る。

「前回のつづきをやらないか」彼が小声で言う。

いいかもしれない。チャーリーと話したときの屈辱を消すにはちょうどいい。

わたしはまだボタンがはまっている彼のシャツの前を乱暴に開き、彼はわたしのジャンプスーツの片側の肩紐を引きちぎるようにして脱がせにかかる。彼とはいつもはじめてするような感じになるけれど——こんな性急なところも――お互い相手の欲求を知り尽くしているいまではそのほうがいい。ベッドに手をつき、彼が後ろからわたしのなかへはいる。激しく乱れる。そんなとき静かにはできない。奇妙なことに、さっき邪魔がはいってから夜にかけてのさまざまな出来事が、一種の前戯に感じられる。みんなの羨望と畏敬の眼差しを感じたこと。彼らの反応から、わたしたちがとてもお似合いだとわかったこと。そして、チャーリーにちょっかいを出して拒絶されたときの痛みさえもだ。彼にわたしたちの声が聞こえているかもしれない。

終わったあと、ウィルがシャワーを浴びにいく。彼の体の手入れは非の打ち所がない。彼の日々のお手入れの前では、わたしのやり方がぞんざいにすら見えてくる。いつも浅黒い顔なのは始終大自然のなかにいるからではなく、じつはわたしも使っているシスレーのセルフタンニングローションを塗っているからだと知って、少し驚いたものだ。

ローブをまとって肘掛椅子にすわってから、ようやく妙なにおいに気づく。セックスのときのかすかな海の香りより強い。明らかに磯のにおいだ。塩っぽくて魚臭い、喉の奥に感じるアンモニアに似た刺激臭。ここにすわっていると、そのにおいは部屋の薄暗い隅にたまり、深くよどんでいるように感じられる。

歩いていって窓をあける。いまは暗いので、外気がひどく冷たい。波が岩に打ちつける音が下から聞こえる。月明かりで銀色に光る遠くの海が、溶けた金属を思わせ、まぶしくてよく見ていられないほどだ。海面が膨らむのがここからでも見える。力強いうねりが飽くことなく下から押しあげられる。おそらく屋根の上からだろう、クワッ、クワッ、という鳴き声が聞こえる。あざけるのが楽しくてたまらないというふうに。

海のにおいは部屋の中より外のほうが強いはずではないか。それなのに、はいってくる微風はさわやかで、室内ほどにおわない。わけがわからない。化粧台へ手を伸ばし、アロマキャンドルに火をともす。それからあらためて椅子にすわり、気持ちを落ち着かせようとする。それでも、心臓の鼓動が聞き取れるほど緊張している。胸の奥のせわしない鼓動。ふたりで少し力がはいりすぎたせいなのか。それとも、ほかに何か原因があるのか。

　ウィルに手紙の件を話すべきだ。話すならいまだ。でも、今夜はすでにチャーリーとの一件があったから、やっかいなことと向き合ってわざわざ問題をややこしくする気になれない。それに、たぶんなんでもない。とにかく九十九パーセントたしかだ。九十八パーセントかもしれないけれど。

　バスルームのドアがあく。ウィルが腰にタオルを巻いて出てくる。彼としたばかりなのに、その体を見て一瞬惹きつけられる。メリハリのある体形、引き締まった腹、腕と脚。

「まだ起きてたのかい」彼が言う。「もう休まないと。あしたは大変だからね」

　わたしは背を向け、ローブを床に脱ぎ捨てて彼の視線を感じる。その力強さを楽しむ。それからベッドカバーをめくってベッドへ体を滑りこませるが、そのとき、脚が何かにふれる。冷たいなにかの塊。死肉のようにぐにゃりとしたもの。うっかり足で押したとき、引っこむと同時に脚にまとわりついてくる感触がある。

「いやだ！　いったい何！」

　ベッドから飛び出してよろめき、床に這いつくばりそうになる。

　ウィルが目を瞠る。「ジュール。どうした」

　いまさわったものへの恐怖と嫌悪で、すぐには返事ができない。パニックがせりあがって喉に詰まっている。衝撃が体内を駆けめぐり、深く、腹の底まで、猛々しく響く。悪い夢を見たのならわかる――ベッドで何か見つけて冷や汗をかいて目を覚ますと、ただの夢だったみたいな。でも、これは現実だった。脚にふれた冷たい感触が残っている。

「ウィル」ようやく声が出る。「何かある――ベッドのなかに。ベッドカバーの下よ」

　ウィルが大きく二歩進んで近寄り、両手で羽毛布団を引きはがす。わたしは思わず悲鳴をあげる。マットレスの中央に広がっているのは黒い巨大な海洋生物で、四方八方に触手を伸ばしている。

　ウィルが後ろへ飛びのく。「なんだこいつは」恐怖より怒りがまさった声だ。それが自分で返事をする見こみがあるかのように、もう一度言う。「なんだこいつは……」

　ますますひどくなった磯くさい悪臭が、ベッドの黒い物体から放たれている。

　すると、わたしよりずっとすばやく立ち直ったウィルが、ふたたびそれに近寄る。手を伸ばすのを見てわたしは叫ぶ。「さわらないで！」ところが、彼はもう触手をつかんで強く引っ張っている。触手が取れてそれはばらばらになったようだ――おぞましくて吐き気がする。わたしたちがファックしていたときからそこにいて、ベッドカバーの下で待ち構えて……

　ウィルが短く声をあげて笑うが、少しも楽しそうではない。「ほら――ただの海藻さ。いまいましい海藻め！」

　彼がそれを高く持ちあげる。わたしは身を乗り出す。たしかにそうだ。ここの浜に黒っぽくて太いロープ状のそれが打ち寄せられているのを見たことがある。ウィルが床へほうる。

　この光景全体がしだいに不気味でも奇怪でもなくなり、醜いものが散らかっているだけになる。裸で床に四つ這いになっている自分のぶざまな格好に気づく。心臓の鼓動が落ち着く。呼吸が楽になる。

　ただ……そもそもどんないきさつでここまで運ばれたの？　なぜここに？

だれかがわたしたちに向けてやったことだ。ベッドにはいってはじめて気づくのを知っていて、これを持ちこんで羽毛布団の下に隠した。

ウィルを見る。「だれがやったのかしら」

ウィルが肩をすくめる。「そうだな、心当たりはある」

「え？　だれなの」

「学校で下級生によくやってたいたずらだよ。崖沿いの道をおりて浜でよく海藻を集めたものさ。運べるだけ目いっぱい。そのあとそれを連中のベッドに隠すんだ。だからたぶんジョンノかダンカン——いや、あいつら全員かもしれない。愉快だと思ったんだろう」

「これがいたずらですって？　ここは学校じゃないのよ、ウィル。いまは結婚式の前夜なのよ！　どうなってるの」ある意味、ほっとして怒っている。

ウィルがまた肩をすくめる。「きみにやったんじゃない。ぼくへのいたずらだよ。懐かしい思い出ってやつさ。あいつらはきみを怒らせるつもりじゃ——」

「いまからあの人たちを全員起こしてだれのしわざか突き止めるわ。わたしがどれほど愉快に思ってるか、きっちりわからせてやる」

「ジュール」ウィルがわたしの肩を抱く。それから、なだめるように言う。「いいかい、もしそんなことをしたら……あとで後悔することを言ってしまうかもしれないよ。そうなったらあしたが台無しだろ？　全体の士気にかかわるかもしれない」

それも一理ある。まったく、彼はいつも合理的で——ときどき腹が立つほどだ——いつも計算して行動する。わたしはいまは床にある黒い塊を見る。とくに暗いメッセージはこめられていないと信じるのはむずかしい。

「ほら」ウィルがやさしく言う。「お互い疲れてる。長い一日だったからね。いま頭を悩ますのはやめよう。空室から新しいシーツを持ってくればいい」

その空き部屋にはウィルの両親が泊まるはずだった。けれども、島に滞在するという奇抜なアイディアは一蹴された。ウィルは驚いていないようだった。「父はぼくが何をしてもとくに心を動かしたことが一度もないんだよ。もちろん結婚も例外じゃない」辛辣な口調だった。彼は父親の話をあまりしない。逆にそのことが、本人が認める以上に父親の影響力が大きいという印象を与える。

「新しい羽毛布団も持ってきてね」ウィルに頼む。いっそ部屋を移りたいと言おうか。けれどもそのやり方は理性的ではなく、わたしは自分が理性的であることに誇りを持っている。

「いいとも」ウィルが海藻を指し示す。「それから、これもどうにかしよう。もっとずっとひどいのを扱ったことがある。まかせてくれ」

番組で、ウィルはオオカミの群れから逃げたり、吸血コウモリの大群に襲われたりするから――もっとも、すぐにスタッフが助けてくれるはずだけど――こんなのは彼にとっては手慣れたものだろう。シーツに少し海藻が載っているぐらい、壮大な計画の中ではたいした問題ではない。

「あしたの朝、連中に話しておくよ」彼が言う。「おまえらは救いようのないアホだって」

「お願いね」彼は人を安心させるのがとてもじょうずだ。完璧としか言いようがない。

それなのに、いまこの瞬間、よりによってこんなタイミングで、あの不愉快な手紙のことばが浮かびあがる。

……自分を偽っている……詐欺師……嘘つき……

……結婚するな。

「ぐっすり眠ろう」ウィルがやさしく言う。「ぼくたちに必要なのはそれだ」

わたしはうなずく。
でも、一睡もできそうにない。

イーファ
——ウェディング・プランナー

外で物音が聞こえる。奇妙な声、慟哭。動物というより人間の声に近い——とはいえ、完全に人間のものとも思えない。寝室でフレディとわたしは顔を見合わせる。三十分ほど前に宿泊客は全員寝静まった。疲れを知らない人たちだと思った。用事を言いつかるかもしれないので、わたしたちは最後の最後まで控えているしかなかった。食堂でテーブルを叩く音と詠唱する声に耳を傾けた。フレディが学校時代にラテン語を少し習っていたので、詠唱の内容を教えてくれた。「天国を動かせないなら、地獄を呼び覚まそう」それを聞いて、わたしは肌が粟立つのを感じた。

あのアッシャーたちは、まるで大きくなりすぎた少年だ。まあ少年の純真さは不足しているだろう。とはいえ、もともと純真でない少年もいる。とにかく、おとなの男ならもっと分別を持つべきだ。それに、彼らには群れの意識があり、ふだんはおとなしくてもいったん集まると付和雷同する犬と同じだ。あしたはあの面々が悪乗りしないように目を光らせなくてはならない。わたしの経験では、きわめて裕福で高潔な人々が参加するじつに洗練された祝い事が、まったく収拾のつかない事態に陥ったことがある。企画をまかされたダブリンの結婚式で、出席者の半分が政界のエリートだったが——そのなかにはアイルランドの首相《ティーショク》もいた——披露宴のファーストダンスの前に花婿と義父が殴り合いの喧嘩をはじめた。

　ここでは、島そのものが危険を増大させる。この島の荒々しさには人をとりこにするものがある。宿泊客はふだんの社会規範からはずれ、人目をはばからなくてもいいような気になるだろう。あの男たちはパブリックスクール出身だ。長年厳しい規則に縛られて生活し、卒業後もその縛りはつづいたのだろう。どの大学にはいるべきか、どんな職業につくべきか、どういった家に住むべきか。このうえなくルールを重んじる者が、それを破ることにもこのうえない喜びを見出すのをわたしは見てきた。

「見てくる」わたしは言う。

「危ないな」フレディが言う。「いっしょに行くよ」

そう言われて、だいじょうぶよとフレディをなだめる。暖炉脇の火掻き棒を持っていくと言って安心させる。とにかくわたしのほうが度胸がある。自慢して言うわけではない。最悪のことが起こってしまえば、ほかのどんなことにも恐怖を感じなくなる、それだけのことだ。

　夜のなかへと足を踏み入れ、暗闇の深さを、わたしを包みこむベルベットの闇を味わう。フォリー館のどの明かりもこの闇にはほとんど歯が立たない。もっとも厨房の明かりは煌々と輝き、あとは二階の窓も一カ所明るいが、そこは結婚直前のふたりが泊まっている部屋だ。いやはや、あのふたりがなぜ起きているかは知っている。ベッドのリズミカルな振動が天井越しに聞こえていた。

懐中電灯はまだ使わない。暗闇ですぐに使ってはばかを見る。その場でじっと耳を澄ます。まず聞こえてくるのは波が岩にぶつかる音。そしてサラサラという聞き慣れない音。それが五十メートルほど離れた大テントの布地が穏やかな風に吹かれている音だとようやくわかる。

すると、それとは別にあの音がまた聞こえはじめる。こんどこそ突き止めよう。だれかがむせび泣いている声だ。でも、男か女かはわからない。声がするほうを向いたそのとき、かすかな動きを目の端でとらえる。フォリー館裏の納屋の方角だ。この暗さでなぜ見えたのかはわからない。とにかく、人間が本来持っている動物的なもののおかげだろう。暗闇が生む模様のなかで、人の目はいかなる混乱や変化も見極めようとする。

コウモリだったのかもしれない。夕方の黄昏時にコウモリが軽やかに飛んでいくのをときどき見かけるが、動きが速すぎてコウモリだったかどうかもわからないほどだ。でも、いまのはもっと大きかったと思う。きっと人間、それも闇にまぎれて泣いていた人間だ。ずいぶん前にこの島へ来たときは島民が住んでいたが、そのころでさえ幽霊の話がささやかれていた。無惨に殺された夫を思って悲嘆に暮れる女たち。湿地から聞こえる、ふさわしい埋葬をされなかった者たちの声。当時のわたしたちは、そんな怪談を聞くと恐ろしくて生きた心地がしなかったものだ。そしていま、全身の皮膚がきゅっと縮むようなあの感覚が知らず知らずのうちによみがえる。

「だれかいますか」声をかける。泣き声がふいにやむ。返事がないので懐中電灯のスイッチを入れる。あちこちへと光線を動かす。光が何かをとらえたので、そちらの方向をゆっくり左右に照らす。一点に定めると、こちらを見つめ返す人影が現れる。黒っぽい乱れた髪と光る目が浮かびあがる。まるで昔話から抜け出した――プーカだ。妖怪のゴブリン、凶事の先触れ。

　思わずあとずさり、懐中電灯の光が揺れる。けれども、しだいにわかってくる。それは、納屋の壁に寄りかかるベストマンにすぎない。

「だれだ、そこにいるのは」不明瞭なしわがれ声だ。

「わたしですよ」返事をする。「イーファです」

「おや、イーファか。消灯時間を知らせにきたのかい。いい子は寝る時間ですよって」彼がひねくれた笑みを向ける。でもどこか上の空で、明かりに照らされて見えたのは涙の跡だと思う。

「納屋のあたりを散策するのはあぶないですよ」わたしは淡々と言う。そこには人間を真っ二つにしかねない古い農場用機械がしまわれている。「懐中電灯なしではとくに」わたしはつけ加える。それに、あなたのように酔っぱらっている場合はとくにね。とはいえ、奇妙なことにわたしはこの男から島を守っているような気がしている――その逆ではなく。

　彼が立ってこちらへ歩いてくる。大男で、酔っていて、それだけではない――マリファナが放つ甘ったるい植物性のにおいがする。わたしはもう一歩引きさがり、気づけば火掻き棒を握り締めている。すると、彼がにやりと笑って歯並びの悪さを見せる。「そうだな」と言う。「ジョニー坊やは寝る時間だ。いつものをちょっとやりすぎたみたいだな」ラッパ飲みと喫煙のしぐさをする。「かならず少し変になる。両方いっしょにやりすぎるとね。けったくそ悪い幻でも見ているのかと思ったよ」

　相手から見えなくても、わたしはうなずく。わたしもそう思った。

　彼が背を向けてよろよろとフォリー館へ向かうのを

見守る。無理に冗談めかしたことを言われても、一秒も納得できなかった。笑っていても、おそらく彼はみじめさと恐怖に挟まれている。幽霊を目撃した人間のように見えた。

婚礼の日
ハンナ――同伴者

目を覚ますと、頭痛がする。あんなにシャンパンを飲んだからだ――そのあとでウォッカも。目覚まし時計を見る。午前七時。チャーリーが仰向けでぐっすり眠っている。昨夜遅く、夫が部屋へもどって服を脱ぐ物音を聞いた。つまずいたり悪態をついたりするのを待ち構えたけれど、驚くほどしゃんとしているようだった。

「ハン」ベッドにはいりながらわたしに声をかける。「ドリンキング・ゲームは抜けたよ。一杯しか飲まなかった」それを聞いてわたしの腹立ちが少しおさまった。それなら、そのあとこんな時間までどこにいたのだろう。だれといっしょに。夫とジュールのいちゃつき合いを思い出す。ふたりは寝たのかとジョンノが訊いたことも――そして、ふたりがぜったい答えなかったことも。

だから、わたしは返事をしなかった。眠っているふりをした。

ほんとうは体に火がついたまま目覚めていた。相当変な夢を見たあとだった。ウオッカの影響もあるだろう。でも、昨夜の集いのはじめにウィルに見つめられたせいもある。それから、最後にオリヴィアと洞窟で話をした。暗がりでくっつき合ってすわり、足もとには海水が打ち寄せ、蠟燭の明かりだけでウオッカのボトルを受け渡す。そして、どことなくみだらな秘密。気づけばオリヴィアの一言一句に耳を傾け、暗闇に彼女が描くイメージを受け取っていた。壁に押しつけられてスカートを腰の上までめくられ、だれかの口でされるのが、まるでわたしだったかに思える。その男は最低なやつだったかもしれないけれど、セックスはすごくよさそうだ。それに、知らないだれかと寝て、相手がどう出るかいっさい予想できないときの、少し危ない興奮を思い出した。

チャーリーへ目を向ける。いまこそ干からびた夫婦生活を打破し、失われた愛の行為を復活させるときなのかもしれない。ベッドカバーの下へ手を忍ばせ、しなやかな胸毛をなでてから、手を下へ這わせ――

チャーリーが眠たげな、意外そうな声をあげる。それから、眠りながらむにゃむにゃ言う。「いまはだめだよ、ハン。疲れてるんだ」

胸がちくりとして手を引っこめる。〝いまはだめ〟わたしが厄介者みたいじゃないの。疲れているのは、ゆうべ遅くまで起きていて神のみぞ知ることをしていたからだ。ここへ来るボートの上では、おとな同士にもどるための週末だと言ったくせに。たったいま、わたしの気持ちがどれほどひりついてるか知ってるくせに。突然恐ろしい衝動に駆られ、ナイトテーブルにあったハードカバーの本でチャーリーの頭を殴りたくなる。びっくりするほど怒りがこみあげる。怒りをずっと心に秘めていたのかもしれない。

そして、ある思いが忍び寄る。ジュールがウィルの隣で目覚めるのはどんな感じだろう、と想像をめぐらせる。あのふたりが立てる音は昨夜聞いた――フォリー館の全員が聞いたはずだ。きのうウィルがわたしをボートから持ちあげたときの腕の力をまた思い出す。昨夜彼が奇妙な問いかけるような眼差しでわたしを見ていたことも。目を注がれたときの、あの高揚感。

チャーリーが寝言をぶつぶつ言い、わたしは朝一番の臭い息を嗅がされる。ウィルなら口臭などありえない。突然、こんな妄念は寝室の外で振り払うのが一番だと感じる。

フォリー館では人が動きまわる音が聞こえないので、起きたのはわたしが最初だろう。

きょうは少し風が強いらしい。階段を静かにおりていくと、古い石造りの建物沿いに風が吹き抜ける音が聞こえ、だれかが手のひらで叩いたようにときどき窓ガラスが音を立てる。天気はきのうが最高だったのかもしれない。ジュールは気に入らないだろう。そっと厨房へはいる。

そこにはイーファが立っている。ぱりっとした白いシャツにスラックスを穿いてクリップボードを持ち、何時間も前から起きていたように見える。「おはようございます」彼女が言う――わたしの顔に注目しているのがなんとなくわかる。「ご気分はいかがですか」ぬかりのない人という印象のイーファは、聡明で観察力のある眼を持っている。あえて控えめにふるまっているのだろうが、その資質がにじみ出ている。形のいい濃い眉、灰色がかった緑の目。天性のオードリー・ヘップバーン風の気品とか、頬骨の形とか、わたしがほしくてたまらないものだ。

「だいじょうぶよ」わたしは言う。「ごめんなさい。ほかにも起きている人がいるとは思わなかった」

「わたしたちは夜明けから作業開始です」彼女が言う。「きょうは一大イベントですからね」

　じつは結婚式のことをほとんど忘れていた。ジュールはけさどんな気分でいるだろうか。緊張している？　彼女が何かで緊張するなんて想像できない。

「そうよね。わたしは散歩に行くところ。少し頭痛がするの」

「それなら」彼女が微笑む。「島の高いところへ向かって歩くのが一番安全ですよ。礼拝堂のそばの道を大テントを横に見ながら進むんです。そうすれば湿地を避けられます。ドアの近くに長靴が置いてありますからどうぞ。気をつけて乾いた場所だけを歩くようにしてくださいね。そうしないとうっかり泥炭にはまりますから。上のほうでは電波も多少届きます。もし電話をなさるのなら」

電話。あ、いけない――子供たち！　子供たちのことがすっかり頭から抜けていたと気づき、急にやましい気持ちに襲われる。大切な子供たちなのに。ここにいるせいで早くも自分を見失っていることにショックを受ける。

　外へ出て道を、というより、道の名残りを見つける。イーファが言ったほど簡単ではない。踏み固められてできたらしい、ほかより草が茂っていない場所をかろうじて見分けられるだけだ。歩くうちに空にたちまち雲が集まり、大海原へ吹き流されていく。きょうのほうが風が強くて曇っているのはたしかだけれど、太陽が雲を突き破ってまばゆい陽光が差しこむときもある。左側に巨大なテントが見え、風ではためく音が通るときに聞こえる。なかをちょっと覗いてみてもいい。けれども、右側にある礼拝堂の向こうの墓地のほうに惹きつけられる。この時期の自分の精神状態、毎年六月に取り憑かれる陰鬱な気分が影響しているのかもしれない。
墓標のあいだをぶらつきながら、とても独特なケルト十字をいくつか見つけ、錨や花の意匠もかすかに判別できる。ほとんどの墓石は古すぎて、記された文字はほとんど読めない。読めたとしても英語ではない。ゲール語だろう。壊されたかすり減ったかで、まったくもとの形をとどめていないものもある。何をするでもなく一番近い墓石に手を置くと、粗い石が風雨にさらされ、何十年もかけてなめらかになっているのに気づく。比較的新しい二、三の墓石は、島民が島を捨てる少し前のものだろう。それでも大部分が雑草や苔で覆われ、しばらく手入れされていないらしい。

そのとき、草に覆われていない墓石がひとつあり、わたしの目を引く。じつにきちんとしてある。ジャムの空き瓶に活けた野生の花々が墓前に供えられている。生没年から見て——すばやく計算する——子供、そしておそらく女の子だろう。〝ダーシー・マローン〟と刻まれている。〝海に没す〟。わたしは海を見やる。渡航のときに溺れた人間が大勢いるとマッティが言っていた。そう言えば、いつ溺れたかは言わなかった。わたしは数百年前のことだと思いこんでいた。でも、もっと最近の話だったのだろう。それにしても、だれかの子供だったと思うと胸にくるものがある。

かがんで墓石にさわる。喉の奥がうずく。

「ハンナ！」声を聞いてフォリー館のほうへ振り返る。イーファが建物の前でわたしを見ている。「そっちじゃありません」彼女がそう言って、礼拝堂とは別方向の道を指差す。「あっちですよ！」

「ありがとう！」わたしは彼女に叫ぶ。「ごめんなさいね！」不法侵入でつかまった気分だ。

フォリー館から遠ざかるにつれ、道の痕跡は跡形もなくなっていくようだ。安全な草地に見えるあちらこちらの地面が、足の下でゆるんで黒い泥土が現れる。

湿地の冷たい水が早くも右の長靴にはいりこみ、濡れた靴下の足がぴちゃぴちゃ音を立てる。この下のどこかに死体があると思うと震えが走る。今夜、自分たちが墓穴のすぐそばでダンスをしていることを知る者はいるのだろうか。

　携帯電話をかかげる。イーファが言ったとおり、電波はじゅうぶん届いている。家に電話をかける。風の音にまぎれて呼び出し音が聞こえ、やがて母の声がする。「もしもし？」

「早すぎないよね」わたしは訊く。

「あら、だいじょうぶよ。少し前に起きたところ……まあ、すでに何時間にも感じるけど」

　母がベンに電話を渡すけれど、高くて細い声なのでことばがほとんど聞き取れない。

「なんて言ったの、ベン」わたしは電話を耳に押しつける。

「もしもしって言ったんだよ、ママ」その声を聞いて、わたしは体の奥深くでベンとの強い絆を感じる。子供たちへの愛情に引けを取らないものを探した場合、じつは、それはチャーリーへの愛情ではない。それは動物的で力強い、血のつながりだ。同族愛だ。思い当たる一番近いものは姉のアリスへの愛情だ。

「どこにいるの」ベンが尋ねる。「海のような音だね。ボートはある？」ベンはボートに夢中だ。

「あるわよ。ボートに乗ってきたんだもの」

「大きなボート？」

「まあまあ大きい」

「ロティーはきのうだいぶ具合が悪かったんだよ、ママ」

「どこが悪いの」わたしはすばやく訊く。

　わたしが一番心配なのは、愛する者たちに何かが起こること。小さいとき、夜に目が覚めると、わたしはアリスのベッドにそっと近づいて姉がちゃんと息をしているかをたしかめた。彼女を奪われることが、想像できる最悪の事態だったからだ。〝だいじょうぶだってば、ハン〟アリスは笑みを浮かべてささやいた。

〝でも、はいりたければはいってもいいわよ〟そこでわたしはベッドにもぐりこんでアリスの背中にくっつき、息をするときのあばら骨の動きに安心したものだ。


母が電話を代わる。「心配ないのよ、ハン。きのうの午後食べすぎちゃって。お父さんがね——ほんとばかなんだから——わたしが買い物をしてるあいだ、ヴィクトリアスポンジケーキを好きなだけ食べさせたのよ。いまはもうよくなって、朝ごはんができるまでソファで子供向け番組を観てるところ。だからね」母がわたしに言う。「華やかな週末を楽しみなさいよ」


靴下がびしょ濡れで、風に吹かれて目に涙がにじんでいるので、いまはあまり華やかな気分とはいえない。

「そうするね、ママ」わたしは言う。「あしたも帰る途中でなるべく電話する。あの子たちといると頭に血がのぼってこない？」

「まさか」母が言う。「じつを言うとね——」一瞬声が途切れたのはたしかだ。

「何？」

「なんていうか、いい気分転換になる。ほんとうよ。つぎの世代の面倒を見るってのは」そこで母がことばを切り、大きく息をつくのが聞こえる。「わかるでしょ……毎年この時期になると」

「そうだね」わたしは言う。「わかるよ、ママ。わたしもそうだから」

「じゃあね。気をつけて」


電話を切ったとき、ふと思う。オリヴィアを見て思い出した人って、もしかして、アリス？ 全部同じだ。痩せて、もろくて、ヘッドライトに照らされた鹿の目をしている。夏季休暇で大学から帰省した姉をはじめて見たときのことを覚えている。体重が三分の二に減っていた。恐ろしい病にかかっているように見えた——何かに内側から蝕まれているように。そして一番最悪なのは、何があったかをだれにも話せないと本人が思っていたことだ。わたしにさえ話そうとしなかった。

また歩きはじめる。やがて立ち止まってあたりを見る。正しい方向へ進んでいるのか自信がなく、そもそもどちらが正しいのかもはっきりしない。地面の起伏のせいで、ここからはフォリー館も、そのうえ大テントさえも見えない。ルートを知っているから、このまま進んでもどるほうが簡単だと思っていた。でも、いまはどちらへ行けばいいのかわからない――いままで完全に気がそれていた。道をまちがえたにちがいない。ここは相当ぬかるみがひどい。多少乾いた草むらから草むらへと跳び移っては、濡れてぐずぐずの黒い泥炭を避けるしかない。なんとか進んでいく。すると足が少しはまったので、思い切って大きく跳ぶ。それがいけなかった。足もとが滑り、左の長靴が着地したのは小高い草むらではなく、やわらかい泥炭の表面だ。

体が沈み――さらに沈んでいく。みるみるうちに。地面が開き、足を呑みこむ。バランスを崩して後ろへよろめき、もう一方の足もずるりと吸いこまれる。そのすばやさは、あの鵜が魚を呑みこんだときの黒い喉を思わせる。あっという間に泥炭は長靴のふちを越え、わたしはさらに沈んでいく。はじめの数秒間は驚きのあまりぼうっとして動けなかった。そのあとで、なんとかして抜け出さなくてはと気づく。手前の乾いた地面へ手を伸ばし、草株をふたつつかむ。

力を振り絞る。どうにもならない。しっかりはまっているらしい。どれほど恥をかくだろう。泥まみれでフォリー館へもどり、何があったか説明しなくてはならないとしたら。そして、まだ沈みつづけているのに気づく。黒い泥土がじわじわと膝を越え、腿の下のほうへ来る。少しずつわたしを呑みこんでいる。

突然、恥をかくことはどうでもよくなる。ほんとうに震えあがる。「助けて!」と叫ぶ。けれども、ことばが風に掻き消される。声が数メートル先で消えるのなら、フォリー館まで届くはずがない。それでも、もう一度やってみる。大声を出す。「だれか助けて！」湿地の死体のことを考える。骸骨の手が地中深くから伸びて、自分がもうじき引きずりこまれるところを想像する。そこで、高いところの地面を掻きむしってもがきはじめる。あらんかぎりの力で体を持ちあげようとし、獣のように鼻息荒くうめき声をあげてがんばる。なんの成果も出ていないようだけど、それでも歯を食いしばって死に物狂いで力をこめる。

　そのとき、だれかの視線をはっきりと感じる。ちくちくした感覚が背筋を走る。

「手を貸そうか」

　ぎくりとする。だれに話しかけられたのか、体をひねって見ることができない。だれかがゆっくりとわたしの前へまわる。ふたりのアッシャー、ダンカンとフェミだ。

「ちょっと探索をしていたんだ」ダンカンが言う。

「地勢調査ってやつさ」

「苦難の姫君をお助けすることになるとはね」フェミが言う。ふたりの顔は完璧と言っていいほど無表情だ。けれども、ダンカンの口の端がぴくりと動いたので、ふたりでわたしを笑っていたのではないかと思う。わたしがもがいているのをしばらく観察していたのかもしれない。このふたりを頼りたくない。でも、あまり選り好みもしていられない。

　ふたりがわたしの手をひとつずつ握る。ふたりに引っ張られて、ついにわたしは片足を引き抜く。さいごのひとふんばりで長靴が脱げ、泥土は口をあけたときと同じ速さでそれを呑みこむ。もう片方の足も引き抜き、安全な高い地面へ這いあがる。少しのあいだ、わたしは地面に足を投げ出したまま、疲労とアドレナリンで震えが止まらず、立つ力もない。いま起こったことが信じられない。やがて、ふたりの男がわたしの手を握って見おろしているのに気づく。あわてて立ちあがって礼を言い、失礼にならない程度にすばやく手を離す。突然、からんだ指が妙に馴れ馴れしく感じられる。アドレナリンが引いたいま、引き揚げられたときの自分が彼らの目にどう映ったかがわかってくる。胸元が大きくあいて灰色の古いブラが丸見えになり、頬が真っ赤で汗びっしょりだ。この場所でわたしたちがどれほど孤立しているかにも気づく。向こうはふたり、わたしはひとり。

「どうもありがとう」震える自分の声がいやでたまらない。「すぐにフォリー館へもどったほうがいいみたい」

「そうだねえ」ダンカンがゆっくりと言う。「このあとのために、汚れは全部洗い流さなくちゃね」そして、わたしがそのことばを深読みしすぎているのか、それとも、その言い方に実際含みがあるのか、ほんとうのところはわからない。

わたしはフォリー館のほうへ引き返す。靴下を履いただけの足で可能なかぎりの速さで、しかもぜったい安全な場所だけを慎重に選びながら歩いていく。あの館のなかへ、そう、チャーリーのもとへ急に帰りたくてたまらなくなる。あの湿地からできるだけ離れていたい。さらにはっきり言えば、わたしを助けたあのふたりからも。

イーファ
——ウェディング・プランナー

自分の机できょうの段取りを細かく確認する。この机が好きだ。抽斗《ひきだし》に思い出が詰まっている。写真、はがき、手紙——年月を経て黄ばんだ紙、子供らしい手書きの文字。

ラジオのダイヤルを天気予報へ合わせる。ここにはゴールウェイのラジオ局の放送がいくつかはいる。「今夜はやや強い風が吹くでしょう」気象予報士が言う。「風の強さはところによって変わりそうですが、いずれにしてもコネマラとゴールウェイ西部にかけて、とくに島嶼《とうしょ》部と海岸地帯は影響を受けるでしょう」

「心配だな」部屋にはいってきて後ろに立つフレディが言う。

風が強くなるのは午後五時過ぎだという予報士のことばに、わたしたちは耳を傾ける。

「そのころには全員大テントのなかにいるから安全よ」わたしは言う。「それにあのテントはすこしぐらいの風ではびくともしないはず。だからなんの心配も要らないわ」

「電気系統はどうかな」フレディが尋ねる。

「まあだいじょうぶでしょう。本物の嵐が来るならともかく。予報では嵐になるとは言ってなかった」

わたしたちは夜明けから起きていた。フレディがマッティをともなって本土へ行き、土壇場で必要になったものを仕入れ終わり、わたしはすべて整っているかを確認しているところだ。まもなくフローリストが到着し、この地方の野生の花々を礼拝堂と大テントに活ける。クワガタソウ、斑紋のある野生のラン、シシリンキウム。

フレディが厨房へ引き返し、前もって準備しておける料理の最後の仕上げにかかる。カナッペとオードブル、〈コネマラ・スモークハウス〉の魚を使った冷製料理。彼は料理に情熱を注ぐ男であり、わたしの夫だ。偉大な作曲家が作品について朗々と語るように、自分が考え出した料理の話をすることがある。これは子供時代が影響しているらしい。子供のころの食生活に少しも変化がなかったからだと本人は言い張っている。

　わたしは大テントへ向かう。その場所は礼拝堂や墓地と同じ高さで、フォリー館のおよそ五十メートル東にあり、そこまで乾いた道がつづいているが、両側は泥炭の湿地だ。あわてふためいてかさこそ走りまわる音が前方で聞こえ、やがて目の前に姿が見える。異変に驚いてヒースの原っぱのねぐらから出てきた野ウサギたちだ。白いしっぽを上下させ、力強い脚で蹴っていっとき前を飛び跳ねるが、やがて横の長い草の茂みへそれて見えなくなる。ゲール人の民話では、野ウサギは何かの化身だ。ここで野ウサギを見ると、イニシュ・アナンプローラで旅立ったすべての魂が、ふたたび形を得てヒースの野を走っているのだと思うときがある。

　大テントのなかで作業に取り掛かる。ヒーターの燃料を満タンにして、テーブルセッティングをある程度仕上げなくてはならない。手描きの水彩画をあしらったメニュー、純銀のリングに通したリネンのナプキン、リングは持ち帰ってもらえるようにそれぞれに招待客の名前を彫ってある。美しく飾られた食卓の洗練と外の野生が、このあとあざやかなコントラストを見せるだろう。さらに明かりをともすころになれば、キャンドルの香りがただようだろう。ゴールウェイきっての香水専門店〈クルーンキーンアトリエ〉から少なからぬ費用で取り寄せたキャンドルだ。

　確認作業をおこなうそばで大テントが震える。思えばすごいことだ。あと数時間でがらんとしたこの空っぽの空間が人でいっぱいになる。外の明るく冷たい光にくらべ、なかの照明は淡く黄色いけれど、今夜はテント全体が夜空にあげる紙ランタンのように光り輝くだろう。本土の人々はそれを見て、イニシュ・アナンプローラで何かすごいことが催されていると知るだろう。死者の土地、幽霊島としか言われない島、単に歴史の一部として存在しているような島。この仕事をきちんとやりとげたら、結婚式が話題を呼び、島はふたたび現実のものとして語られるはずだ。

「ちょっといいかな」

わたしは振り向く。花婿だ。片手をあげ、帆布のフラップの片側を本物のドアに見立ててノックするしぐさをしている。

「気まぐれなアッシャーたちをふたり探しているんだ」彼が言う。「みんなでモーニングスーツを着なくちゃいけないんだけどね。連中を見かけなかったかい」

「まあ」わたしは言う。「おはようございます。いいえ、お見かけしてないと思います。よくお休みになれましたか」ほんとうに生身の本人だとはいまだに信じられない。ウィル・スレイター。フレディとわたしは〈夜を生き延びろ〉を放送開始から観ている。とはいえ、熱狂的なファンが相手ではお互い気まずくなると先方が心配するかもしれないので、このことは言っていない。

「眠れたとも」彼が言う。「ぐっすりとね」実物の彼はテレビ画面で見るよりずっと容姿端麗だ。わたしはフォークを真っ直ぐに直し、あまり見つめないようにする。昔から外見がよかったのはだれが見てもわかる。子供のころは不格好で、おとなになるにつれて魅力を増す者もいる。けれども、この人はじつにやすやすと優雅に美をまとう。美を最大限に利用し、明らかにその力を知っているのではないか。ひとつひとつの動作がよく調整された機械、絶頂期の動物を見ているようだ。

「よく眠れて何よりです」わたしは言う。

「そう言えば」彼が言う。「ベッドにはいるとき、ちょっとした問題があったけどね」

「それは？」

「羽毛布団の下に海藻があった。アッシャーたちのちょっとしたいたずらだね」

「まあ、そんなことが」わたしは言う。「大変申しわけありません。フレディかわたしを呼んでくだされ ばよかったんですよ。片づけて新しいシーツでベッドメイクし直しましたのに」

「きみがわびることじゃないよ」そう言ってまた魅力たっぷりの笑みを向ける。「男はいくつになっても子供でね」肩をすくめる。「まあ、ジョンノは少し育ちすぎだけど」そして、コロンのにおいが嗅ぎ取れるほどわたしの近くに立つ。「このなかはすばらしいね、イーファ。じつにたいしたものだ。きみの仕事ぶりはみごとだよ」

「ありがとうございます」会話を長引かせない口調で返す。しかし、ウィル・スレイターは自分と話したがらない人間に慣れていないのではないか。動かないところを見ると、わたしの素っ気なさを挑戦と思ったふしもある。

「ところで、きみはどうなの、イーファ」彼が小首をかしげて尋ねる。「こんなところにふたりだけで住んで寂しくないのかい」

　ほんとうに興味があるのか、それともそんなふりをしているだけか。なぜわたしのことを知りたがるのだろう。わたしは肩をすくめる。「はい、別に。いわゆる孤独好きなんでしょうね。正直言って冬はサバイバルそのものですよ。だから、滞在するのは夏です」

「でも、なぜここまで来たんだい」ほんとうに興味をそそられたらしい。聞いた一言一句に魅了されていると話し相手に思わせてしまう、この人はそういう人間だ。みんなが惹きつけられるのは、なんといってもそこだろう。

「夏の休暇でよくここに来たんですよ」わたしは言う。「子供のころです。家族そろってここへやってきたものです」そのころのことはめったに話さない。それでも、語ろうと思えばいろいろある。イチゴ味の安いアイスキャンディーを白い砂浜で食べ、唇と舌が赤く染まったこと。島の反対側の潮だまりで、仕掛けた網のなかを夢中になって指で探り、エビや小さくて透きとおったカニを見つけたこと。湾に囲まれた青緑色の海にはいり、冷たい水温に慣れるまでばしゃばしゃと水を跳ね飛ばしたこと。もちろん、彼には何ひとつ言わない。それは不適切だ。自分とお客様とのあいだには厳然たる境界線を引いておかなくてはいけない。

「そうか」彼が言う。「道理でこの土地の訛りで話さないわけだ」この人は何を期待しているのだろう。アイルランド人ならお国ことば丸出しだとでも？

「いいえ」わたしは言う。「わたしにはダブリンの訛りがありますが、あまり目立ってないのでしょう。でもいろいろな土地で暮らしたことがあります。子供のころは父の仕事のつごうでほうぼうへ行きました。父は大学教授でした。イングランドに少し——アメリカにもしばらくいたんですよ」

「フレディとは外国で出会ったのかい。彼はイングランド人だろう」依然として好奇心たっぷり、魅力もたっぷり。わたしは少し不安になる。いったい何を知りたいのだろう。

「フレディとわたしが出会ったのはずいぶん昔のことです」わたしは言う。

彼が例の親しみやすい興味津々の顔で微笑む。「幼なじみの恋？」

「そうとも言えますね」だいぶちがうけれど。フレディはわたしより歳下で、何はともあれ最初の何年間かは友達だった。というよりたぶん友達ですらなく、互いの救命いかだにしがみついていただけだ。母が昔のように殻に閉じこもるようになってまもなくのことだった。何年か経って父が心臓発作を起こした。けれども、そんなことを全部花婿に打ち明けるわけにはいかない。何をおいてもこの仕事で大事なのは、人間味がありすぎて誤りを犯しやすいと思われないことだ。

「なるほどね」彼が言う。

「では」いずれにしても、つぎの質問が相手の口から出る前にわたしは言う。「さしつかえなければ作業を進めたいのですが」

「たしかにそうだ」彼が言う。「今夜はパーティーが好きでたまらない連中が押し寄せるからね、イーファ。大騒動が起きなければいいんだが」片手で髪を掻きあげてにこやかに笑うのは、後悔するふりをして愛嬌を見せるつもりなのだろう。笑ったときに見える歯がとても白い。あまりにも輝いているので、特別なことをして光らせているのかと思うほどだ。

それから、彼が少し近寄って手をわたしの肩へ置く。

「すばらしい仕事をしているんだね、イーファ。ありがとう」手を置いておくのが少し長すぎたので、手のひらのぬくもりがシャツを通してしみこんでくる。突然、この広い空っぽの空間にふたりきりでいるのをはっきりと意識する。

わたしは笑みを——最高級に慇懃で最高級にプロフェッショナルな笑みを——浮かべ、小さく一歩しりぞく。彼のような人間は自分の性的な力をじゅうぶん心得ているのだろう。一見魅力的な力だが、その下にはより暗く複雑なものがある。彼がほんとうにわたしに惹かれたとは思えない。どう考えてもそれはない。わたしの肩に手を置いたのは、そうできるからだ。もしかしたら考えすぎかもしれない。けれどもあれは、仕切っているのは自分であり、わたしは雇われ人だということの念押しだった気がする。つまり、わたしは彼の調べに合わせて踊らなくてはいけない。

現在
婚礼の夜

捜索隊が闇のなかへと歩を進める。たちまち風が一同を襲い、鋭い音で吹きすさぶ。オイルトーチの炎が大きく揺らめいてシュッとうなり、いまにも消えそうだ。目がうるみ、耳鳴りがする。みんないつの間にか頭を低くし、固い塊を押すように風に向かっている。

アドレナリンが体じゅうにみなぎり、これは捜索隊と自然との闘いだ。少年時代のある感覚——深い、名づけようのない、残忍な感覚——がよみがえり、これとあながち似ていなくもない夜の記憶が掻き立てられる。暗闇との闘い。

一同がゆっくりと前進する。大テントからフォリー館までのやや細長い土地は、泥炭の湿地で挟まれている。まずこのあたりから探すことになる。一同が大声で呼ぶ。「だれかいるか」「だれか怪我をしているのか」「聞こえるか」

返事がない。風が声を呑みこんでしまうらしい。

「散ったほうがいいかもな」フェミが叫ぶ。「そうすれば早く探せる」

「気でも狂ったのかい」アンガスが言う。「両側に湿地があるんだぞ。どこからが湿地なのかぼくたちにはわからない。暗いなかじゃとくにね。別に——別にこわいわけじゃない。だけど、無理じゃないかな……ひとりで探すのは」

そこで、やはり離れずに、互いにさわれる距離を保つことになる。

「彼女はかなり大きな悲鳴をあげたんだろうな」ダンカンが怒鳴る。「あのウエイトレスさ。ここから聞こえたんだから」

「きっと恐ろしかったんだよ」アンガスが叫ぶ。

「こわいのか、アンガス」

「ちがう。いいかげんにしろよ、ダンカン。それにしても――どうにも見えづらくて――」アンガスのことばがとりわけ獰猛な突風に掻き消される。火の粉が飛び散り、ふたつの大きなオイルトーチの火が、バースデーケーキのキャンドルの火さながら消える。持っていた者はそれでも金属の支柱を握ったまま、剣のようにかかげている。

「ほんと言うとさ」アンガスが大声で言う。「ぼくは情けないやつかもしれない。それがそんなに恥かい。だいたいこんな場所で風に吹きまくられたらあんまり楽しくないね。というか……これから何が見つかるか考えたら――」

　そのことばがうろたえた叫び声によって断ち切られる。一同が振り返り、再着火したトーチをかかげると、ピートが虚空をつかんで片脚が半分沈んでいるのが見える。

「このばかめ」ダンカンが怒鳴る。「乾いた地面を離れてうろうろしたんだろう」それでもほっとした様子で、それはほかの者も同じだ。一瞬、ピートが何かを見つけたと思ったからだ。

　みんなでピートを引っ張りあげる。

「ちくしょう」ダンカンが大声で言い、助け出されたピートは一同の足もとで四つ這いになっている。「きょう救出したのはおまえでふたり目だ。フェミとおれが、けさこの湿地でチャーリーの奥方が動けなくなった豚みたいにきーきー言ってるのを見つけたからな」

「死体が……」ピートがうめく。「湿地に……」

「おい、やめろ、ピート」ダンカンが叱り飛ばす。

「ばかなことを言うな」トーチをピートの顔へ近づけ、ほかの者たちへ顔を向ける。「こいつの目を見ろ――幻覚を見てる。やっぱりな。連れてくるんじゃなかった。とんでもないお荷物だぞ」

　ピートがだまったので一同は安堵する。死体のことはもうだれも言わない。どうせ昔話だ。そんな妄念は一蹴すればいい――といっても、何事にも平常心でいられる真昼間よりはむずかしいが。だが、自分たちがしょいこんだ任務、何かが見つかる可能性は一蹴できない。ここには本物の危険がある。地勢をよく知らず、暗闇で何が起こるかわからない。いまになってやっとわかりはじめる。覚悟が足りなかったことを。

その日のまだ早い時間

ジュール――花嫁

目をあける。いよいよだ。

ゆうべはよく眠れず、妙な夢を見た。廃墟の礼拝堂へはいったとたん、建物が崩れて塵になる夢。どこかしっくりこない、いやな気分で目を覚ました。飲みすぎたので、軽い二日酔いで情緒不安定になっている、そうにちがいない。それにもちろん、海藻のにおいもまだ鼻を突く。取り除いてから何時間も経つのに。

ウィルは伝統を第一に考えて別室へ移ったけれど、やはりそばにいてくれればいいのにと思う。だいじょうぶ。アドレナリンと意志の力があれば乗り越えられる。乗り越えるしかない。

パッドつきハンガーにかけてあるドレスへ目を向け

る。不思議なことに、埃よけの薄紙が風に吹かれてやさしく揺れている。この部屋には空気の流れがあり、ドアと窓を閉めてもどこからか風がはいりこんでくることがこれでわかった。風は渦を巻いたり跳ねまわったり、うなじにキスをしたり、背筋をぞくりとさせたりするが、指先でさわられたようにやわらかい感触だ。

　絹のローブの下に身に着けているのは、きょうのために〈ココ・ド・メール〉で選んだランジェリー。このうえなく繊細でクモの巣のように精巧なリバーレースで、花嫁にふさわしいクリーム色だ。一見して非常に伝統的な下着だ。けれども、パンティには小さな真珠色のボタンがずらりと並び、完全に開くようになっている。上品なのに、とても不謹慎。あとでウィルが見つけたらよろこぶだろう。

　窓の向こうでちらりと何かが動き、わたしの注意を引く。下の岩にオリヴィアがいる。いつものぶかぶかのジャンパーときのうと同じ破れたジーンズという格好で、岩のへりのほうへ裸足でそろそろと歩いていく。そちらでは花崗岩にぶつかった波が巨大な白いしぶきを打ちあげている。あの子はいったいなぜきちんと身支度をしていないのだろう。うなだれて肩を落とし、髪がからみ合うロープとなって後ろに流れている。オリヴィアが岩のへりへ寄りすぎ、荒れ狂う波にあまりにも近いので、一瞬息が止まりそうになる。落ちたらここから助けにいっても間に合わないだろう。わたしがなすすべもなくここに立っているあいだに、あの子は溺れるかもしれない。

　窓を叩くがどうも無視しているらしい——いや、それよりたぶん——波の音で聞こえないのだろう。でも、さいわい落ちないように少し後ずさったようだ。

　もういい。これ以上あの子のことを心配していられない。本気で準備をはじめる時間だ。本土からメイクアップアーティストを呼ぶのは簡単だったが、こんな大事な日に自分の外見を他人まかせにはとてもできない。キャサリン妃が自分でするメイクでじゅうぶんだというなら、わたしもそれでじゅうぶんだ。

化粧ポーチへ手を伸ばすが、ふいに手が少し震えてそっくり床に落としてしまう。いやだ、どんくさいったらないわ。それとも……緊張している？

散らばった中身を見る。金色に輝くチューブのマスカラ、少し気ままに床を転がった口紅、ひっくり返ったコンパクトからはブロンジングパウダーがこぼれ出ている。

散乱した化粧品の真ん中に、小さく折りたたまれ、煤《すす》で黒ずんだ紙がある。それを見て全身が冷たくなる。凝視したまま目をそらすことができない。こんな小さなものが、なぜわたしの頭のなかの広大なスペースを二カ月も占めているのだろう。

だいたいなぜいつまでも持っているのか。

開く必要はないがそれを開く。ことばは記憶に刻まれている。

ウィル・スレイターは自分を偽っている。
詐欺師で嘘つきだ。あの男と結婚するな。

どこにでもいる変人のしわざに決まっている。ウィルのもとにはつねに知らない人間から手紙が届き、送り主は彼のこと、彼の全生活のことを知っていると思いこんでいる。わたしたちのいくつかの画像がオンラインに載ったときのことを思い出す。〝ウィル・スレイター、ジュリア・キーガンとしっかり手をつないでショッピング〟。〈デイリーメール〉紙のウェブサイトが暇な日だったのだろう。

やめたほうがいいと知っていながら――じゅうぶん知っていながら――結局下のコメント欄までスクロールした。やっぱり。そこに毒が吐かれているのは見たことがあるが、直接自分に向けられると、しかも私的なことで攻撃されると、ことのほかこたえるものだ。

自分でも最悪だと思っていることが声になって反響している、そんな部屋に迷いこんだようなものだ。

――あらあら、この女は自分が最高だと思ってるんじゃない？

――わたしに言わせれば、こういうのこそあばずれよ。

――まったくもう、自分より太腿が細い男と寝るなって聞いたことないの？

――ウィル！　愛してる！　そっちはやめて、わたしにして！　:):):)彼女はあなたにふさわしくない……

――もう、見るだけで反吐が出そう。横柄なクソアマ。

　ほとんどのコメントがこんな調子だ。まったく知らない大勢の人間が、わたしにこれほどの悪意をいだいていることが信じがたかった。さらにスクロールしていき、少しだけど反対意見を見つけた。

――彼は幸せそう。彼女はぴったりね！

――ところで、彼女は〈ザ・ダウンロード〉を作ってる人でしょ――すっごくお気に入りのサイト。ふたりはお似合いよ。

　こうした好意的な声も、場合によっては油断できない。ウィルのことなら――わたしのことも――わかっているという意識が感じられる意見もある。この人たちは、彼に何がふさわしいかを論じる立場にある。ウィルはだれもが知っているほどの有名人ではない。有名度が彼ぐらいのレベルのほうが、こうした批評ははるかに多いものだ。なぜなら、自分が目をかけてやっていると考える人々を、本人がまだ超えていないからだ。

　けれども、この手紙はそうしたオンライン上のコメントとはちがう。もっと個人的なものだ。切手なしで郵便受けにあったから、だれかが自分で入れたのだろう。書いた人間はわたしたちの住所を知っている。何者かがイズリントンのわたしたちの住まいへ来た――最近ウィルが越してくるまでは、わたしだけの住まいだった。どこにでもいる変人だとは考えづらい。つまり、一番厄介な変人かもしれない。

　でも、知っている人間かもしれないという考えがふと浮かぶ。きょうこの島へやってくるだれかという可能性もある。

　手紙が届いた夜、それをストーブへ投げこんだ。すぐあとで拾って手首に火傷を負った。まだ痕が残っている――やわらかい皮膚に光る、赤みがかった盛りあがり。それが目にはいるたびに、隠してある手紙のことを考えてきた。あの短いことばを。

あの男と結婚するな。

　手紙を半分に裂く。それをもう一度、さらにもう一度、紙吹雪の細かさになるまで。でも、まだ足りない。バスルームへ持っていって水を流す鎖を引っ張り、全部の紙片が渦巻いて便器から消えるまでじっと見守る。それが排水管を通り、わたしたちを取り囲む大西洋へと流れていくところを想像する。そう考えると、ふつうならすっきりするはずがいまひとつ気が晴れない。

　とにかく、いまそれはわたしの人生の外にある。もうない。これ以上考えない。ヘアブラシとビューラーとマスカラを出す。手持ちの武器、わたしの矢筒。
きょうはわたしが結婚し、燦然と輝く一日となる。

現在
婚礼の夜

「ちくしょう、なかなか進めないな」ダンカンが顔に手をかざして突き刺すような風を防ぎ、仲間といっしょにトーチを揺らして火の粉を飛ばす。「何か見えるか」

見えるって何が？　全員の頭にある疑問はそれだ。それぞれがウエイトレスのことばを思い出している。死体。地面のどんな盛りあがりもくぼみも恐ろしい予感を誘う。トーチをかざしても思ったほど役に立たない。残りの夜陰をいっそう暗くするだけだ。

「学校時代みたいだな」ダンカンが大声で仲間に話しかける。「暗闇をこっそり歩きまわってさ。サバイバルをしたいやつはいるか」

「ばか言うな、ダンカン」フェミが叫ぶ。「おれたちが何を探すことになってるか忘れたのか」

「ああ、そうかい。じゃあおまえはこれをサバイバルと呼べないんだな」

「面白くないんだよ」フェミが怒鳴る。

「わかったよ、フェミ！　落ち着けよ。場の雰囲気を軽くしたかっただけだ」

「そうだろうけど、いまはそんな場合じゃないだろう」

ダンカンがフェミへ顔を向ける。「だからこうやって探してるじゃないか。大テントにいる臆病者どもよりましだ」

「だいたいサバイバル自体も面白くなかったよ」アンガスが大声で言う。「そうだろ。いまならわかる。ぼくは——あれが大がかりな悪ふざけだったふりはもうやめる。あれはまったくひどかった。だれかが死んでもおかしくなかった……いや、ほんとうに死んだのがいたな。なのに学校は放任して——」

「あれは事故だった」ダンカンが口を挟む。「あのガキが死んだときはな。サバイバルのせいじゃなかった」

「へえ、そうかい」アンガスが言い返す。「どうしたらそんなふうに思えるのかな。あんなクソみたいなことがいくら好きだからって。自分が下級生をびびらせる番になったらわくわくしてたのを知ってるぞ。いまは残酷ないじめっ子として幅をきかすわけにはいかないよな。こんなすごいスリルはきっとしばらくぶり——」

「おい」いつもなだめ役のフェミが声をかける。「いまはそれどころじゃないだろう」

しばらくは全員口を閉じ、それぞれの考えを胸に重い足取りで闇夜を歩きつづける。四人のうちだれひとりこんな悪天候のなかを出歩いたことがなかった。激しい突風が来ては去る。考え事ができるぐらい風が落ち着くときもある。しかし、それは風がつぎの猛攻にそなえているからだ。せわしげなざわめき、何千もの羽虫が群れ集まるような音。最高潮に達したときは人間の絶叫を思わせる恐ろしい響きとなり、あのウェイトレスの悲鳴そっくりだ。皮膚が風に容赦なく鞭打たれ、涙で視界がかすむ。四人は風に怖気《おぞけ》を震い、風に責め立てられる。

「現実とは思えないよな」

「どうした、アンガス」

「だからさ——ほんの少し前までぼくたちは大テントにいて、飛び跳ねたりウェディングケーキを食べたりしてた。いまはここで……」勇気を奮い立たせて声に出す。「死体を探してる。何があったんだろうな」

「何を探してるのかもまだわかっちゃいないんだ」ダンカンが答える。「あの若い女が言ったことからこうなってるんだから」

「そうだけど、彼女はずいぶん確信がありそうだった……」

「まあな」フェミが言う。「まわりには酔っ払いが大勢いた。あそこはほんとうにごちゃごちゃだった。だからこうなるのは簡単に想像できる。だれかが大テントから暗闇へふらりと出てたまたま災難に——」

「あのチャーリーならどうだ」ダンカンが候補をあげる。「ひどく取り乱してたぞ」

「そうだな」フェミが叫ぶ。「明らかに憔悴していた。でも、おれたちがスタッグであんなことをしたから——」

「そのことは言いっこなしだよ、フェミ」

「ところで、あのブライズメイドを昼間見ただろう」ダンカンが大声で言う。「だれかおれと同じことを考えなかったかな」

「なんだい」アンガスが言う。「じゃあ、彼女がやろうとしてたのは……つまりその……」

「自殺かい」ダンカンが怒鳴る。「ああ、そうだと思う。おれたちが着いたときから態度が変だったじゃないか。明らかにノイローゼ気味だった。あの娘なら何かばかなことを――」

「だれか来るぞ」ピートがことばをさえぎって叫び、仲間の背後の闇を指す。「おれたちの応援に――」

「だまれ、ばかめ」ダンカンがピートに向かって言う。「ちくしょう、こいつのせいでいらいらする。大テントへ連れもどそう。そうしないときっと――」

「ちがうよ」アンガスの声が震えている。「ピートの言うとおりだ。あそこにだれか――」

ほかの者も振り向き、ぶつかりながらいびつな半円形に寄り集まって不安を押し殺す。だれもがだまりこんで、後方の暗がりを見つめる。

闇のなかを明かりが上下に揺れながらこちらへ来る。一同はトーチをかざし、懸命に正体を見極めようとする。

「なんだ」ダンカンが少しほっとした大声をあげる。「あの男じゃないか――あの太ったやつ、ウェディング・プランナーの旦那だよ」

「だが待てよ」アンガスが言う。「あれはなんだ……何か持ってるぞ」

その日のまだ早い時間
オリヴィア——ブライズメイド

　窓の外では、結婚式の招待客たちを島へ運んでくるいくつものボートが見え、まだ遠い海上の黒い人影が、着実に近づいてくるのがわかる。もうじきすべてが起こる。わたしは身支度をしていることになっていて、早くから起きていたことはだれも知らない。胸のうずきと頭痛で目が覚め、新鮮な空気を吸いに外へ出た。でもいまは、自分の部屋でブラとパンティだけですわっている。あのドレスにはまだ着替える気になれない。淡い色のシルクに深紅の染みがついていた。きのう試着したとき、腿に作った小さな切り傷から少し出血したのだろう。ジュールにばれなくてよかった。ばれたらほんとうに大目玉を食らうところだった。廊下の先のシンクへ行って水と石鹸をつけてこすった。さいわい染みはほとんど取れた。濃いピンク色の部分がわずかに残っただけだ。戒《いまし》めの印として。

　それは数カ月前に流した血を思い起こさせる。あんなにいっぱい血が出るとは思わなかった。目を閉じる。でも、目蓋のなかにそれが見える。

　もう一度窓の外へ目をやり、あの人たちがみんな到着することを考える。ここへ来たときから狭い場所に閉じこめられているような、逃げ道も逃げる場所もない気がしていたけれど……きょうはもっとひどいことになる。あと一時間もしないうちにジュールに呼ばれ、そのあと全員の視線を浴びながら彼女の前で通路を歩かなくてはならない。それから、あの人たち全員と——家族とも知らない人とも——話をしなくてはならない。できるとは思えない。突然、息が詰まりそうになる。

　ここに来て少し気分がよくなったのは、ゆうべ洞窟でハンナと話したときだけだったことを考えてみる。彼女と話したみたいにほかの人と話せたことはなかった。友達とも、ほかのだれとも。なぜ彼女ならいいのかわからない。彼女は仲間はずれにされているみたいだし、ほかのいろいろなものからも隠れたがっているように見えるからかもしれない。

　行ってハンナを探そう。いまなら彼女に話せそうだ。残りの話を。全部打ち明けよう。そう思うと目まいと吐き気がする。でも、ある意味気分がよくなるかもしれない――肺に空気を入れられなくなることはなさそうだ。

　震える手でジーンズとジャンパーを身に着ける。彼女に伝えれば、もうあとへはもどれない。でも、もう決めた。完全に頭がおかしくなる前にそうするしかないだろう。

　足音を忍ばせて部屋を出る。心臓が喉までせりあがったみたいにどくんどくんと脈打つので、唾をぐっと飲みこめない。つま先立ちで食堂を通り、階段をあがる。途中でだれとも出くわしてはいけない――そうなったら怖気づくに決まっている。

　ハンナの部屋は長い廊下の突き当たりだったと思う。近づくにつれ、なかから聞こえる小さな声がだんだん大きくなるのがわかる。

「おい、冗談じゃないぞ、ハン」そう聞こえる。「きみがそんなにばかばかしいことを――」

　それに、ドアが少しあいている。音を立てずに少し近寄る。ハンナの姿は見えないけれど、ボクサーパンツ姿のチャーリーが怒りをこらえるかのように、抽斗つきのチェストのへりを握っているのが目にはいる。

　わたしははっとして立ち止まる。見てはいけないものを見てしまったような、ふたりをスパイしているような気になる。愚かにも、チャーリーがいることを考えていなかった。以前チャーリーには身も蓋もなく熱をあげたものだ。やっぱり無理。ドアをノックして話があるから来てくれないかとハンナに言うなんて……着替えの途中で、明らかに言い合いをしているところなのに。そのとき、背後のドアがあいて心臓が飛び出しそうになる。

「やあ、どうも、オリヴィア」ウィルだ。スーツのズボンを穿き、白いシャツの前をあけているので浅黒い引き締まった胸が見える。わたしはすばやく目をそらす。

「廊下にだれかいるような気配がしたんでね」彼が言う。そして、いぶかしげにわたしを見る。「ここで何をしてるんだい」

「な――何も」わたしは言う、というより言おうとするが、ほとんど声にならず、出てくるのは小さなしゃがれ声だけだ。向きを変えてその場を離れる。

　部屋へもどってベッドにすわる。だめだった。遅すぎる。チャンスをのがしてしまった。ゆうべなんとかしてハンナに話すべきだった。

　ボートが接近してくるのを窓からながめる。さっきより近づいている。あの人たちが島に悪いものを持ちこもうとしているような気がする。でも、ばかげている。だってもうここにあるじゃない。それはわたし。悪いものとはわたしのこと。わたしがしたこと。

イーファ
――ウェディング・プランナー

招待客の到着だ。わたしは何艘ものボートが接近するのを桟橋から見守りながら、歓迎のそぶりを示す。微笑んで会釈をし、礼儀正しい出迎えにつとめる。身に着けているのは濃紺の簡素なワンピースに踵《かかと》の低いウェッジソールのシューズ。垢抜けてはいるが垢抜けすぎてはいない。招待客と同じに見えるのはよくない。とはいえ、そんな心配は無用だった。招待客たちが目いっぱいめかしこんでいるのは明らかだ。光り輝くイヤリングにとてつもなくヒールの高い靴、小さなハンドバッグに本毛皮のストール（六月とはいえ、なにしろアイルランドの夏は寒い）。シルクハットさえちらほら見える。ライフスタイル雑誌のオーナーとテレビのスターに招待されれば、気張らないわけにはいかないのだろう。

招待客たちが三十人ぐらいずつ下船する。めいめいが島の景色を見て、なかなか悪くないとひそかに心を躍らせているのがわかる。今夜は百五十人が集う。イニシュ・アナンプローラへ迎えるにはずいぶん大人数だ。

「一番近いトイレはどこかね」切羽詰まったように尋ねる男は、かなり青い顔をして窒息しそうだとばかりにシャツの襟を引っ張っている。実際何人かの招待客は美しい身なりなのにげっそりしている。それでも、いまのところ波はそれほど荒くなく、水面は白と銀色のあいだぐらいだ――冷たい陽光に照らされて輝き、まぶしくてまともに見ることができない。わたしは目に手をかざして優雅に微笑み、行くべき方向を示す。予報どおり風が強まるなら、帰りの乗船時には強力な酔い止め薬を出すべきだろう。

子供のとき、はじめてここへ来て古いフェリーからおりたのを覚えている。船酔いにはならなかったと思う。わたしたちは船首のほうに立って手すりにつかまり、波を乗り越え、弧を描いて襲ってくる水でびしょ濡れになるたびに歓声をあげた。巨大な海蛇に乗ったつもりになったものだ。

あの夏、この地方はあたたかく、太陽がすぐにわたしたちを乾かした。そして、子供たちは丈夫だった。何も気にせずに浜から海の中へ走っていったのを覚えている。海を警戒することをまだ学んでいなかったのだろう。

六十代の上品な夫婦が最後のボートから下船する。こちらへきて自己紹介する前から、ふたりが花婿の両親だというのがなんとなくわかる。花婿は母親から容姿を受け継いだにちがいなく、彼女の髪はいまは灰色になっているが、目や髪の色も母親ゆずりなのだろう。けれども、彼女には息子が持っている屈託のない自信のようなものが感じられない。自分の服の中でもいいからとにかく隠れたがっているような、そんな印象を受ける。

花婿の父親の風貌にはもっと鋭く厳しいものがある。けっしてハンサムとは言えないが、彼のような横顔をローマ皇帝の胸像で見たとだれもが思うだろう。高く弧を描く眉、鷲鼻、やや酷薄そうに固く結んだ薄い唇。とても力強い握手だったので、手の小さな骨が寄せ集まって砕けるような気がする。また、彼には政治家や外交官に似た威厳がある。「あなたがウェディング・プランナーですな」笑みを浮かべて言う。けれども、その目が慎重に品定めをしている。

「そうです」わたしは言う。

「それはご苦労」彼が言う。「礼拝堂では最前列の席が用意されてるんだろうね」息子の結婚式だからそれは当然だ。でも、この人はあらゆる行事でそれが当たり前と思っているのではないか。

「もちろんですわ」わたしは言う。「ご案内しましょう」

「それにしても」礼拝堂へ向かう途中で彼が言う。「面白いものだ。わたしは男子校の校長をしている。そして、この招待客のおよそ四分の一がかつてそのトレヴェリアン校の生徒だった。すっかりおとなになった彼らを見るのは不思議な気分だよ」

わたしは控えめな興味を見せて微笑む。「全員を覚えていらっしゃるんですか」

「だいたいはね。だが、全員は無理だ。覚えているのはおもに伝説の人物と呼ばれていそうな輩だよ」小さく笑う。「もう何人かに二度見された。わたしは若干厳しい校長として知られているのでね」それが自慢らしい。「ここに来ているのを見てすくみあがったらしい」

たしかにそうだろうと思う。初対面なのにこの人物を知っているような気がする。直感で言うと、好きになれない。

その後、しんがりをつとめたボートの船長マッティのところへ礼を言いにいく。

「お疲れ様」わたしは言う。「とてもスムーズだったわね。全員同時に運ぶのは大変だったでしょう」

「ここで結婚式を開いてもらうなんて、あんたもいい仕事をしたよ。花婿は有名人なんだろ」

「花嫁のほうも脚光を浴びてるのよ」といっても、マッティが女性向けオンライン雑誌にくわしいかどうかは疑問だ。「結局大幅な値引きをしたけれど、記事になるならそれだけの価値はあるわね」

マッティがうなずく。「この島は注目される。きっとな」沖を見やり、陽光に目を細める。「午前中は楽だった。だが、こっから先はそうはいかんぞ」

「天気予報はつねにチェックしてるわ」わたしは言う。いまのところ風は強いが晴れているので、天候が悪くなるとは考えづらい。

「そうさな」マッティが言う。「これから風が強くなる。今夜はえらいことになりそうだ。沖にでかいのが生まれてる」

「嵐が？」わたしは驚く。「少し風が強いだけだと思ったけど」

何も知らないダブリンのやつめ、という目でマッティがわたしを見る。ここに来てずいぶん経つが、フレディとわたしは永久に新参者扱いだろう。「ゴールウェイ市内のスタジオにすわってしゃべってる気象予報士なんて役立たずだ」マッティが言う。「自分の目で見ろ」

マッティが指さすほうを目で追うと、遠くの水平線上にあいまいな染みが見える。わたしはマッティのような船乗りではないが、それがいい徴《しるし》ではないことぐらいわかる。

「ほら見ろ」マッティが得意げに言う。「嵐が来るんだよ」

ジョンノ――ベストマン

ウィルとおれは別室で控えている。ほかの連中がもうじき来るはずだから、おれははじめに考えていたことを言おうと思う。こういうのは苦手だ。自分がどう感じてるか話すなんて。でも、とにかくやってみようと、ウィルのほうを向く。「なあ、話があるんだ……ええと、あのな、おれはおまえのベストマンであるのをほんとうに誇りに思ってるんだ」

「ほかのだれかにやってもらおうなんて考えたこともなかったよ」ウィルが言う。「わかってるだろ」

それが本心かどうか、疑問の余地がないとは言えない。おれがしたことは少し破れかぶれだった。自分のせいかもしれないが、いっときウィルは自分の人生からおれを切り捨てようとしているように思えた。テレビに出演してからめったに会えなくなった。婚約したことさえ教えてもらえず——新聞で知った。あれには傷ついたし、あえて平気を装うつもりもない。とにかくウィルに電話し、飲んで祝おうと誘った。

そして、飲みながらおれは言った。「よしわかった！　おれがベストマンになってやる」

あのとき、こいつはとまどっていたかな。ウィルの場合は見分けがむずかしい——人当たりのいい男だから。少し間を置いてから、うなずいて言った。「ちょうどそう思ってたところだ」

まったく突然の話ではなかった。ほんとうはウィルが約束したことだ。ガキのころ、トレヴェリアンで。「きみは大の親友《ベスト・メイト》だよ、ジョンノ」ウィルがおれにそう言ったことがある。「ナンバーワン《ヌメロ・ウノ》。ぼくの最高の《ベスト・》男《マン》だ」おれは忘れなかった。いままでの人生がおれたちを、おれとウィルを結びつけている。この役目につくのはおれしかいないことを、ほんとうはどちらも承知していたはずだ。

鏡を見て曲がったネクタイを直す。ウィルの予備のスーツを着たおれはクソみたいだ。スリーサイズ小さいから当たり前だ。それに、一睡もしなかったような顔を——実際そうだが——しているのだから。きつすぎるウール地のなかでもう汗をかいている。ウィルのそばにいるとよけいクソに見えるのは、ウィルのスーツは体にまとった布地が大勢の天使たちによって縫われたみたいに見事な出来栄えだからだ。〈サヴィル・ロウ〉（紳士服の名門）で採寸してあつらえたそうだから、ある意味そのように縫われたともいえる。

「おれの見てくれはベストじゃない」おれは言う。最大限控えめな表現だ。

「当然の報いだよ」ウィルが言う。「自分のスーツを忘れたんだから」そしておれに向かって笑う。

「うん。まったくばかだよな」おれも自分に向かって笑う。
　二、三週間前、ウィルといっしょに自分のスーツを買いに出かけた。ウィルは〈ポール・スミス〉を薦めた。明らかに店内のスタッフ全員が、盗みを働く人間を見張る目でおれを見てきた。「それはいいスーツだ」ウィルがおれに教えた。「〈サヴィル・ロウ〉へ行かないなら、それを買うのが一番だよ」そして、おれは試着してたしかに気に入った。いいスーツを買うのははじめてだった。学校を出て以来、あんな洒落たものを着たことがなかった。それに、腹まわりがうまく隠れるのも気に入った。ここ二、三年、外見を気にしなくなっていた。「いい暮らしをしすぎてね！」そう言って腹を叩いたものだ。だが、そんなのは自慢にもならない。そのスーツを着ると全部隠れた。どえらいボスに見えた。自分がぜったいなれないだれかに見えた。
　鏡に横向きの姿を映す。上着のボタンがいまにもはじけ飛びそうだ。ああ、腹を隠してくれるあのポール・スミスのスーツがなくて残念だ。まあいい。こぼれたミルクのことで泣いてもはじまらない、と母がよく言ったものだ。無駄なことをしてもしかたがない、とも。おれはもともと見栄えのいいほうじゃない。

「あれ——ジョンノ！」ダンカンがずかずかはいってくるが、体にぴったり合った自分のスーツを上品に着こなしている。「それはいったいどうした。洗って縮んだのか」

　すぐあとにピートとフェミとアンガスがやってくる。

「やあやあ、おはよう、諸君」フェミが言う。「桟橋に大勢いるトレヴスの卒業生たちにちょっと声をかけてきたよ」

　ピートが大声をあげる。「ジョンノ——マジかよ。そんなぴちぴちのズボンじゃムスコの膨らみが丸見えだぞ」

　おれは両腕を横に広げて袖から手首を突き出し、みんなのまわりを飛び跳ねていつもどおり道化役になる。

「それに引き換えおまえときたら」こんどはフェミがウィルに向かって言う。「ずいぶんなすまし顔じゃないか」

「昔からいい子ぶった悪いやつだったがな」ダンカンが言う。身を乗り出してウィルの髪をくしゃくしゃにし、ウィルがさっと櫛を取ってきれいに撫でつける。「そうだよな。かわいい顔をして。教師ににらまれたことは一度もなかっただろ」

ウィルがおれたち全員ににやりと笑って肩をすくめる。「悪いことなんかしたことないね」

「嘘つけ！」フェミが声を張りあげる。「おまえは人を殺しても許されたさ。ぜったいつかまることはなかった。つまり、親父さんが校長とかえらい人間ならみんなが目をつむるってことさ」

「ちがうね」ウィルが言う。「完璧ないい子だったんだよ」

「そう言えば」アンガスが言う。「きみがろくに勉強しなかったのに、どうして一般中等教育修了試験《GCSE》に楽々通ったのか不思議だったな」

おれはウィルをちらりと見て視線を合わせようとする——アンガスは察してたのか？「ほんとに運のいいやつだな」アンガスが近寄ってウィルの腕をつねる。いやいや、よく聞いてみると、疑っているのではなくただの称賛らしい。

「ウィルの場合はほかに道がなかったんだよ」フェミが言う。「そうだろ、兄弟。だめだったら親父さんは勘当しただろうな」こんなふうに、フェミはいつも人を鋭く見抜く。

「まあね」ウィルが肩をすくめる。「そりゃあそうだ」

校長の子供というのは、ともすれば目の敵《かたき》にされる存在だった。だが、ウィルはどうにか乗り越えた。うまく立ちまわった。たとえば地元の女子高生と寝たときは、彼女の上半身裸のポラロイド写真を同級生全員にまわした。そのあと、だれもウィルに手を出さなくなった。また、ウィルはいつもおれをせっついて何かをさせた。そうすれば自分は処罰されないのを知っていたからだろう。おれのほうは、少なくとも最初は奨学金が取り消されるのを恐れていた。そうなったら両親は打ちのめされただろう。

「海藻を使ってよくいたずらしたのを覚えてるか」ダンカンが言う。「あれはおまえのアイディアだったぞ、兄弟」ウィルを指さす。

「いいや」とウィル。「それはちがうな」ぜったいにちがわない。

　いままでやられたことがない下級生たちがぶったまげて腰を抜かし、その様子をほかの者たちが寝ころびながら聞いて爆笑したものだ。とにかく下級生はそういう目に遭った。だれもが体験することだ。投げられたクソは受け取るしかなかった。結局自分の番が来ればだれかに同じことをするということで納得していた。

　ベッドに海藻を入れられても平然としているのがトレヴェリアンにひとりいた。一年生だった。女みたいな変わった名前だった。おれたちはそいつを〝ぼっ《ロー》ち《ナー》〟と呼んだ。その呼び名がぴったりだったから。そいつは寮のリーダーだったウィルのことが気になっていたのかもしれない。とにかく性的な恋愛感情ではなかった、とおれは思う。どちらかといえば、年下が年長者にあこがれるような気持ちだろう。そいつは髪型を真似しはじめた。おれたちについてまわることが多くなった。茂みや何かの後ろに隠れておれたちを見ていることもあったし、おれたちのラグビーの試合をかならず観戦した。学校一のちびで、話し方に妙な訛りがあり、でかい眼鏡をかけていたから、いじめの最有力候補だった。でも、がんばって好かれようとしていた。そして、最初の学期をほかの何人かの生徒のようにノイローゼにならずに乗り切ったので、おれはけっこう感心したのを覚えている。おれたちが海藻で驚かしたときも、ほかの新入生みたいに文句や愚痴を言わなかった。そいつの友達の丸ぽちゃのちびなんか――たしか〝でぶ《ファット》っちょ《ファック》〟って呼んだっけ――寮母のところまで走っていって言いつけやがった。それはそれでけっこう感心したものだ。

　仲間のほうへ注意をもどす。水中から浮かびあがった気分だ。

「油を搾られるのはいつもおれたちのほうだった」ダンカンが言う。「最後に反省文を書くはめになるのはな」

「ほとんどおれが書いたんだ」フェミが言う。「まちがいない」

「海藻の話だが」ウィルが言う。「とにかく、あれは愉快じゃなかった。ゆうべのことだ」

「何が愉快じゃなかったって？」おれはそう言って仲間に目を向けるが、みんなきょとんとしている。

　ウィルが眉をあげる。「わかってるだろう。ベッドに海藻がはいっていた。ジュールは震えあがったよ。それに、すごく腹を立てていた」

「なあ、おれじゃないぜ、兄弟」おれは言う。「ほんとうだよ」トレヴェリアン時代の記憶を蒸し返すようなことをしたいとは思わない。

「おれもちがう」フェミが言う。

「おれもだ」ダンカンが言う。「そんな暇はなかった。ジョージナとおれは別のことにいそしんでたんだよ。どういう意味かわかるだろ……海藻を集めるよりましなことをしてたのはたしかさ」

　ウィルが眉をひそめる。「へええ、この中にいるはずだけどな」そして、おれをじっと見る。

　だれかがドアをノックする。

「助かった！」フェミが言う。

　来たのはチャーリーだ。「ここにボタンホールにさす飾り花があるらしいんだが」彼が言う。だれともまともに目を合わせない。哀れなやつだ。

「あそこにある」ウィルが言う。「チャーリーにひとつほうってやってくれないか、ジョンノ」

おれは緑の葉と白い花を束ねた小さな飾りを取ってチャーリーのほうへ投げるが、手もとに届くほどの勢いはつけない。チャーリーがつんのめり気味に手を伸ばすがキャッチしきれず、床に散ったのをぶざまに集める。

ようやく拾い終えたチャーリーが何も言わずにできるだけ早く立ち去る。おれは全員と目を合わせ、みんなで笑いを押し殺す。一瞬、学生にもどったみたいで、自分を抑えられない。

「みなさん？」イーファが呼ぶ。「ジョンノさん？お客様がそろいました。礼拝堂でお待ちです」

「よし」ウィルが言う。「見てくれはどうかな」

「不細工野郎だよ」おれは言う。

「そいつはどうも」ウィルが鏡の前で上着を直す。そのあと、ほかの仲間が先に出ていったとたん、おれに向かって言う。「それから」声をひそめる。「下へ行く前に言っておく。あとで言うチャンスはないだろうから。スピーチのことだ。ぼくに恥をかかせるつもりじゃないだろうな」歯を見せて笑いながら言うが、本気で念を押しているようだ。おれに踏みこまれたくないことがあるのは知っている。でも、心配は要らない。おれだって踏みこみたくない——どちらにとっても名誉なことではないのだから。

「だいじょうぶさ」おれは言う。「おまえのために立派にふるまうよ」

ジュール——花嫁

金の冠を、まぎれもなく——気づかずにはいられないほど——震えている両手で頭に載せる。首をあちらこちらへ動かしてみる。これはわたしの衣装における気まぐれな要素、ロマンチックな幻想への譲歩だ。冠はロンドンの帽子店で作らせた。ヒッピーみたいになってはいけないので花冠にするつもりはなく、これなら時流に合っていると感じた。アイルランドのおとぎ話に出てくる花嫁姿に少し寄せたとも言える。

輝く冠が濃い色の髪によく映えているのがわかる。この土地の野生の花々を束ねたブーケをガラスの花瓶から取る。クワガタソウ、斑紋入りのラン、シシリンキウム。

それから、階下へ行く。

「とてもきれいだよ、ジュール」

客間には父がいて、とても粋に見える。そう、父はこれからわたしを祭壇まで連れていく。ほんとうは別のやり方も考えた。明らかにわたしの父は、結婚のよろこびを代表するのに最適の人間ではない。けれども、わたしのなかの小さな少女、秩序を尊んで物事が正しくなされるのをよしとする少女が最後に勝利をおさめた。それに、ほかのだれがこれをするだろう。わたしの母親？

「全員が礼拝堂で席についている」父が言う。「あとはわれわれが行くだけだ」

二、三分後、わたしたちはフォリー館と礼拝堂を隔てる砂利道を歩くだろう。そう思うと、ばかげた話だが胃がひっくり返る。最近はこんな気分になったことがない。去年TEDx《テデックス》（テクノロジー、エンターテインメント、デザイン等の分野の実践者がアイディアを発表するコミュニティー）でオンライン出版について八百人を前に講演したけれど、こうはならなかった。

　わたしは父を見る。「あのね」何よりも暴れる胃の感覚から気をそらしたくて言う。「とうとうウィルに会ったわけでしょ」自分の声が奇妙に聞こえ、少し息が詰まっているみたいだ。咳ばらいをする。「遅くなったけど、会ってくれないよりはよかった」

「うん」父が言う。「たしかに」

　わたしはなるべく軽い調子でつづける。「それで、どうなのかしら」

「別にどうでもないよ、ジュジュ。ただ——そうだな、たしかに会った」

　つぎの質問をするべきでないのは、言う前からわかっている。でも、どうしても訊かずにいられない。気に入るかどうかはともかく、わたしは父の意見を知りたい。昔からほかのだれより父に認められたかった。試験でA評価を取得したことを学校の駐車場で報告したとき、父は——母ではない——想像したとおりよろこびに顔を輝かせ、「ほう、よくやったな」と言ったものだ。だから、わたしは尋ねる。「それで？」と言う。「彼を気に入った？」

　父が眉をあげる。「いまこの話をほんとうにしたいのかい、ジュール。半時間後にあの男と結婚するんだろ」

　そうかもしれない。みごとなほどタイミングが悪い。でも、はじめた以上あとには引けない。それに、答えないことこそが答かもしれないと思いはじめている。

「ええ」わたしは言う。「知りたいのよ。彼を気に入ってる？」

　父が幾分顔をしかめる。「とても魅力的な男に見えるよ、ジュジュ。とても男前でもある。それくらいはわかる。たしかに、ちょうどいい相手だ」

　これ以上訊いてもろくなことにならない。それでもわたしはやめられない。「でも、もっと強い第一印象を持ったはずよ。人を見抜くのが得意だってパパはいつも言ってたわ。ビジネスにはとても大事な能力で、それを瞬時にできなくてはいけない……とかなんとか」

　父が不満そうなうめき声をあげ、身構えるように両手を膝に置く。わたしは小さくて硬い不安の種子を感じ取る。けさあの手紙を見たときからそれは居すわり、腹のなかで根を張りはじめている。

「教えて」わたしは言う。耳のなかで血が脈打つのが聞こえる。「彼の第一印象を」

「わたしの意見が重要だとは思えんな」父が言う。

「ただの老いぼれ親父だ。何がわかる。つき合ってだいぶ経つんだろう……二年かな。それだけつき合えばわかるはずだ」

　ほんとうは二年ではない。それには遠く及ばない。

「そうね」わたしは言う。「結婚して正解なら、それはじゅうぶんな長さなのよ」いままで何度も友人や同僚に言ってきたことばだ。昨夜は乾杯のとき、それを効果的に言い換えた。そしていつも本気でそう思っていた。少なくとも……そうだったと思う。いまごろになって、自分のことばがなぜこうもうつろに聞こえるのだろう。そんなことばを口にしても、父親はおろか自分自身さえ説得できないに決まっている。あの手紙を再度見てから、以前の疑念が頭をもたげている。それについては考えたくないので戦術を変える。「まあいいわ」わたしは言う。「正直言うとね、わたし、パパよりも彼のほうをよく知ってるんじゃないかしら。だって、パパとは生まれたときから六週間ぐらいしかいっしょに過ごしたことがないもの」

　傷つけるつもりで発したことばであり、それが効いたのがわかる。実際に殴られたかのように父がひるむ。

「そうか」と言う。「またその話か。言いたいのはそれだけなのか。わたしの意見は必要ないんだな」

「ええ、だいじょうぶ」わたしは言う。「だいじょうぶよ、パパ。だけどね。たった一度ぐらい姿を見せて、彼は立派な男だと思うと言えたはずよ。たとえそれが白々しい嘘だったとしても。わたしが何を聞きたいか知ってるくせに。それって……自分勝手よ」

「なあ」父が言う。「悪かった。だが……おまえに嘘はつけないよ。では、祭壇まで送ってもらうのがいやなら、わたしはあきらめよう」すばらしい贈り物を授けるかのように鷹揚に言う。わたしはそのことばの痛みに貫かれる。

「もちろん、祭壇まで送ってもらうに決まってるわ」わたしはぴしゃりと言う。「パパはわたしの人生にめったにいなかったし、この結婚式に出席する暇もほとんどなかった。はいはい、わかってるわ……双子の歯が生えてきたとかなんとかね。でも、わたしは三十四年間あなたの娘だった。わたしにとってパパがどれほど重い存在だったかわかってるでしょう。そうでないほうがどんなにいいかと思ったけど。結婚式の場所をここアイルランドにしたのはパパのためでもあるのよ。パパがアイルランドの伝統をとても尊重していて、わたしもそうだから。パパがどう思うかなんて全然気にしないでいられたらよかったのに。でも、いまいましいけど気になるの。だから、わたしを祭壇まで送って。せめてそれぐらいはして。祭壇までいっしょに歩いて、わたしのためにものすごくうれしそうな顔をすればいいのよ。一歩進むたびにね」

　ドアをノックする音が聞こえる。イーファが顔を覗かせる。「準備はできましたか」

「まだよ」わたしは言う。「あと少しだけ」

　きびきびと階段をあがって寝室へ向かう。ちょうどいい形と重さのものを探そう。見ればわかるだろう。アロマキャンドルの——いや、それよりも、ブライダルブーケを入れてあった花瓶がある。それを手に取り、重さをたしかめて心の準備をする。それから、力いっぱい壁に投げつけ、花瓶の上半分のガラスが粉々に飛び散るのを見て気を晴らす。

つぎに、手をTシャツにくるんでから――自傷行為とはちがうから、切り傷を作らないようにいつも注意している――壊れていない底の部分を拾って、細かい破片になるまで何度も何度も壁に叩きつけ、歯を食いしばって荒い息をする。これをしたのはひさしぶりだ。こんな一面をウィルに見られたくなかったせいもある。この気持ちよさを忘れていた。解き放つ快感。口もとをゆるめる。息を吸い、息を吐く。

終わったあとでは、いろいろなことがいままでより少しすっきりとし、穏やかに感じられる。

いつものように散乱したものを片づける。自分のペースでゆっくりやる。きょうはわたしの日だ。全員待たせておけばいい。

鏡の前で片側にずり落ちた冠を手で直す。奮闘したおかげで顔色がかなりよくなったのがわかる。はにかむ花嫁にはちょうどいい。顔をマッサージし、幸福そうな、期待に胸を膨らませた表情に顔を作り変える。

イーファと父に何か聞こえたかどうかは、わたしがふたたび姿を現したときのふたりの顔を見れば明らかだ。わたしはうなずく。「行きましょうか」

それから、大きな声でオリヴィアを呼ぶ。食堂の隣の小部屋から彼女が出てくる。いつもよりもいっそう、ありえないほど顔が青白い。それでもなんとか身支度はできている――ドレスとハイヒール、手にはブーケ。わたしはイーファの手からブーケをもぎ取る。そして颯爽とドアを通り、あとからオリヴィアと父がついてくるにまかせる。戦いにおもむく女王の境地だ。

祭壇へ向かって歩くうちに心持ちが変わり、それまでの覚悟が失せていく。だれもがわたしのほうを見ているが、顔がかすみ、ひとりひとりに不思議なほど特徴がない。アイルランドのフォークシンガーの歌声がまわりで渦巻き、恋歌のはずなのにとても哀調を帯びているので、一瞬心を揺さぶられる。崩れかけた尖塔のはるか上を雲が流れていく――あまりにも速く流れるさまは悪夢のようだ。風が勢いを増し、石のあいだを吹き抜ける音が聞こえる。ふと奇妙な感覚に襲われ、列席者が全員見知らぬ人間で、会ったこともない会衆に無言で観察されているような気がしてくる。まるで冷水が入った水槽に足を踏み入れてしまったかのように恐怖がせりあがる。みんな知らない人ばかりで、向こう端で待っている男のことも知らないのに、わたしが近づくとその男が顔を向ける。父とのやりきれない会話が頭のなかをピンボールみたいに跳ねまわる――なかでも一番がまんならないのは、父が言わなかったことばだ。父の腕をつかんでいた手の力を抜き、これ以上父の考えが感染しないようになるべく距離を取る。

　すると突然、霧が晴れたように周囲がはっきりと見える。友人や家族、笑ったり手を振ったり。さいわい、だれひとりわたしたちに携帯電話を向けていない。セレモニーの最中は写真撮影をひかえるよう、招待状で周知徹底しておいた。わたしはどうにか頬をゆるめて微笑み返す。そして、招待客から離れた通路の中央に立ち、折しも雲間から差しこんだ陽光で後光に包まれているのが、わたしの夫になる人だ。スーツを着た姿は非の打ちどころがない。光り輝き、いままでと変わらないきれいな顔立ちだ。彼がわたしに微笑み、それが太陽のようにわたしの頬をあたためる。彼のまわりでは崩れかけた礼拝堂が荒廃の美を見せ、青空にさらされてそびえている。

　申し分ない。完全に計画したとおり、いや、計画した以上だ。そのなかで最高の花婿が――まばゆいばかりに美しい――祭壇のところでわたしを待っている。その姿を見て歩を進めながら、この人がわたしが知っているとおりの人間でないとはとても信じられない。

　わたしは微笑む。

ハンナ——同伴者

　セレモニーのあいだ、わたしはジュールの何人かのいとこと同じ長椅子に窮屈にすわっていた。チャーリーは披露宴の世話役なので、用意された最前列の席にいる。ジュールが通路を歩いていくとき、妙なことがあった。あんな表情の彼女を見たことがない。まるで怯えているみたいだった。目をカッと見開き、口を陰気に引き結んでいる。ほかにもだれか気づいただろうか。それとも、わたしの勝手な想像だったのだろうか。だって、正面のウィルのもとへ着くころには彼女は笑みを浮かべ、だれもが期待するとおりの輝くばかりの花嫁となって花婿と向き合っていたのだから。まわりじゅうでため息が漏れ、なんとすばらしいカップルだろうというささやきが交わされた。

　そのあとの式はとてもスムーズにとりおこなわれた。わたしが出席したことがあるどこかの結婚式とはちがって、誓いのことばをつかえたりしなかった。全員が静かに見守るなか、ふたりは大きな声ではっきりと誓いを立て、ほかに聞こえるのは石壁を吹き抜ける風の音だけだった。じつは、わたしが見ているのはジュールとウィルではない。はるか向こうの最前列にいるチャーリーをひと目見ようとしている。ジュールが〝誓います〟と言うときにチャーリーがどんな顔をするか、どうにかして見届けたい。でも、それは無理だ。ここから見えるのは彼の後頭部と肩だけだ。自分の考えをそっと振り払う。そもそも何がわかると思ったの。なんの証拠を探しているの。

　そして、突如として全部が終わっている。まわりの人たちが急にざわついて立ちあがり、笑っておしゃべりをする。ジュールが礼拝堂へはいってきたときに歌った女性歌手が、わたしたちにも歌を披露し、その調べにフィドルの伴奏がつく。歌詞はすべてゲール語で、軽やかに高く澄みわたる声が廃墟の壁に跳ね返り、どこかこの世ならぬものを感じさせる。

一同のあとについて、大きな生け花をよけながら外へ行く。ゆったりと広がる青葉と色とりどりの野生の花々はとても洒落ていて、この劇的な場面にぴったりだと思う。自分の結婚式のとき、母の友達のカレンが友人割引で花を用意してくれたのを思い出す。かなり昔風の、淡い色のものばかりだった。でも、文句など言えた義理ではない。わたしたちにはフローリストを選ぶ余裕などまったくなかった。好きにできるお金があるって、どんな感じだろう。

ほかの招待客は身なりのいいお金持ちの人々だ。礼拝堂で列席者を見渡したとき、髪飾り用ミニ帽子《ファシネーター》を頭に載せているのは自分だけだと気づいた。こうした社交の場にはそぐわないのかもしれない。ほかの女性はみんな値のはりそうな、特別にあつらえた箱にはいっているたぐいの帽子《ハット》をかぶっているようだ。学校時代、私服登校の日だと気づかずにアリスとふたりで制服を着ていったときみたいな気持ちになる。学校集会ですわっているとき、一日みんなの視線を浴びずにすむように、自然発火して燃えてしまいたいと思ったものだ。

わたしたちはバラの花びらを圧縮して乾燥させたものを渡され、礼拝堂から出てくるウィルとジュールに向かって振りまく。けれども風が強いので、花弁はたちまち飛んでいく。新婚夫婦には一片もかからない。それどころか、沖の大きな雲のほうへとさらわれる。いつもチャーリーから縁起をかつぎすぎると言われるけれど、わたしがジュールだったらこれは気に入らないだろう。

新郎新婦の一行が写真撮影のためにいったん退場し、そのあいだほかの者は大テントの外に設置されたバーのほうへと群がる。わたしは酒の力で元気を出すことにする。草の上を慎重に歩くけれど、数歩に一度はヒールが沈む。ふたりのバーテンダーが注文を受けてシェーカーを振っている。わたしがジントニックを頼むと、ローズマリーの大きめの茎がはいった酒を渡される。

大勢のなかで一番気さくそうな顔をしていたので、バーテンダーと少しおしゃべりをする。ふたりは地元の青年で、大学の夏季休暇で帰省中だという。オーエンとショーンだ。

「ぼくたちはふだん本土の大きなホテルで働いてるんですよ」ショーンがわたしに言う。「かつてギネス一族が所有していた建物でね。入り江の大きな城なんです。そこで結婚式を挙げたがる人が多いですね。昔ならともかく、ここで式を挙げるなんて聞いたことがありません。この島には幽霊が出るって知ってますか」

「そうそう」オーエンが身を乗り出して声を落とす。「この島にまつわるかなりこわい話をおばあちゃんから聞いてますよ」

「泥炭に埋まった死体」ショーンが言う。「どんなふうに死んだかはっきりとはわかりませんが、バイキングに叩き切られてばらばらだったとか。神聖な場所に埋葬されていないので、魂が鎮まらないんです」

どうせ冗談だろうと思っても、やはり薄気味悪い話には胸がざわつく。

「噂によれば、最近ついに島民がここを離れたのはそのせいらしいですね」オーエンが言う。「湿地から聞こえる声がうるさくてがまんできなくなったから」そう言ってまずショーンに、それからわたしに向かってにっと笑う。「じつをいうと、今夜日が暮れてからここにいるのは気が進まないんですよ。なにしろ幽霊島ですから」

「ちょっと失礼」アビエーター・サングラスをかけてツイードのジャケットを着た男が、わたしの後ろで不機嫌に言う。「じつに面白そうな話だが、わたしにオールドファッションドを作ってくれないか」

それをきっかけに、わたしはふたりの仕事の邪魔をやめる。

トーチの炎に照らされた入口からこっそり大テントを覗くことにする。テントの中では、たくさんの高そうなキャンドルからかぐわしい花の香りがただよってくる。それなのに（こんなことでよろこぶのは失礼だけど）湿った帆布のにおいもわずかに隠れている。結局は大型のテントなのだと思う。それにしても、とてつもないテントだ。しかもひとつではない。向こう端の小さめのテントにはラミネート加工のダンスフロアとバンド用のステージがあり、別の端のテントにはまた別のバーがある。たいしたものだ。結婚披露宴にバーをふたつ用意できるのにひとつですませるはずがない。中央のテントでは、白いシャツのウエイターたちがバレエダンサーのように優雅な動作で、フォークの位置を直し、グラスを磨いている。

すべての中心である銀の台には巨大なケーキが鎮座している。とても美しいので、あとでジュールとウィルがナイフを入れると思うと悲しくなる。こうしたケーキがいくらするかは見当もつかない。わたしたちが挙げた結婚式の全費用と同じぐらいだろう。

ふたたび大テントの外へ出ると、突風に吹かれて身震いする。風が強くなってきたのはまちがいない。沖では大きな白波が立っている。

わたしは大勢の人々をながめる。この結婚式にいる知人は、新郎新婦一行に含まれる人たちだけだ。勇気を奮い起こさなければ、チャーリーが来るまでここでぽつんと立っていることになる。そして、写真撮影が終わるやいなや、夫はすぐに司会の役目にとりかかるだろう。そこで、わたしはジントニックをぐっと飲んでから、思い切って近くの人の輪にはいる。

その人たちは表面上は愛想よく接してくれるけれど、久しぶりに再会した友人グループだとわかり――つまりわたしはお呼びじゃない。わたしは突っ立って、ローズマリーの茎で目をつつかないようにしながらジントニックを少しずつ飲む。ジントニックを持っているほかの人たちはどうやって目を傷つけずに飲んでいるのだろう。そういうことを私立学校では教わるのかもしれない。扱いづらい飾り物がついたカクテルの飲み方を。なにしろ、ここにいる全員が私立学校出身なのは疑いようもない。

「ハッシュタグをつけることばって何かわかる?」ひとりの女性が尋ねる。「ほら、結婚式のよ。招待状を見たんだけれど、わからなかったわ」

「そんなのあったかしら」彼女の友達が言う。「とにかく、ここには電波がほとんど来ないんだから、島にいるあいだは何もアップできないわよ」

「だからこそ、結婚式場をここにしたんじゃないかしら」最初の女性が心得顔で言う。「わかるでしょ。ウィルのプロフィールを打ち出すためよ」

「すごく謎めいてるわよね」別の女性が言う。「ほんとうのところ、わたしはイタリアの湖水地方あたりを予想してた。そっちのほうがトレンドでしょ」

「でもね、ジュールはトレンドの仕掛け人なのよ」三人目が口を挟む。「たぶん、これが新しいのよ――」強い風に帽子を飛ばされそうになるが、彼女は手でしっかり押さえる。「神も見放した最果ての島で挙げる結婚式」

「けっこうロマンチックよね。荒野、朽ち果てた栄華。アイルランドの詩人を思い出すわ。キーツ（イギリスの詩人）をね」

「やだ、イェーツよ」

彼女たちは夏の休暇をギリシャの島々で過ごし、こんがりと日焼けしている。それがわかったのは、つぎに当地の話題になり、イドラ島とクレタ島の長所を比較しはじめたからだ。「まったく」ひとりが言う。

「どうして猫も杓子も子供連れでエコノミーに乗るの

かしら。休暇のはじめからひどい雰囲気でどうしようもないわ」もしわたしが会話に割りこんで、ニューフォレストのキャンプ場と別のキャンプ場の良し悪しを説きはじめたら、この人たちはなんと言うだろう。〝わたしとしては、ケミカルトイレの設備が一番のキャンプ場を推すわね〟。水辺のレストランではどの店からの眺めが一番かと彼女たちが話すときと同じ口調で言ってもいい。あとでチャーリーに告げるまでここはだまっているしかない。とはいえ、昨夜がいい例だけど、上流階級の人間がまわりにいるときのチャーリーはいつも少し変だ。自信喪失気味になり、守りにはいる。

右側の男性がわたしに目を向ける。大きくなりすぎた男子生徒、丸々とした色白の顔で頬はピンク色なのに生え際は後退しているというタイプだ。「それで」彼が言う。「ハンナ、かな。花嫁の知り合いかい、それとも花婿側？」

ありがたくもお声をちょうだいして心から救われた気分だったので、この人にキスしたいくらいだ。

「あの――花嫁のほうです」

「ぼくは花婿側だ。同窓なんだ」彼が手を差し出すので握手をする。仕事場へインタビューに訪れたみたいに。「それで、きみはジュリアのどういう……？」

「あ、そうね」わたしは言う。「わたしはチャーリーと結婚してるの。彼はジュールの友達でね。アッシャーのひとりよ」

「それで、そのアクセントからすると、どの地方出身かな」

「え、マンチェスター。はずれのほうだけど」といっても、南の地方での暮らしが長かったから、訛りはだいぶ取れたと思っていた。

「マンチェスター・ユナイテッドのファンかい。じつは、二、三年前に法人関係のチケットで観戦したよ。悪くない試合だった。たしか対戦相手はサウサンプトン。二対一か、一対〇か――とにかく引き分けじゃない。そうだったらめちゃくちゃ退屈だったろうな。でも、食べ物はまずいね。食えたもんじゃない」

「あら」わたしは言う。「そうなのね、わたしの父が応援してるのは――」

けれども、彼はもう興味を失くしたらしく、あっちを向いて隣の男と会話中だ。

そこで、わたしは年配の夫婦に自己紹介する。この人たちはだれとも会話中ではないらしい、というのがおもな理由だ。

「わたしは新郎の父親だ」夫のほうが言う。そのことばに違和感を覚える。なぜ〝ウィルの父だ〟と言わないのだろう。彼が隣の女性を指の長い手で示す。「そしてこちらはわたしの妻だ」

「ごきげんよう」妻がそう言って自分の足を見る。

「誇らしいお気持ちでしょう」わたしは言う。

「誇らしい?」彼がいぶかしげな顔を向ける。長身で背筋が伸びているので、わたしも少し首を伸ばして見あげる姿勢になる。また、相手の長い鉤鼻のせいかもしれないが、自分が見くだされている気持ちになる。胃がかすかに縮こまり、何よりも学校で先生に叱られたときを思い出す。

「ええ、まあ」わたしはうろたえる。自分のことばを説明するはめになるとは思わなかった。「だって息子さんが結婚なさるんですもの。それに、〈夜を生き延びろ〉のことだって」

「ふむ」それについて考えをめぐらせているらしい。

「だが、あれは職業ではないだろう」

「まあ、そのう――伝統的な意味ではちがうと思いますが――」

「彼はかならずしも最良の生徒ではなかった。何度か厄介事に巻きこまれたしな。だが、総じて言うと、なかなか機転のきく少年だった。かなりいい大学へどうにか進学できた。政治家か法律家への道も開けていた。

その世界で第一級とはいかないだろうが、ある程度の人物にはなれたはずだ」

なんとまあ。そう言えばウィルの父親は校長だった。いまのは自分の息子ではなく、だれかよその少年のことを話しているように聞こえる。いままでなら、わたしが順風満帆なウィルを気の毒に思うことはまずなかっただろう――でもいまはかわいそうだと思う。

「お子さんはいるのかね」彼が尋ねる。「息子さんは？」

「ええ、ベンという子が――」

「トレヴェリアンを検討してはいかがかな。たしかにわが校の指導方法は一部の者からはいささか……厳しいと思われているが、その教育が見こみのない素材から偉大な人物を創りあげてきたのだよ」

ベンが芯まで冷酷なこの男の毒牙にかかると思うとぞっとする。たとえお金に余裕があったとしても、また、たとえベンが私立学校でいうところのシニアスクールの年齢に近づいたとしても、あなたが運営する学校へ息子を送りこむことはありえない、と彼に言ってやりたい。けれどもわたしは慇懃な笑みを浮かべ、わびを言ってその場を離れる。ウィルの両親がここにいるのなら、新郎新婦の一行は写真撮影からもどってきたはずだ。もしそうなら、なぜチャーリーはわたしを見つけにこないのか。わたしは大勢の人々のなかを探し、ほかのアッシャーと数人の男たちがいる大きなグループに夫がいるのをとうとう発見する。少し腹が立ち、ヒールが許すかぎりの速さで近づく。

「チャーリー」なるべくとげとげしく聞こえないように言う。「ずいぶん遅かったじゃない。わたしはものすごく変てこな会話をしながら――」

「やあ、ハン」少し上の空でチャーリーが言う。わたしに向かってわずかに目を細め、それ以外にも顔つきが微妙にちがうので、すでに飲んでいるのはまちがいない。なみなみと注がれたシャンパングラスを持っているけれど、一杯目とは思えない。この人はいつも状況を把握している、自分の限界がわかっている人だ、とわたしは自分に言い聞かせる。夫は一人前のおとなだ。「おや」彼が言う。「とにかくさ。そいつを頭から取ったほうがいいんじゃないか」

ファシネーターのことだ。頰が熱くなるのを感じながら、わたしはそれをはずす。わたしのことを恥ずかしいと思ってるの？

チャーリーと話していた男たちのひとりがやってきて、夫の肩を叩く。「きみの奥方かい、チャーリー」

「ああ」チャーリーが言う。「ローリー、妻のハンナだ。ハンナ、こちらはローリー。スタッグ・パーティーでいっしょだった」

「はじめまして、ハンナ」ローリーが歯をちらりと見せて言う。それ相応に愛想がいいわね、パブリックスクールの男たちは。礼拝堂の外にいたアッシャーたちを思い浮かべる。〝プログラムをどうぞ。バラの花びらはいかがですか〟虫も殺さぬ顔をして。でも、わたしはあの連中の昨夜のふるまいを見た。金輪際信用するものか。

「ハンナ」ローリーが言う。「スタッグのあとでご亭主をあんな状態に追いこんでしまったことを申しわけなく思ってるよ。でも、愉快なお遊びだったんだよな、チャーリー。だって、もたもたしてただろ」

どういう意味か、はっきりとはわからない。チャーリーを見守る。すると、見る見るうちに夫の顔が変わっていく。顔つきがきつくなり、唇が消えて真っ直ぐな線と化す。やがて、あの週末が終わって空港へ迎えにいったときとまったく同じ表情になる。

「いったい何をしたのかしら」わたしはおどけた調子でローリーに訊く。「チャーリーったらぜったい話そうとしないのよ」

ローリーは安心したらしい。「いいやつだな」そう言って、チャーリーの肩をもう一度叩く。「スタッグのことはスタッグの中だけにとどめておかなくちゃな」そして、わたしにウィンクをする。「とにかく楽しかった。男ってのはしょうがない生き物でね」

「チャーリー？」ローリーが去ってふたりきりになるやいなや、わたしは訊く。「飲んでたの？」

「少しだけさ」彼が言う。ことばつきは明瞭だと思う。

「わかってるだろ、潤滑油みたいなものだ」

「チャーリー――」

「ハン」彼が断固として言う。「二杯程度で乱れたりするもんか」

「それで――」わたしはスタンステッド空港から出てきた夫を思い出す。うつろな目つきで、大きなショックを受けているように見えた。「スタッグ・パーティーでいったい何があったの。彼が言ってたのはなんのこと？」

「えいくそっ」チャーリーが髪を掻きあげて顔をゆがめる。「なぜあんな目に遭ったのかわからない。あれは――たぶん、ぼくが仲間じゃないからだろうな。そうはいってもずいぶんひどかった」

「チャーリー」わたしは不安で胃がねじれる。「何をされたの」

するとそのとき、夫はわたしへ顔を向け、けがらわしい別の何かの――別のだれかの――気配がちらつくことばを、剝き出した歯の隙間から絞り出す。「こんなクソ話はしたくないんだよ、ハンナ」

やはりそうだ。まずい。チャーリーは出来あがっている。

ジョンノ——ベストマン

シャンパングラスを置き、そばを通るウエイトレスからもう一杯もらう。これも流しこめば、たぶんもっと——わからないけど、いつもの気分になれるだろう。午前中にいろいろ見て、ウィルが持っているすべてを見て……なんというか、少しクソみたいな気分になった。ほめられたことじゃない。そんな気分になるのは悪いと思う。ほんとうに。ウィルは親友だ。おれだってウィルの幸せをよろこびたい。でも、あいつらと再会して、隠れていたものが全部出てきた。ウィルはまったく影響を受けず、あのことにはとらわれていないらしい。その一方、どういうわけか、おれは幸せになる資格が自分にはないという思いからのがれられない。

礼拝堂の外の人だかりに、知った顔をたくさん見かけた。スタッグ・パーティーで会ったり、パーティーに来なくても学校でいっしょだった連中だ。「連れはいないのか、ジョンノ」連中が尋ねる。「じゃあ今夜、いい感じの女の子をくどくんだよな」

「まあね」おれは言う。「たぶん」

おれがだれと発展するかでちょっとした賭けがおこなわれる。やがて仕事や家の話題になる。新株予約権と有価証券。へまをしでかした最近の政治家の話。おれはこの手の会話でたいしたことは言えない。名前を聞きのがすし、たとえ聞き取れたとしてもたぶん知らない名前だ。おれは間抜けになった気分で、仲間はずれの気分で、ここに立っている。ほんとうは仲間になったことなど一度もなかった。

こいつらはみんな立派な仕事についている。昔はそれほど賢くなかったと思うやつさえも。そして、学校にいたころとずいぶん変わって見える。二十年近い歳月が流れたんだから当たり前か。だが、そうでもないか。おれにしてみれば。いまここに立ってみれば。どれほど時間が経とうが、昔髪があったところが禿げていようが、ブロンドが濃い色に染まっていようが、眼鏡の代わりにコンタクトレンズを使っていようが、ひとりひとりの顔をながめたらどうってことない。全員だれだかわかる。

そう、おれがどうしようもない落伍者になったいまでも、家族は居間のマントルピースの一番大事な場所に学校の記念写真を飾っている。埃がかかっているのを見たことがない。その写真を大切にしている。〝見て、うちの息子と上流の有名校よ。ここの生徒だったの〟全校生徒を校舎の前の運動場で撮った集合写真だ。校舎の裏は崖だ。全員が金属製の整列台に立って行儀よくし、横分け髪を寮母に整えてもらい、間抜け面を目いっぱいの笑顔にしている。〝みんな、カメラに向かって笑って！〟

おれはいま、あの写真と同じような笑顔をみんなに向けている。連中はそんなおれをこっそり見て、相変わらず思っているのだろうか。ジョンノ。ろくでなし。へまなやつ。いつもの笑わせ役――それだけのやつ。どう思われているかは見え見えだ。だからここでひとつ、こいつらがまちがっていることを証明しよう。ウイスキーの商売の話をすればいいじゃないか。

「よう、ジョンノ。ほんとにひさしぶりだな」グレッグ・ヘイスティングス――三列目の左から二番目。ママは美人だったが、息子に遺伝しなかったのは明らかだ。

「ははあ、やると思ったよ、ジョンノ。スーツを忘れたな！」マイルズ・ロック――五列目の真ん中あたり。ちょっとした天才だったが、度はずれたオタクというほどではなく、そつなくやっていた。

「とにかく指輪は忘れなかったじゃないか！　そうなって絶体絶命ってのも面白いけどな」ジェレミー・ス

ウィフト——右上の隅。度胸試しで五十ペンス硬貨を呑みこんで病院行きになった。

「おいジョンノ、言っとくけどな、おれはスタッグ・パーティーの一件をまだ根に持ってるぞ。ずいぶんなことをしてくれたな。あの哀れな男にも！　おれたちが彼にひどい仕打ちをしたのはまちがいないんだ。ここに来てるんだろ」カーティス・ロウ——四列目の右から五番目。テニスはプロ並みの腕前だったが、結局は会計士だ。

ほらな。みんなはおれをばかだと言う。だが、いざとなればおれの記憶力は抜群だ。

あの写真には、どうしても見る気になれない顔がひとつある。最年少の生徒が並ぶ最下段の右のほうだ。ローナー、ウィルを崇拝していた下級生で、あいつをよろこばせるためならなんでもした。おれたちに頼まれればなんでも。おれたちのために厨房から余ったロールパンとバターをくすね、おれたちのラグビーシューズの泥を落とし、寮の部屋を掃除した。ほんとうは必要ないことも、おれたちが自分でできることも全部だ。でも、あいつに何をやらせるかを考えるのは、ある意味楽しかった。

おれたちはだんだんくだらない用事を言いつけるようになった。あるとき、校舎の屋根にのぼってフクロウの鳴き真似をしろと言ったら、あいつはほんとうにやった。全部の火災報知器を鳴らせと命じたこともあった。どうしてもやらせたくなり、どこまでやるかを見ずにはいられなかった。ときにはあいつの持ち物を検査してママから送られた菓子を食べ、ビーチで撮った美人の姉の写真でイクふりをした。あいつが家族に書いた手紙を見つけてめそめそ声で読みあげたこともあった。〝会いたくて会いたくてたまりません〟。また、ささいなことであいつをぶったりもした。ラグビーシューズがじゅうぶんきれいになっていないときとか——というより、それはおれたちの言いがかりで、あいつはいつもきちんとやっていた。おれはあいつを立たせ、シューズの鋲が出ている側で〝叱咤激励〟と称して尻をぶった。おれたちがどんな罰をのがれたかはわかっている。そして、あいつはおれたちが何をしてもばれないようにしただろう。

もうひとつシャンパングラスを取り、一気に飲む。こんどこそガツンと効く。少し高いところをただよっている気分だ。おれはトレヴェリアン同窓生の大人数のグループへはいっていく。ウイスキー・ビジネスのすべてを連中に語りたい。いまから半時間かそこらのあいだだけでいい。そうすれば、おれもみんなと同じだとしまいにわかってもらえるだろう。ところが話題が変わってしまい、さっきの話にもどす方法を思いつかない。

だれかに肩を強く叩かれる。振り向くと、真正面に相手の顔がある。ミスター・スレイターだ。ウィルの父親――でも、何よりもまず、昔からずっとトレヴェリアンの校長だ。

「ジョナサン・ブリッグス」校長が言う。「少しも変わっとらんな」これは褒めことばではない。

くそっ、校長とは離れていたかった。校長の姿がおれに及ぼす影響は昔と変わらない。おとなになれば変わるだろうと思っていた。けれども、いままでどおり校長が死ぬほどこわい。以前あぶないところを助けてもらったのに、おかしなものだ。

「こんにちは、先生」おれは言う。舌が喉にひっついているみたいだ。「というか、ミスター・スレイター」校長は〝先生〟と呼ばれるほうが好きだろう。おれはちらりと後ろを見る。いままでいたグループではおれが抜けたあとの隙間が閉じてしまったので、おれたちふたりは人の輪の外に取り残されている。校長とおれだけだ。逃げ場はない。

校長がおれをじろじろと観察している。「昔どおりの変わった着こなしをしているな。トレヴェリアンで着ていたあのブレザーも、はじめはぶかぶかで、最後はつんつるてんだった」

そうとも、両親は一着しか買えなかった。

「それから、きみはいまだにわたしの息子とつるんでいるようだね」校長が言う。おれは校長にまったく気に入られなかった。だからといって、校長がほかのだれかをおおいに気に入っていたとも思えない。たとえ自分の子供でもだ。

「ええ」おれは言う。「おれたちは親友なんです」

「ほう、きみたちが？　きみは息子の汚れ仕事を引き受けているだけだという印象を、わたしはつねづね持っていたがね。たとえば、きみがわたしの執務室に侵入してＧＣＳＥの問題用紙を盗んだときとか」

その瞬間、周囲のすべてが静止し、無音になる。驚いてことばが出てこない。

「ああ、そうとも」おれの沈黙にかまわずミスター・スレイターがつづける。「わたしは知っている。公表されなかったからといって、罪をまぬがれたと思っているのかね。明るみに出たら学校とわたしの名に傷がついただろう」

「そんな」おれは言う。「なんのことかわかりません」でも、内心こう思う。あんたは半分しか知らない。それとも全部知ったうえで、おれが知っているよりずっとたくみなポーカーフェイスを保っていたのかもしれない。

このあと、おれはどうにかその場から逃げ出す。もっと酒を探しにいく。もっと強いやつを。大テントの近くにバーが設置されている。バーテンダーが手間取っている。友人や連れ合いの分だと言って、客が一度に二杯も三杯も頼むからだが、じつはだれかといちゃつきながら立ち去るのが丸見えだ。今夜は乱れる。ピーター・ラムゼイが持参した麻薬が加わればなおさらだ。おれはウイスキーにするが——自前のやつだ——手が震えているのに気づく。

そのとき、人垣の向こうに知っている男を見かける。その男がおれを見て眉をひそめている。けれども、トレヴェリアンの卒業生ではない。いずれにしても五十歳ぐらいで、あの写真にはいるには歳を取りすぎている。何より気になるのは、どこで知り合ったか思い出せないことだ。

いま流行りの奇抜なヘアスタイルだが、白髪交じりで少々薄毛、スーツ姿なのに靴はスニーカーだ。ソーホーのちんけなオフィスを出たあと、どうやって最果ての知らない島にたどり着いたのかわからないという顔をしている。

あんな男とどこで出会ったのか、数分間どうしても思い出せない。そのあとひらめいたのは、ふたり同時だったと思う。なんだ。〈夜を生き延びろ〉のプロデューサーだ。フランス人っぽい洒落た響きの名前。ピアーズ。それだ。

ピアーズがこちらへ歩いてくる。「ジョンノ。会えてよかった」

名前と顔を覚えてくれていたのはちょっとうれしい。でも、番組には向かない顔だと判断されたのを思い出し、気持ちを冷ます。「ピアーズだったかな」おれは片手を差し出す。こっちへ来ておれと話したい理由はさっぱりわからない。会ったのは一度きり、ウィルといっしょにスクリーンテストを受けにいったときだ。大勢の頭越しにお互いグラスをかかげるだけですませても、別に気まずくないだろうに。

「ひさしぶりだね、ジョンノ」ピアーズがそう言って、もの言いたげに体を揺らす。「見ちがえたよ……そんな髪だから」彼は礼儀正しい。おれの髪はそこまで伸びていない。でも、最後に会ったときより十五歳ぐらい老けて見えるのだろう。たぶん、飲んでばかりいるからだ。「それで、いままで何をしてたんだい」彼が尋ねる。「とてもやりがいのある仕事でいそがしかったのは知ってるよ」

言い方に何か妙なものを感じるが、おれはその場を取り繕う。「まあね」得意になって言う。「ウイスキーを作ってたんだよ、ピアーズ」そして懸命に大げさな売り文句を並べてみるが、正直言って、この男に数行のメールでことわられる気がしてならない。

〝当番組にはあまりふさわしくないかと〟

世間の人間はおれのこういうところに気づかない。連中が見るのは昔ながらのジョンノ、がさつなジョンノ、イカれたジョンノ……見えないところでいろいろやったりしない男。むろんそう思われるのはきらいじゃないから、それに合わせてふるまう。だけど、おれだっていろいろ感じるし、こうしたやりとりは決まりが悪い。制作会社にはねつけられたときと同じだ。少なくとも、あの企画内容についてはおれに二千ポンドぐらい支払われてもよかったと思う。

じつは、あの番組はおれの発案だ。全部おれが考えたとは言わない。でも、種をまいたのはたしかだ。一年ほど前、ウィルとおれはパブで飲んでいた。誘うのはいつもおれのほうだった。ウィルはそのころテレビ業界でこれといったキャリアがなかったが、エージェントとして年中いそがしかった。それでも、たまに飲む約束を延ばすことはあってもことわったことは一度もない。おれたちはあり余るほどの友情で結ばれている。ウィルもそれをわかっている。

おれはかなり酔っていたにちがいない。学校でよくやったゲームの話まで持ち出したのだから。サバイバルのことを。ウィルが例の目つきでおれを見ていたのを覚えている。つぎに何を言い出すのか心配だったのだろう。でも、おれはあのことにふれるつもりはなかった。おれたちはぜったいにあれを話さない。どこかの冒険家が出ているその手の番組をおれは前の晩に見ていて、ずいぶん軟弱だと思った。だからおれは言った。「テレビ番組にするなら、世間によくあるサバイバルものよりあっちのほうがずっといいんじゃないかな」

　すると、おれを見るウィルの目つきが変わった。

「どうしたんだよ」おれは訊いた。

「ジョンノ」ウィルが言った。「きみが思いついたなかで最高のアイディアかもしれない」

「ああ、だが実際は無理さ。だってほら……あんなことがあったから」

「大昔のことだ」とウィル。「それに、あれは事故だった。わかってるだろ」そのあと、おれが返事をしなかったので、また言う。「わかってるだろう？」

　おれはウィルを見た。ほんとうにそう思っているのだろうか。ウィルが答を待っていた。

「うん」おれは言った。「そうだったな」

　つぎにわかっているのは、ウィルに誘われていっしょにスクリーンテストを受けたこと。あとは世間が知るとおりの物語だ。少なくともウィルにとっては。つまり、おれの醜い顔はまったくお呼びじゃなかった。


　ふと気づけば、ピアーズが少し妙な目でこちらを見ている。おれに何か質問したのだろう。「すまない」おれは言う。「いまなんと？」

「きみはつごうがつかないので仕事をことわったらしいね、と言ったところだ。いずれにしても、われわれの損失のおかげでウィスキー業界がうるおうだろうな」

　われわれの損失？　しかし、それは損失じゃなかった。おれは要らなかった、それだけだ。

　おれはウイスキーをひと息に飲む。「ピアーズ。あんたがおれを採用しなかったんだ。最大限の敬意をもって尋ねるんだが、それはいったいなんの話だ」

イーファ
――ウェディング・プランナー

水平線では悪天候を知らせる空の染みがすでに広がり、色が濃くなっている。風が強まった。絹のドレスが風にはためき、帽子が二、三個くるくると転がり、カクテルの飾り物が風に吹き飛ぶ。

それでも高まる風音に負けず、歌い手の声が響く。

イス・タサ・キョール・モ・クリー
モ・ウールニン
イス・タサ・キョール・モ・クリー

そなたはわが心の調べ
いとしき人よ
そなたはわが心の調べ

一瞬、呼吸のしかたを忘れたかと思う。あの歌。わたしたちが小さいころ母が歌ってくれた。わたしは無理に息を吸って吐く。集中して、イーファ。やることがたくさんあるのよ。

要望を訴える客がすでに周囲に群がっている。

「グルテンフリーのカナッペはないのかしら」

「電波が一番届くのはどこかな」

「わたしたちの写真を撮るように写真家に頼んでくれる?」

「テーブルの席を変えてくれないか」

わたしは客たちのあいだを歩きながら、安心させ、質問に答え、化粧室やクロークルームやバーの正しい方角を指し示す。百五十人のはずだが、もっと大勢に見える。彼らはいたるところにいて、大テントのはためく入口からぞろぞろとはいっては出て、バーの前に目白押しとなり、芝生のあちこちに群れ集い、携帯電話で撮影するためにポーズをとり、キスをし、笑い、ウエイター部隊からカナッペを取って食べている。すでに何人かを捕獲し、湿地でさんざんな目に遭うのを未然に防いだところだ。

「お客様」わたしはそう言って、飲み物を持って墓地へはいろうとしている一団の前に立ちはだかる。相手は遊園地のアトラクションを見てまわるかのような気軽さだ。「ここの墓石はとても古いので壊れやすくなっております」

「しばらくだれも訪れていないようじゃないか」ひとりがなだめすかすような声でわたしに言うそばで、一同がやや不満そうに立ち去る。「無人島なんだろ。だれかが気にするとはとても思えないな」。わたしの家族が眠る小さな一画は目にとまらなかったらしく、よかったと思う。彼らに墓石のあいだをうろついてもらいたくない。神聖な場所に酒をこぼされ、スパイクヒールや穴飾りのついたぴかぴかの靴で踏み荒らされ、碑文を声に出して読まれるのはいやだ。そこに刻まれたわたし自身の悲劇を、全員にしげしげと見つめられるのも。

　ここにこうした人たちが大勢来ればどれほど妙な気持ちになるか、覚悟はしていた。これは必要悪だ。なんといっても自分が望んだことだ。島にふたたび人を呼び寄せること。でも、それがどれほど大きな侵害に感じられるかをわかっていなかった。

オリヴィア――ブライズメイド

　セレモニーは何時間もつづいた――というか、そう感じた。ドレスが薄いので震えが止まらなかった。ブーケを強く握ったので、バラの棘がシルクのリボンを通して手に刺さった。手のひらの小さな血のしずくをだれも見ていないときに吸うしかなかった。

　それでも、やっと終わった。

　でも、セレモニーのあとで写真撮影があった。笑おうとしたので顔面が痛い。頬がうずく。写真家がわたしだけに何度も言った。「はいお嬢さん、うかない顔をうかれた顔に変えましょう！」やってみた。といっても、笑い顔に見えたはずがない――歯を剥き出している顔だったにちがいない。だってそう感じたから。

　ジュールがわたしに苛立っているのがわかったけれど、自分ではどうしようもなかった。ちゃんとした笑い方を思い出せなかった。ママが肩に手を置いた。「だいじょうぶ？　リヴィー」ママは何かを感じていたのかもしれない。わたしが全然だいじょうぶじゃないことを。

　みんなが集まっている。ひさしぶりに会う叔母や叔父やいとこたち。

「ねえリヴィー」いとこのベスが尋ねる。「あのボーイフレンドとまだつき合ってるの？　なんて名前だったかな」彼女はわたしより少し年下で、十五歳だ。前々からわたしに憧れめいたものを抱いているらしい。そう言えば、去年叔母の五十歳の誕生祝いでカラムのことを話したら、ベスが食いついてきたのでわたしは得意になったものだ。

「カラム」わたしは言う。「ううん……もう終わった」

「それで、エクセターでは最初の一年を終えたところよね」叔母のメグが訊く。わたしが大学をやめたことをママは言ってないらしい。うなずこうとするが、首がすごく重く感じる。「ええ」ごまかしたほうが楽なのでそう言う。「ええ、楽しんでます」

　まわりの人の質問に答えようとするけれど、微笑むよりずっとくたびれる。金切り声で叫びたい……心の中ではとっくに叫んでいる。何人かがわたしを見てとまどっているのがわかる。〝どうしちゃったのかな、あの子〟と心配そうな顔で目配せしているのも。みんなが覚えているオリヴィアには見えないのだろう。以前はおしゃべりが好きで屈託がなく、よく笑う女の子だった。けれども、いまはわたしも覚えているあのオリヴィアではない。あのころの自分にもどれるのか、どうすればもどれるのか、わたしにはわからない。それに人前で役を演じることもできない。ママみたいにはなれない。

　突然また息苦しくなり、肺にまともに空気がはいってこない気がする。みんなの質問からも、やさしそうな心配顔からも逃げたくなる。そこで、化粧室を探しにいくと告げる。だれもとくに気にしていないようだ。ほっとしているのかもしれない。人の群れから離れる。わたしを呼ぶママの声が聞こえたと思うけどかまわず歩いていき、もう呼ばれなくなる。だれかとの会話に注意が向いたのだろう。ママは観客を愛してる。わたしは少し足を速める。とっくに泥まみれになったばかばかしいハイヒールを脱ぐ。どこへ行くかはっきり決めていないけど、とにかくみんなとは反対方向だ。

　左側に黒い岩の崖があり、波しぶきで濡れて光っている。陸地がところどころ急に落ちこんでいる景色は、大きな塊が突然海に呑まれ、荒くえぐられた跡だけが残されたかのようだ。足もとの地面がふいに抜け、いっしょに落ちていくしかなかったらどんな感じがするだろう。ここに立ち、一瞬そうなればいいと思っている自分に気づく。

いまたどっている小道の下のほうに、崖に挟まれた狭い場所がいくつか見え、白い砂浜がある。沖では波が大きくうねり、白波が立っている。風が吹きつけるにまかせ、しまいに髪が頭から引きちぎられて、目蓋が裏返るかと思う。なんとかして向こうへ突き飛ばそうとするかのように、風がわたしを押している。顔に塩気がしみる。

海面は明るいブルーで、カリブ海の島の写真で見た海の色に似ている。去年友達のジェスが家族旅行で行った場所だ。その島から彼女はビキニ姿の自分の写真を五万枚ぐらいインスタグラムへあげた（もちろん全身に画像加工してあったので、脚はより長く、ウエストはより細く、おっぱいはより大きくなっていた）。いま見ているものはとても美しいのだろうけど、わたしはそれを美しいと感じられない。いいものをちゃんと感じることがもうできない。食べ物の味とか、顔に当たる日差しとか、ラジオで流れる好きな曲とか。海をながめて感じるのは鈍い痛みだけ。肋骨の下のほうで痛む古傷みたい。

あまりけわしくない坂道を見つける。砂浜まで傾斜しているけれど、崖とはちがう下り坂。坂のあちこちに小さくてしぶとくて棘だらけの茂みが生えていて、そのなかを苦労して進むしかない。茂みのそばでドレスを引っかけ、そのあとで根っこのひとつにつまずき、よろけながら土手へ落ちて前のめりに倒れていく。シルクの布地が裂けるのがわかり――ジュールはキレるだろう――両膝を地面につく――ドン！　膝がひりひり痛みながらも、こんなふうに転んだのは九年前の子供のとき以来で、たぶん学校でだったことしか頭に浮かばない。子供のように泣きたいと思いながらよろよろと砂浜へおりるのは、痛いはずなのに、全身が痛いはずなのに、少しも涙が出てこないからだ。長いこと涙を流せないでいる。声をあげて泣ければもっといいのだろうけど、できない。それは、わたしが失くした能力、忘れてしまった言語に似ている。

湿った砂に腰をおろすと、ドレスを通して海水がしみてくるのがわかる。膝は遊び場でこしらえたみたいな本物の擦り傷でいっぱいだ。赤剝けて砂利がついている。ビーズ細工の小さなバッグをあけ、剃刀の刃を慎重に取り出す。ドレスの生地を持ちあげ、肌に刃を押し当てる。小さな深紅の血の粒がはじめはゆっくりと、それからしだいに速く現れてくるのをながめる。たとえ痛みを感じても、自分の血、自分の脚とは思えない。そこで、傷口を強く握ってもっと出血させ、自分のものだと感じられるのを待つ。

血は真っ赤で、とてもあざやかで、なんだかきれい。指を当て、それをなめると金気臭い味がする。〝処置〟——そんなふうに言っていた——のあとの血を思い出す。〝軽い出血〟ならまったく心配要らないと言われた。でも、何週間もつづいたような気がした。濃い茶色の染みが下着につき、体の内側が錆びて朽ちていくようだった。

生理が来ないのに気づいたとき、自分がどこにいたかよく覚えている。二年生が自分たちの部屋で開いているホームパーティーに友達のジェスといっしょに参加し、ジェスに、予定よりあれが早く来たのでバスルームの戸棚からタンポンをくすねるしかなくなった、と打ち明けられた。そう言われたとき、胸やけのような、いまと少し似て息が深く吸えない妙な感覚があったのを覚えている。タンポンを、とにかく生理用品を最後に使ったのがいつか思い出せないことに気づいた。それに、妙な感覚がつづいていて、少しむくんで吐き気があり、疲れやすかったけれど、ジャンクフードを食べたり、スティーヴンとのことで落ちこんでいたせいだと思っていた。生理はずいぶん来ていなかった。何カ月も。わたしの場合、とても軽いのでほとんど気にならない。でも、いつもかならず来る。いまも毎月ある。

新しい学期の途中だった。大学の医務室へ行き、女性医師のもとで妊娠検査を受けた。ひとりで正しくおこなう自信がなかったからだ。陽性だと告げられた。そこにすわって、騙されないぞという顔で医師を見つめた。冗談よと言われるのを待っているかのように。それがほんとうだなんて、まるで信じられなかった。少ししてから、彼女はわたしが選べるいくつかの方針について説明をはじめ、だれか相談できる人はいるかと言われた。わたしは何も言えなかった。口を何度かあけたけれど、また息がうまく吸えなくなり、どんなことばも、空気さえも出てこなかったのを覚えている。窒息するのかと思った。彼女はそこにすわって気の毒そうにしていたけれど、法律上の問題があるため、近寄ってハグするのはもちろんできなかった。でも、ほんとうはあのときこそ、心からハグがほしかった。

そこを出てからは、体ががたがた震えてぎくしゃくするのでまともに歩けなかった。車にはねられた気分だ。自分の体という感じがしない。いままでずっと、この体はこっそりと奇妙なことをしていた……わたしの知らないうちに。

携帯電話の操作もうまくいかない。それでも、ようやくロックを解除した。ワッツアップで彼にメッセージを送る。すぐに既読になる。一番上に小さな点が三つ出る――〝入力中〟ということだ。そのあと、点が消える。また現れ、こんどは一分ほど入力中だ。そして消える。

彼が携帯電話を手にしているのは明らかなので、わたしは電話をかけた。彼は出なかった。もう一度かけ、発信音が鳴り響いた。三度目、すぐに留守電に切り替わった。彼は通話を拒否していた。そこで、留守電を残した――声が震えすぎて、言ったことが実際伝わったかどうかはわからない。

それをしてもらうために、ママがクリニックへ連れていってくれた。ロンドンの家からエクセターのわたしの部屋まで四時間近くかけて車を飛ばし、わたしがやってもらうあいだ待っていて、そのあと家へ連れ帰った。

「これが一番よ」ママが言った。「これが一番なのよ、リヴィー。わたしはいまのおまえの年齢で子供を産んだ。そうするしかないと思った。人生もキャリアもこれからというときだった。すべてが台無しになったわ」

ジュールがそれを聞いたらうれしくないのは知っていた。母子喧嘩をしたとき、ジュールがママにこう叫んだのを聞いたことがある。「ママはわたしなんか要らなかったんでしょ！　わかってる、ママの一番大きな失敗がわたしだってことぐらい……」

ほかにどうしようもなかった。でも、もし彼が応えてくれたら、事情がわかって自分もつらいと知らせてくれたら、もっとずっと楽だったと思う。たった一行――それだけでよかった。

「そいつはろくな男じゃないね」ママが言った。「おまえがひとりでこんな目に遭ってるのにほっとくなんて」

「ママ」母がすごい偶然でカラムにばったり会ったら、腹を立ててまくしたてそうなので、わたしは言った。「彼は知らないのよ。わたしは知ってほしくないの」

相手がカラムでないことをなぜ言わなかったのか、自分でもわからない。ママが堅物でスティーヴンとのことで批判されそうだったわけじゃない。ただ、言えばよけいにいやな気持ちでいろいろ思い出し、拒絶されたときの落ちこみを繰り返してしまいそうなのはわかっていたと思う。

クリニックから家までの帰り道のことを全部覚えている。ママの様子はいつもとちがい、あんな姿をそれまで見たことがなかった。手の皮膚が白くなるくらいハンドルを強く握っていた。小声でずっと悪態をついていた。運転はいつもよりだいぶ荒かった。

家に着くと、ママはソファへ行って横になりなさいと言い、それからビスケットを持ってきてわたしのために紅茶を淹れ、あたたかい日だったけれど膝掛けをかけてくれた。それから、ママが紅茶を飲むのを見たことがないような気もするけれど、自分の紅茶のカップを持ってわたしの隣にすわった。実際には飲まず、ハンドルを握りしめていたときと同じ強さでカップをしっかり持っていただけだ。

「そいつを殺したいくらいだよ」ママがまた言い出した。ママの声じゃないみたいだった。低くてけわしい声。「その男はきょうおまえに付き添うべきだった」同じ奇妙な声で言った。「そいつのフルネームは知らないほうがいいんだろうね。知っていたらただではすまないから」

波をじっと見つめる。海のなかにいたほうが気分がよくなると思う。ふと、それしかないと思う。海はとても清らかで美しくて完全無欠に見えるから、そこにいれば宝石の中にいるようなもの。立ちあがり、ドレスの砂を払う。うっ……風に当たると寒い。でも、なんだか気持ちのいい寒さ——礼拝堂の寒さとはちがう。頭のなかのよけいな考えを吹き飛ばしてくれそう。

濡れた砂に靴を置く。ドレスは脱がなくていい。海へはいっていくと、中は気温より十度は低く、完全に凍ってしまう冷たさで、そのせいで呼吸がすごく速くなり、空気を少ししか吸えない。塩水が脚の傷にしみる。かまわずにどんどん進み、水が胸まで、つぎは肩まで来たので、しっかりとした呼吸ができなくなり、まるでコルセットをはめているみたい。頭の中と全身の皮膚の表面で小さな花火が爆発し、つらい気持ちが全部ばらばらになって見えやすくなった気がする。

頭を沈め、つらい気持ちがどこかへ流れてしまうように振ってみる。波が来て、口に水がいっぱいはいる。すごく塩辛いのでゲッとなり、ゲッとしたときにもっと水を飲み、息ができず、もっと水がはいり、鼻にもはいり、空気を求めて口をあけるたびに空気ではなく大量の塩水ががぶりがぶりとはいってくる。足の下で水が動くのがわかり、水がわたしを強く引っ張ってどこかへ連れ去ろうとしているみたい。体がわたしの知らないことを知っているらしく、わたしのために必死で手足をばたばた動かしている。溺れるときはこんなふうなのかなと思う。じゃあわたし、溺れているところなのかしら。

ジュール――花嫁

ウィルとわたしは大勢から離れ、崖のそばで写真撮影をする。まちがいなく風が強くなっている。礼拝堂の壁の外側に出たとたんに風が吹きつけ、舞った花吹雪が海へ飛んでいったので、一片もわたしたちにかからなかった。髪をおろすことにしてよかった。このヘアスタイルなら風に乱されてもなんとかなる。髪のさざ波が後ろへ広がり、長いドレスの裾が吹きあがってシルクの奔流となる。写真家が夢中になる。「古代ゲールの女王に見えますよ。その王冠と――そう、髪の色がぴったりだ！」大声で言う。ウィルが白い歯を見せて笑う。「ぼくのゲールの女王」口の形でそう伝える。わたしは微笑みを返す。わたしの夫に。

写真家にキスのポーズを頼まれたとき、わたしはウィルの口に舌を入れ、彼も同じキスのお返しをくれるので、とうとう写真家が少しうろたえながら、こういうのは正式な写真としてはややきわどいかもしれないと言う。

ようやく招待客のほうへもどる。歩いていくと同時にこちらを向くたくさんの顔が、軽い興奮と酔いで早くも赤くなっている。彼らを前にすると、自分がなぜか剝き出しになってさっきの緊張が顔に出ているような、そんな感覚にとらわれる。ここには友人や大切な人たちが一堂に会し、こぞって楽しんでいるのだ、とつとめて自分に言い聞かせる。これは効き目があった。人々の記憶に残り、口の端にのぼり、今後の――たぶん同じことはできないだろうが――手本となる祭典をわたしは創りあげた。

水平線では、暗さを増した雲が不吉なほど群がっている。女性たちは頭と腿に手をやって帽子と裾をしっかり押さえ、楽しそうに小さな悲鳴をあげる。風はわたしのドレスも強引に引っ張り、重いシルクの裾を軽いティッシュさながら舞いあげている。後光のようなデザインの金の冠に音を立てて吹きつけ、いまにも頭から剝ぎ取って海へ投げつけんばかりだ。

ウィルは気づいているのだろうかと思い、ちらりと横を見る。祝福のことばを浴びせる一団に囲まれ、彼はいつもどおりの魅力的な自分でいる。でも、少し気がそれているのがなんとなくわかる。挨拶にやってくるさまざまな血縁者や友人の後ろを気もそぞろにちらちらと見て、まるでだれかを探すか何かを見ているみたいだ。

「どうしたの」わたしは尋ねる。彼の手を取る。金の結婚指輪がはまったその手が、わたしにはいつもとちがう異質なものに見える。

「あれは――ピアーズかな――ほらあそこで」彼が言う。「ジョンノと話しているのは」

彼の視線を追う。たしかに〈夜を生き延びろ〉のプロデューサー、ピアーズ・ホワイトリーがいて、ジョンノが何やら言うのを薄毛の頭を傾けて熱心に聞いている。

「そうよ」わたしは言う。「彼よ。それがどうかしたの」なぜなら、たしかにどうかしているからだ。ウィルが眉をひそめたからわかる。彼がめったに見せない表情だ。心配で少し心が乱れている顔。

「別に――なんでもない」彼が言う。「そうだな――まあ、ちょっとばつが悪くてね。だってジョンノはテレビの出演をことわられただろ。正直言って、ばつが悪いのはどっちかわからないけどね。ぼくが行ってふたりのうちひとりを救出するべきだろうな」

「ふたりともおとななんだから」わたしは言う。「自分でどうにかするわよ」

わたしのことばがほとんど耳にはいらないらしい。しかも、わたしの手を放し、ふたりへ向かって芝生を進みながら、通りすがりに挨拶する人々を丁寧だが断固として押しのけていく。

ふだんの彼とまったくちがう。わたしは不思議な気持ちで見送る。セレモニーが終われば、大切な誓いのことばを言い終われば、不安は解消すると思っていた。でも、みぞおちに感じるむかつきのように、それはまだ居すわっている。よこしまな何かがわたしに忍び寄っている気配がする。視界の一番はじにいて、どうしてもしっかり見ることができないような何か。でも、ばかげている。騒々しい場所を離れて少し落ち着いたほうがいい。

人が集まっているあたりを避けてすばやく移動する。だれかに呼び止められないように、うつむいて、用事があるかのようにきびきびと歩く。厨房からフォリー館へはいる。ありがたいことに、中は静かだ。ほっとして、しばらく目を閉じる。厨房中央の肉切台に何か載っていて――これから出す料理の一部だろう――大きな布がかかっている。グラスを見つけて冷たい水を注ぎ、壁掛け時計の秒針の穏やかな音に耳を傾ける。シンクに向かって立ち、水を少しずつ飲みながら十まで数え、そして十から一へもどる。〝どうかしてるわ、ジュール。全部思い過ごしよ〟

なぜひとりじゃないと思ったかはわからない。たぶん動物的な感覚だ。振り向くと、ドア口のほうに——うわっ。息を呑んで後ろへよろけ、胸がどきどきする。大きなナイフを持った男がいて、体の前面に血がついている。

「嘘でしょ」わたしは小声で言う。あとずさり、グラスを落とさずにいるのが精一杯だ。純粋な恐怖を感じ、いっときアドレナリンが駆けめぐるが……やがて冷静な思考がもどってくる。これはフレディ、イーファの夫だ。持っているのは肉切り包丁で、紐つきのエプロンに血の染みがついている。

「すみません」例の気おくれした態度でフレディが言う。「驚かすつもりじゃなかった。ラムを切り分けてるんですよ。テントよりここのほうがいい作業台があるんで」

証拠を見せるかのように彼が肉切台の布を取ると、子羊のあばら肉が山のようにあるのが見える。真っ赤なつやつやとした肉、突き出た白い骨。

動悸がおさまるやいなや、さぞかし怯えた顔をしていたのだろうと思ってわたしは恥ずかしくなる。「なるほどね」なるべく威厳をこめて言う。「きっとおいしいでしょうね。ご苦労様」そしてすみやかに——でもあわてないように注意して——厨房を出る。

群れ集う人々のもとへもどったとき、活気がいままでとちがうことに気づく。好奇心のざわめきがあらたに生まれている。海のほうに何かあるらしい。だれもが首をめぐらせ、向こうで起こっていることに注目する。

「どうしたの」わたしは尋ね、大勢の頭越しに首を伸ばすが、何もわからない。周囲の人垣がまばらになり、みんな何も言わずに海のほうへ引き寄せられていくのは、何があるにしろもっとよく見たいからだ。

たぶん海洋生物だろう。ここからたびたびイルカが見えるとイーファが言っていた。ごくたまにクジラも現れるらしい。もしそうなら壮観だろうし、雰囲気がおおいに盛りあがるだろう。けれども、前方の群衆から聞こえるざわめきはどこか妙だ。甲高い声や歓声や興奮した身振りを予想していたのに。だれもが熱心に見守っているけれど、あまり騒がない。わたしは不安になる。何かよくないことらしい。

わたしは前方へ分け入る。みんなは厚かましくなり、コンサート会場で一番よく見える場所を勝ち取ろうとするみたいに群がっている。これまで、花嫁のわたしは大勢のなかにいる女王のようなもので、どこを歩こうが人垣に道が開けた。いま、彼らはわれを忘れ、事の次第を知ろうと夢中だ。

「通してちょうだい！」わたしは叫ぶ。「見たいのよ」

ようやく道をあけてくれたので前のほうへ行く。

あそこに何かいる。目を細め、まぶしさに手をかざすと、黒っぽい頭の形がわかる。アザラシかほかの海洋生物だと思いたいところだが、ときどき白い手が見える。

海中に人がいる。それが男にしろ女にしろ、ここからはよく見えない。招待客のひとりにちがいない。だれかが本土から泳いでくるとは思えないからだ。ジョンノならやりそうだ——でも、少し前までピアーズと話していたのだからそんなはずはない。彼でないとしたら、ほかの目立ちたがり屋、あのアッシャーたちのひとりがこれ見よがしに泳いでいるのだろう。でも、もっとよく見ると、その泳ぎ手は岸ではなく、沖のほうを向いている。そして、泳いでいるのではない。むしろ――

「溺れてる！」女が叫ぶ――たぶんハンナの声だ。

「流されてるわ――ほら！」

わたしはさらによく見ようと、見物人を押しのけて前へ行く。ようやく一番前へ出たので、もっとはっきり見える。というより、遠くからでも身近な人間を見分けるときの、不思議な鋭い視力が働いただけかもしれない。たとえ後頭部しか見えなくても。

「オリヴィア！」わたしは叫ぶ。「オリヴィアよ！　大変、オリヴィアだわ」走ろうとするが、ヒールが裾を踏んで動けない。シルク地が裂ける音が聞こえるが、かまわず靴を蹴り脱いでそのまま走り、ぬかるみに足を取られる。昔から走るのが苦手なのに、ウェディングドレスを着ていては話にならない。わたしは信じられないほどゆっくり動いているらしい。ありがたいことに、その点ウィルは問題ないようだ。猛烈な勢いでわたしを追い抜き、チャーリーとほかの数名があとにつづく。

わたしはやっと浜辺へ着いたが、どうなっているのか、目の前の光景を自分で理解するまでいっときかかる。ハンナも走ってきたのだろう、わたしのあとから来て荒い息をしている。チャーリーとジョンノが腿まで水につかり、ほかの男たち――フェミとダンカンとその他数名――は海辺に立っている。そして、その向こうの深みから現れたのがウィルで、オリヴィアをかかえている。オリヴィアはもがいて抵抗しているらしく、腕を振りまわし、脚を必死でばたつかせている。ウィルがしっかりつかまえて放さない。オリヴィアの髪は黒くてなめらかだ。ドレスが完全に透けている。すっかり血の気をなくした肌が青みがかっている。

「溺れるところだった」浜辺へもどりながらジョンノが言う。動顛しているようだ。わたしは彼に対してはじめてあたたかい気持ちをいだく。「見つかって運がよかった。どうかしてるぜ。ここが安全でないのはだれが見てもわかる。ずっと沖まで流されるところだったんだぞ」

ウィルが岸に着いてオリヴィアを解放する。オリヴィアは彼から飛ぶように離れ、立って全員を見つめる。瞳は黒く、片意地を張った目つきだ。濡れたドレスを通して、裸体がほぼ丸見えだ。色の濃い乳首も、へその小さなくぼみも。オリヴィアは太古の人間に見える。まるで野生動物だ。

ウィルの顔と喉に引っ掻き傷があり、血の気がうせた肌に赤い痕が浮かびあがっている。それが目にはいってわたしのスイッチが切り替わる。一秒前まで妹が心配でたまらなかったが、いまは赤熱の太陽フレア並みに激怒している。

「このイカれたばか娘」わたしは言う。

「ジュール」ハンナがやさしく言う。でも、声に非難の色が感じられないほどやさしい言い方ではない。「オリヴィアは悩んでるんじゃないかしら。だから――助けを必要としているのかも」

「ばかも休み休みに言って、ハンナ」わたしは彼女へ振り向く。「あのね、あなたがどんなにやさしくて母性的かは知ってる。でもオリヴィアに母親は必要ないの。だってもうすでにいるんだから。その母親が親身に世話を焼いてくれるわ。言わせてもらえば、わたしのときよりずっと親身にね。オリヴィアに必要なのは助けじゃない。きちんと行動することよ。この子にわたしの結婚式を台無しにさせたりしない。だから……引っこんでいて、わかった？」

彼女がよろめくように後ろへさがるのがわかる。傷ついてショックを受けている表情にわたしはうっすら気づく。言い過ぎた。やってしまった。でも、いまはどうでもいい。オリヴィアへ向き直る。「いったい何をやってたの」妹を怒鳴りつける。

オリヴィアはぼんやりと見つめ返すだけで何も言わない。酔っているように見える。わたしは彼女の両肩をつかむ。さわると肌がひどく冷たい。オリヴィアを揺さぶり、叩き、髪を引っ張り、答えさせたい。すると、彼女の口が開いては閉じ、また開いては閉じる。わたしは目を凝らし、そのしぐさを読み取ろうとする。ことばを言おうとしているのに声にならないかのようだ。彼女が真剣な目で何かを訴えている。それを見て全身に寒気が走る。妹が一生懸命信号でメッセージを送っているのにわたしが解読できないでいる、一瞬そんな気持ちになる。あやまってるの？　説明してるの？

　もう一度やってみてと言う前に、母がやってくる。

「ああ、あなたたち、無事でよかった」母が骨ばった体でわたしたちふたりをしっかり抱き締める。ゲランの香水シャリマーの香りが押し寄せるなかに、母の汗から発する鋭いつんとしたにおい、恐怖のにおいを嗅ぎ取る。母がほんとうに手を差し伸べたいのは、もちろんオリヴィアのほうだ。でもわたしはいっときだけ、母の抱擁をあえて受け入れることにする。

　それから、ふと後ろを見やる。ほかの招待客たちがやってくる。ざわめく声が聞こえ、興奮しているのがわかる。この場を鎮めなくてはいけない。

「ほかに泳ぎたい人は？」わたしは呼びかける。だれも笑わない。沈黙が広がっていく。ショーが終わり、だれもが合図を待っているように見える。つぎはどこへ行くべきか。どうふるまうべきか。どうすればいいのかわたしは知らない。自分の脚本には載っていない。とにかく立って見つめ返し、ドレスの裾に砂浜の湿気がしみていくのを感じる。

　ありがたいことに、人々の中からイーファが現れる。小ぎれいで控えめな濃紺のワンピースを着てウェッジソールのシューズを履き、まったく動じていない。彼女の権威を認めたかのように、全員がそちらへ目を向ける。

「みなさま」彼女が声をあげる。「お聞きください」

小柄で静かな女性なのに、驚くほど豊かな声だ。「ご案内しますのでどうかおもどりください。結婚披露宴がまもなくはじまります。大テントまでどうぞお越しを！」

ジョンノ――ベストマン

あれを見ろよ。英雄ぶってジュールの妹を海から助け出すところを。たいしたもんだ。昔からあいつは、人に見せたい人物像を正確に演じるのが得意だった。ウィルのことならほかの連中よりよく知っている。おそらく世界中のだれよりも。ジュールよりもずっとよく知っているはずだし、この先もそうだろう。彼女といるとき、ウィルは仮面をかぶり、あいだに仕切りを立てている。とにかく、おれがウィルのために秘密を守ってきたのは、それがおれたちだけの秘密だからだ。

冷酷なやつだってのははじめから知っていた。学校時代、あいつが試験の問題用紙を盗んだときからわかっていた。それでも、あいつに裏の顔があっても自分は餌食にならないと思っていた。おれは親友だから。

とにかく、半時間ほど前までそう思っていた。

「とても残念だったよ」ピアーズが言った。「きみにその気がないと聞いたときは。もちろん、ウィルなら女性に大絶賛される。彼はテレビ向きだ。だけど少し……そつがなさすぎるというのかな。ここだけの話、男性視聴者にはあまり好かれないと思う。うちで実施した視聴者調査によれば、彼はいささか――たしかひとりの参加者がこう言ってたんだが――〝いささかクソ野郎〟ってことらしい。視聴者のなかには、とくに男性だが、番組のホストが少し男前すぎるといやになる者もいるんだ。きみがいればバランスが取れたんだがな」

「ちょっと待ってくれ」おれは言う。「なぜおれにその気がないと思ったんだ」

はじめ、ピアーズは少しむっとした。視聴者層について一席ぶっているのを中断されてよろこぶわけがない。そのあとでおれのことばが頭にはいったらしく、眉をひそめる。

「なぜって――」言いよどみ、首を横に振る。「だって、きみは二度と打ち合わせに来なかったじゃないか。だからだよ」

何を言われているのか、おれはさっぱりわからなかった。「なんの打ち合わせかな」

「番組の進行全般についての打ち合わせだ。ウィルがエージェントといっしょに来てこう伝えた。ずいぶん話し合った結果、きみはおりることにしたって。〝テレビに出る柄じゃない〟と言ったとか」

それはこの一年間おれがいろいろな人間に言ってきたことばだ。ただし、ウィルに言ったことは一度もない。いずれにしろ、そのときは言ってない。重要な打ち合わせなどの前には。「打ち合わせなんてまったく聞いてなかったな」おれは言った。「おれを採用しないというメールは受け取った」

　合点がいくまで少し時間がかかったらしい。やがてピアーズの口が阿呆みたいに開いたり閉じたり、無言のまま魚の口のように開閉を繰り返す。ハー、フー、ハー、フー、ハー、フー。そしてやっと言う。「そんなばかな」

「現実だ」おれは言う。「ほんとうさ。自信を持って言えるね。なぜなら、おれは打ち合わせがあるなんて一度も聞いてないんだから」

「しかし、こちらからメールを送って――」

「そうだろうな。でも、おれからのメールはまったく来なかったんだろ。連絡は全部ウィルとエージェント経由だった。あいつらが全部始末したんだよ」

「そうか」ピアーズが言う。虫がびっしり詰まった缶をあけてしまったことに気づいたのだろう。「そうか」いま全部言ったほうがいいと思ったのか、こうつづける。「きみが興味を持っていないと彼が言ったのはたしかだ。自分を振り返ってじっくり考えた結果、やめることにしたと彼に告げたとか。残念だったよ。以前から考えていたんだが、きみとウィルなら……荒くれ者とスマートな男。テレビ界のダイナマイトになれた」

　これ以上ピアーズと話してもしかたがなかった。もはやこの男は、できるものならどこか別の場所へテレポートしたいらしい。〝ここは小さな島なんだぜ〟おれは言いそうになる。〝どこにも行けやしないぞ〟。とはいえ、そんな気持ちになるのも無理はない。おれの後ろをちらちら見て、救ってくれる相手を探しているのがわかる。

　それでも、この男に恨みはなかった。恨むべきは、親友だと思っていたあいつだ。

　噂をすれば影。ウィルがこちらへ颯爽と歩いてきた。おれたちふたりに歯を見せて笑う顔はいまいましいほどハンサムで、この風のなかで髪の毛一本乱れていない。「ふたりでなんの噂話だい」ウィルが尋ねた。かなり近いので、額に玉の汗が見える。じつは、ウィルはほとんど汗をかかない男だ。ラグビーの競技場でも汗まみれの姿をめったに見なかった。だが、いまは汗をかいていた。

〝もう遅いぜ、相棒。遅すぎるんだよ〟

なんとなくわかる。ウィルは抜け目がないから、はじめの段階でおれを切り捨てたりしなかった。〈夜を生き延びろ〉を発案したのはおれで、どちらもそれはわかっていた。もし切り捨てられていたら、おれはいろいろな人間に昔のことをうっかりしゃべったかもしれない。ウィルとちがっておれには失うものがあまりなかった。だからウィルはおれを引き入れて、一蓮托生の気分にさせ、そのあとでおれがほかの人間にお払い箱にされたと思うように画策した。少しも自分の責任にならないように。〝悪いな、兄弟。残念だよ。いっしょにやれたら楽しかったのに〟

スクリーンテストがけっこう楽しかったのを覚えている。緊張せずに知っていることをいろいろ話した。自分がそれなりのこと、人が耳を傾けることを言える人間だと感じた。九九を暗唱しろとか、政治問題を話せとか言われたらまるでだめだっただろう。でも、登山や懸垂下降だ。その手の技能ならアドベンチャーセンターで教えていた。すぐにカメラを意識しなくなった。

一番腹が立つのは、ウィルにとっては造作もなかっただろうということ。ばかなジョンノ……騙すのは簡単だ。最近なぜ連絡を取りづらくなったのか、いまならわかる。なぜ冷たくされてるように感じたのか。ベストマンをやらせろと、なぜこちらから言わなくてはならなかったのか。承諾したとき、ウィルはそれを残念賞、傷をふさぐ絆創膏だと思ったにちがいない。しかし、ベストマンになったぐらいでは埋め合わせにならない。絆創膏の大きさが足りない。ウィルは学校にいたころからずっとおれを利用してきた。おれはあいつの汚れ仕事を引き受けるためにいた。それなのに、スポットライトをともに浴びるのはいやがるとは何事だ。ここ一番というとき、おれをバスの下へ投げ飛ばした。

ウイスキーを一気に飲み干す。裏切り者の下衆野郎。この恨みをどうやって晴らそうか。

ハンナ――同伴者

オリヴィアは人様の妹、人様の娘だ。ジュールが言ったとおり、わたしが出る幕ではないのだろう。それでも、ほうっておけない。ほかの全員が大テントへと流れていくなか、わたしはいつの間にか別方向、フォリー館のほうへと足を運んでいる。

「オリヴィア？」なかへはいってから呼びかける。返事がない。自分の声が石の壁にぶつかって返ってくる。フォリー館は暗くひっそりとして、いまは無人に見える。だれかいるような雰囲気ではない。オリヴィアの部屋の場所は知っている。食堂とつながったドアの向こうだ。まずそちらへ行くことにする。ドアをノックする。

「オリヴィア？」

「はい？」なかから小さな声が聞こえたと思う。それを合図と受け取り、ドアを押しあける。オリヴィアが肩にタオルをかけてベッドに腰かけている。

「平気だから」彼女がわたしを見ずに言う。「すぐに大テントのほうへ行く。まず着替えなきゃ。平気だから」二度目に言うことばにもはや説得力は感じられない。

「あまり平気そうじゃないわよ」わたしは言う。

彼女は肩をすくめるが何も言わない。

「ねえ」わたしは話しかける。「わたしに関係ないのはわかってる。お互いのことをろくに知らないし。でも、きのう話したとき、なんとなくあなたがとても大変な目に遭ってるんじゃないかって……もしかしたら、幸せそうな顔なんてとてもできないんじゃないかって」

オリヴィアがやはりわたしを見ずにだまっている。

「だからね」とわたし。「なんだか訊いてみたくなって——海にはいって何をしようとしたの」

オリヴィアがまた肩をすくめる。「なんだろう」ことばが途切れる。「わたし——いろんなことがちょっと大変で。結婚式とか大勢の人とか。ジュールのことではさぞかしうれしいでしょうって言われる。あなたは最近どうしてるのって訊かれる。大学のこととか——」だんだん声が小さくなり、自分の手を見る。噛んだ爪が子供のように短く、青白い肌に対して根元が赤く逆剝けている。「そういうことから逃げたかった」

ジュールはこれをまったくばかげた行動で、オリヴィアが悲劇のヒロインぶっていると決めつけていた。わたしはその反対ではないかと思う。彼女は消えようとしていたのではないか。

「ちょっと話してもいいかな」わたしは尋ねる。

返事がないのでつづける。

「ゆうべ、姉のアリスのことを話したでしょ」

「うん」

「なんだかわたし……あなたを見てると姉を思い出すみたい。そう言われたからって気にしないでね。いい意味で言ってるんだから。彼女はうちの家族では大学へ行ったはじめての人間でね。ＧＣＳＥですごい成績をおさめ、Ａレベルテストでは全科目がＡ評価だった」

「わたしはそんなに賢くない」オリヴィアがつぶやく。

「そうかな。あなたは自分で言うより賢いと思うけど。エクセターで英文学を専攻したんだもの。難関コースなんでしょ」

　彼女が肩をすくめる。

「アリスは政治学を勉強したかったの」わたしは言う。「そのためには完璧な経歴といい成績が必要だとわかっていた。もちろん姉はそれを手に入れて、イギリスでトップクラスの大学にはいった。そして一年生になり、提出したすべての小論文で同級生たちを簡単に打ち負かしたあとは、少し気持ちに余裕ができたので、はじめてボーイフレンドとつき合った。わたしも両親も妙だなと思ったんだけど、アリスはそのボーイフレンドにいきなりのめりこんだの」

　クリスマス休暇で帰省したとき、アリスははじめての彼氏のことをわたしに教えてくれた。彼と出会ったのは〈リーリング・ソサイエティ〉という裕福な学生のための社交クラブで、学期の終わりの豪華なダンスパーティーに参加したからだ。勉学へ向ける同じ熱意をその新しいおつき合いにも注いでいるのだろう、とわたしは思ったものだ。「彼ってめちゃくちゃハンサムなのよ、ハン」姉はわたしに言った。「だから、あこがれの的なの。彼がわたしに目を向けるなんて信じられない」そして、わたしに秘密にするように誓わせてから、彼と寝たと告げた。彼は姉が寝たはじめての男だった。とても親密な感じがして、こういうものだとは思っていなかったと言った。けれども冷静に分析し、これはホルモンと、若者の恋愛における社会文化的な理想化のせいだろうとも言っていた。美しく頭脳明晰な姉は、自分の感情を合理的に説明しようとしていた……模範的なアリス。

「だけど、やがて姉は彼に興味をなくした」わたしはオリヴィアに言う。

オリヴィアが両眉をあげる。「ドン引きしちゃったとか？」さっきより引きこまれているらしい。

「そうだと思う。イースター休暇のころには彼のことはあまり話さなくなっていた。わたしが訊くと、思っていたような男じゃないことに気づいたって言った。それに、いままで彼に夢中でずいぶん時間を無駄にしたから、本気で勉強に集中しなくてはいけないって。提出した小論文が二・一という低い評価だったから、それで目が覚めたのね」

「うわあ」オリヴィアが目をぐるりとまわす。「重度のガリ勉って感じ」言ってからわれに返る。「ごめんなさい」

わたしは微笑む。「わたしもそっくり同じことを言った。でも、アリスってそうなのよ、何から何まで。とにかく、姉はちゃんと礼儀を尽くしたかったので、彼とは直接会って別れ話をした」それもアリスらしい、何から何まで。

「彼はどう受け止めたの」オリヴィアが尋ねる。

「別れ話はあまりうまくいかなかった」わたしは言う。「彼はすごくひどい態度を取って、自分に恥をかかせたら許さないと言った。仕返しをしてやるって」わたしがそれを覚えているのは、彼に何ができるのだろうと思ったからだ。別れに対してどうすれば〝仕返し〟になるの？

「そいつがどんな報復をしたのか、姉はわたしに教えなかった」わたしはオリヴィアに言った。「わたしにも母にも父にも教えなかった。あまりにも恥ずかしくて」

「でも、わかったの？」

「あとでね」わたしは言う。「あとでわかったの。彼は姉の動画を撮っていたの」

　アリスの動画は大学のイントラネットにアップロードされていた。〈リーリング・ソサイエティ〉の豪華なダンスパーティーのあと、彼に撮るのを許した動画だ。大学が発見してすぐにサーバーから削除された。けれどもそのころには話が広まり、ダメージを受けたあとだった。別バージョンの動画がキャンパスじゅうのパソコンに保存されていた。それがフェイスブックへ投稿された。削除された。また投稿された。

「じゃあ、それって……リベンジポルノ？」オリヴィアが訊く。

　わたしはうなずく。「最近はそう呼ぶわね。でも当時はそんな調子で、まあしかたないけど、脳天気な時代だった。いまなら気をつけなさいって注意されるでしょ。だれかに写真や動画を撮られたら、しまいにインターネットに流れるかもしれないってだれもが知っている」

「そうかも」オリヴィアが言う。「でも、人って忘れるでしょ。ほんのいっとき。ていうか、ほんとうに好きな人に頼まれたときとか。それで、たぶん大学の全員がそれを見たのよね」

「そうね」わたしは言う。「でも、最悪なのは、あのとき家族のわたしたちが知らなくて、姉もわたしたちに言わなかったということ。姉はひどく恥じていた。家族が描く自分のイメージが壊れると思ったのかもしれない。彼女はいつも完璧だった。もちろん、そのせいで愛されてたわけじゃないけど」

　このわたしにさえ話してくれなかった。その事実に、いまだに胸が掻きむしられる思いがする。

「ときどき思うんだけど」わたしは言う。「こういうのって、身近な人にはなかなか話せないんじゃないかな。愛してる人たちには。よく言うじゃない」

オリヴィアがうなずく。

「そうか。じゃあこれを覚えておいて。わたしに言えばいい。いい？　だって困ってるんでしょ。さらけ出したほうがいいに決まってる――たとえ恥ずかしいと思うことでも、わかってもらえないと感じることでも。アリスが話せるものなら話してほしかったとわたしは思う。そうすれば、本人にはできなかった見方ができたかもしれない」

オリヴィアがわたしを見て、それから目をそらす。ささやく程度の声が出る。「うん」

そのとき、大テントの方角から案内の声がかすかに聞こえてくる。「紳士淑女のみなさま」あれはチャーリーの声だ。司会の真似事をしているにちがいない。「披露宴の会食がはじまりますので、ご着席願います」

このつづきをオリヴィアに話す時間がない――そのほうがいいかもしれない。だから、この出来事がアリスの人生に、直接彼女の身に――タトゥーのように――大きな汚点を作ったことは言わない。アリスがどれほどもろい人間か、家族のだれも気づいていなかった。昔から姉はよくできる子、よくわかっている子に見えた。成績優秀、スポーツチームでプレーし、大学入学を果たし、どんな小さなチャンスも見逃さなかった。けれども、こうした成功の裏にはもつれ合う不安の塊があり、手遅れになるまでだれにも見えなかった。彼女はその恥辱に立ち向かうことができなかった。自分が夢見ていた政治関係の仕事につくことはないと――ぜったいに無理だと――悟った。中退して、学士号を獲得できないだけではない。どこかの男にフェラチオを――ほかにもいろいろ――している動画がインターネットに流れている。それは消せない。

だから、わたしはオリヴィアに伝えなかった。大学から帰ってきて二カ月経った六月のある日、ネットボール（バスケットボールに似た球技）の練習を終えたわたしを母が迎えに出た隙に、アリスはバスルームの薬棚から鎮痛剤のほか見つけられるだけのあらゆる薬を大量に飲んだ。そうやって、十七年前のこの月に、美しくて賢い姉はみずから命を絶った。

イーファ
――ウェディング・プランナー

わたしの責任だ。ブライズメイドがあんなことになったのは。こうなるのは予測しておくべきだった。いや、実際予測していた。あの娘がトラブルを起こすのはわかっていた。けさ彼女に朝食を出したときに、それを覚悟した。彼女はセレモニーの最中は落ち着いていた。ただ、あの場からさっさと引き返したいようだったけれど。もちろん、そのあともなるべく目を光らせていた。けれども、ほかの用事に忙殺された。客がひっきりなしに厚かましい要求を出すので、給仕スタッフでは――ほとんどが十代の若者か夏季休暇中の学生だ――手に負えなかった。

気づいたときには騒ぎが起こっていて、彼女は海中にいた。それを見て、わたしは突然別の日に引きもどされた。助けようがなかった。予兆を見ていながら、手遅れになるまでほうっておいた。夢で何度も見る光景。水位があがり、手を差し伸べる。もしかしたらなんとかできるみたいに……

今回は助けることができた。彼女とともに水からあがってきた花婿、この日の救い主を思い浮かべる。けれども、わたしが適切なときにもっと注意を払っていたら、そもそも起こらなかったことかもしれない。あまりにもうかつだった自分に腹が立つ。結婚披露宴のために全員を大テントへ案内するあいだは、冷静なプロの姿をうわべだけでも保つことができた。たとえ完璧に自制できなかったとしても、うまくいっていないことをだれかが気づいたとは思えない。なんといっても、見えない存在でいることがわたしの仕事だ。

フレディに会わなくては。いつもフレディはわたしを落ち着かせてくれる。

客からは見えない大テント奥の配膳コーナーで彼を見つける。何人ものスタッフといっしょに盛り付けをしているところだ。外へ連れ出し、スタッフの目につかないようにする。

「あの女の子がむこうで溺れるところだった」わたしは言う。思い出すと息が止まりそうになる。そのときの様子が目の前にまざまざと見える。別の一日へ、幸せな結末とならなかった日へ連れもどされたかのようだ。「もうたまらないわ――フレディ、彼女は溺れていたかもしれないのよ。わたしがしっかり気を配っていなかったから」もう一度過去が繰り返される。すべてわたしのせい。

「イーファ」フレディが言う。そして、わたしの肩をしっかりつかむ。「彼女は溺れなかった。それなら問題ないよ」

「ちがう」わたしは言う。「彼が助けたの。だけど、もしも――」

「もしもと考えてはだめだ。客がもう大テントにいる。なにもかも順調だよ。ここはまかせろ。きみはむこうへ行って一番得意なことをすればいいんだ」フレディは昔からわたしをなだめるのが上手だ。「ちょっとした手抜かりだよ。それ以外はみごとなもんだ」

「でも、考えていたのと全然ちがう」わたしは言う。

「思ったより大変。大勢やってきて島中うろつくんだから。あの男たちはゆうべとんでもないゲームをしていた。そしてこんどはこれ——思い出すわ……」

「あと少しだ」フレディがきっぱり言う。「あと数時間がんばればいい」

わたしはうなずく。そのとおりだ。気をしっかりもたなくては。動揺している場合ではない。きょうという日に。

現在
婚礼の夜

さて、一同がフレディだと見分けた男ができるだけ急いだようすでやってくる。手にトーチを持ち、それ以上に薄気味悪いところは何もない。近づいてくるにつれ、青白い額に光る汗が自分たちのトーチの明かりで見える。「大テントへもどったほうがいいです」彼があえぎながら言う。「警察《ガルディ》を呼びました」

「なんだって？　どうして」

「ウエイトレスがすこし落ち着きを取りもどしたんですよ。暗がりでだれかを見た気がすると言ってます」

「彼の言うことを聞くべきだ」フレディが立ち去ってすぐに、アンガスが仲間に向かって叫ぶ。「警察が来るのを待とう。ここは安全じゃない」

「いやだね」フェミが大声で言い返す。「せっかくここまで来たんだ」

「おまえ、ほんとに応援がすぐ来ると思ってんのか、え？　アンガス」ダンカンが訊く。「警察が？　この悪天候で？　ばかも休み休み言え。おれたちは孤立無援なんだよ」

「だったらなおさらだよ。ここは安全じゃな――」

「早とちりしてるんじゃないのか」フェミが叫ぶ。

「どういうことだよ」

「彼は、ウエイトレスがだれかを見たかもしれないって言っただけだぞ」

「でも、見たのなら」アンガスが言う。「つまり――

――」

「なんだよ」

「だからさ、仮にほかのだれかが関与していたら。つまり、もしかしたら――事故じゃない可能性もある」

アンガスはその先を言わないが、それでも仲間は言外の意を汲み取る。殺人。

全員がトーチを握る力を少し強める。「いい武器になるぞ」ダンカンが怒鳴る。「いざとなったらな」

「そうとも」フェミも大声で言って少し肩をそびやかす。「対決だ。こっちは四人、むこうはひとりだ」

「待てよ、だれかピートを見たか」突然アンガスが言う。

「なんだと？　くそっ――いない」

「あのフレディってやつと帰ったんじゃないか」

「帰らなかったよ、フェミ」アンガスが答える。「それに、けっこうラリってた。くそ――」

みんなで呼ぶ。「ピート！」

「おいピート、そこにいるか」返事がない。

「まいったな……とにかく、あいつまで探してるわけにはいかないぞ」ダンカンが叫ぶが、その声はかすかだが明らかに震えている。「あいつがあんな状態になったのははじめてじゃないよな。自分の面倒ぐらい見れるさ。心配ないだろう」無理にきっぱり言ったのではないかとほかの仲間は思う。しかし、その意見に疑問を投げかけはしない。自分たちもそう信じたい。

その日のまだ早い時間
ジュール——花嫁

大テントの内側では、イーファが魔法の世界を作りあげていた。ここはあたたかく、寒々としていく外の風をいったん忘れさせてくれる。出入口に据えられたトーチの炎が揺らめいてはすぼまり、大テントの天井が風を受けてときおりゆったりと膨らんではしぼむ。そんな光景も、ある意味では内側の心地よさを高めているにすぎない。あたりにはキャンドルが放つ芳香がただよい、その明かりに集まる人々の顔はバラ色で、すこやかさと若さに輝いている——たとえほんとうの理由が、突き刺すようなアイルランドの風に吹かれて昼酒を楽しんでいたからだとしても。これこそ、わたしが望んだはずのものだ。招待客をぐるりとながめ、一同の顔にそれを認める。この場への畏敬の念を。それなのに……なぜむなしさが残るのだろう。

だれもがオリヴィアのばかげた行動を忘れてしまったかに見える。完全に別の日の出来事だったかのようだ。人々は威勢よくグラスを傾け、どんどんワインを飲み……いよいよ声が大きく、騒がしくなっていく。きょうという日が勢いを取りもどし、所定のコースをたどっている。けれども、わたしは忘れられない。オリヴィアの表情、何か言おうとしたときの乞うような目を思い返すと、うなじの毛がいっせいに逆立つ。

皿の料理がきれいに平らげられ、実際どの皿もなめたようにきれいだ。アルコールが客たちに本物の空腹をもたらし、フレディは偉大な才能を持っている。わたしは数多くの結婚式に出席したことがあるが、そこでは口に入れた硬いチキンの胸肉や、学生食堂風の野菜料理を無理に呑みこむしかなかった。きょうは最高にやわらかい、ベルベットの舌触りのラムチョップ、ローズマリーで香りをつけたクラッシュポテト。完璧だった。

そろそろスピーチの時間だ。ウエイターがボランジェのシャンパンを盆に載せて散らばり、乾杯の準備をする。胸やけがするので、またシャンパンを飲むのかと思って少しげんなりする。陽気な招待客たちとのおつき合いでずいぶん飲んだせいか、解き放たれたような不思議な感覚を覚える。野外レセプションのとき水平線に見えた暗い雲が、脳裏にずっとちらついている。

グラスをスプーンで叩く音がする。チーン、チーン、チーン！

大テントではおしゃべりの声が弱まり、従順な静けさに取って代わられる。注目の対象が変わったのがわかる。人々の顔が上座のわたしたちへ向けられる。ショーがはじまるところだ。わたしは楽しみでしかたがないという顔を作る。

　そのとき、大テントの照明がまたたいて消える。会場が突然、外の夕闇と変わらない薄暗くて陰気な場所となる。

「申しわけありません」大テントの奥からイーファの声がする。「外の風のせいです。ここは電気の供給が不安定でして」

　だれかが、アッシャーのひとりだと思うが、オオカミの遠吠えのような声を発する。ほかのアッシャーたちも加わり、まるでオオカミの群れが出現したかのようだ。あの男たちはすでに酔っ払い、いつもより野放図で荒っぽくなっている。わたしはだまりなさいと叫びたくなる。

「ウィル」わたしは声を押し殺して言う。「やめてくれと言いましょうよ」

「言ってもあいつらを煽るだけだよ」ウィルがなだめるように言う。彼の手がわたしの手に重ねられる。

「どうせ明かりがすぐにつくから」

　もう我慢できないと思い、ほんとうに叫ぼうとしたそのとき、照明がふたたびまたたいてともる。歓声があがる。

　父が最初のスピーチをするために立ちあがる。さっきの罰として土壇場で追い出すべきだったかもしれない。でも、そんなことをしたら変に思われるでしょうね。それに、この結婚式の大半はどう見えるかが問題だ、とわたしは承知している。幸せでうれしそうな顔でやりとげさえすれば……そう、そうすれば、もっとどろどろとした思いが湧き起こっても、この日のうわべの下に押しこめておける。この結婚式は父親が気前よく費用を出したと、きっとほとんどの人が思っているのだろう。それは少しちがう。

　ここで結婚式を挙げることにした理由をだれもが訊く。わたしはソーシャルメディアで呼びかけた。〝結婚式の場所をわたしに提案して〟。そして〈ザ・ダウンロード〉の特集にした。イーファが呼びかけに応じた。彼女のプレゼンを聞いて、企画のレベルの高さと、現実的な問題が考慮されている点に感心した。実際、コンペでは圧勝だった。しかし、ここを使うことにした理由はそれではない。結婚式をここでとりおこなうことにした率直な理由は、とても安かったからだ。

　なぜなら、そこに得意げに立っている最愛の父親が、金の出る蛇口を閉めたからだ。あるいは父に代わってセヴリーヌがそうした。

　そんなことだったとはだれも思わないのではないか。三千ポンドのケーキや、刻印のはいった純銀のナプキンリングや、〈クルーンキーンアトリエ〉一年分の生産量のキャンドルをわたしは取り寄せたのだから。とにかく、招待客がわたしに期待したのはまさにそうした品だった。わたしがなんとかそれを賄《まかな》えたのは——そして自分にしっくりくる方法で結婚式を挙げられたのは——この島で式を挙げるならさらに五十パーセント割り引くとイーファが申し出たからだ。彼女は地味な女に見えるかもしれないが、抜け目がない。こうして話がまとまった。わたしが雑誌の目玉にし、ウィルのおかげでマスコミが注目するのを彼女は知っている。しまいには恩恵にあずかれることも。

「わたしは光栄に思う」いま、父が言う。「かわいい娘の結婚式にいるのだから」

　かわいい娘。ほんとうにね。自分の笑みが強張《こわば》るのがわかる。

　父がグラスをかかげる。飲んでいるのはギネスビールだ——ぜったいにシャンパンを飲もうとせず、つねに自分のルーツに忠実だ。うっとりした顔で見つめ返すべきだとわかっているけれど、さっき言われたことにまだ腹を立てているので、ろくに見る気になれない。

「とはいうものの、ジュリアがわたしのかわいい娘だったことは、じつは一度もなかった」父が言う。何年も聞いたことがないほど訛りが強くなっている。こんなふうになるのは決まって感情が高ぶったときか……かなり大酒を飲んだときだ。「娘はいつも自分なりの考えをはっきり持っていた。九歳のときでさえ、自分の望みをつねにきちんとわかっていた。たとえわたしが……」意味ありげな咳ばらいをする。「なんとか思いとどまらせようとしても」楽しげなさざめきが起こる。「彼女は断固とした大志をもって、自分が望むものを追い求めた」悲しげな笑みを浮かべる。「うぬぼれを承知で言わせてもらえるならば、その点で彼女はわたしと似ているかもしれない。だが、同じではない。わたしはその強さにとてもかなわない。わたしは自分の望みをわかっているふりをするが、じつは好き勝手をしてきただけだ。ジュールは完全に我が道を行く人間であり、その道をはばむ者には災いがふりかかる。娘のもとで働くかたがたはきっと賛同なさるだろう」やや神経質な笑い声が〈ザ・ダウンロード〉の面々がいるテーブルから湧き起こる。わたしは彼らに優雅に笑って見せる。あなたたちのだれにも悪いことは起こらないわよ。きょうのところはね。

「さて」父が言う。「正直に言おう。わたしはこの結婚式で最良の手本ではない。ひとり目と五人目の妻が今夜ここにいるのはたしかだ。まあ一応は家族ごっこクラブの正式メンバーってところだろう……だがいいメンバーじゃない」たいして面白くない――それでも、聴衆からおざなりな忍び笑いが起こる。「ジュールには――（咳ばらい）――真っ先にそれを指摘された。きょうの早い時間、父親らしいアドバイスをしようとしたときだ」

　父親らしいアドバイスね。ははっ。

「しかし、わたしは長年のあいだに真っ当な考え方を多少は身に着けてきたと思っている。結婚とは、世界で一番よく知る相手を見つけることだ。どんなふうにコーヒーを飲むとか、どんな映画が好きだとか、はじめて飼った猫の名前がどうとかじゃない。もっと深い部分を知っているかどうかだ。相手の魂を知ることとなんだよ」そしてセヴリーヌに満面の笑みを向けたので、彼女は見るからに得意そうだ。

「そのうえで、わたしにはこうしたアドバイスをする資格がほとんどないように思う。たしかに、いつも娘のそばにいたわけじゃない。いやちがう。ろくにいなかった。わたしたちのどちらもだ。この点に関してはアラミンタも異論がないだろう」

ワオ。わたしは母を見る。母が引きつった笑みを浮かべるが、その強張り加減はわたしと似たり寄ったりかもしれない。ひとり目の妻と言われ、年寄り扱いされたみたいで気を悪くしているところに、親としての怠慢をほのめかされて激怒しているのだろう。なにしろきょうは花嫁の慈しみ深き母の役をおおいに楽しんでいるのだから。

「だから、ジュリアはわたしたちを頼れず、いつも自分で自分の道を築くしかなかった。そして、なんという道を彼女は築いたのだろう。わたしは態度で示すのが昔からあまりうまくなかったが、おまえのことをとても誇りに思っているよ、ジュジュ。おまえが成しとげたことも全部」学校での賞の贈呈式を思い出す。卒業式。〈ザ・ダウンロード〉のオープニング・セレモニー。父はどれにも出席しなかった。このことばをたびたび聞きたかったものだが、それをいまごろ言われている――父に猛烈に腹を立てているいまこのときに。目に涙がたまるのがわかる。不意打ちだ。泣くものか。

父がわたしへ顔を向ける。「とても愛してるよ……おまえは賢くて、ややこしくて、勇ましいわたしの娘だ」どうしよう。それにこれは、目のなかできらめくようなきれいな涙じゃない。あふれて頬を流れるので、手のひらの付け根で押さえたあとはナプキンを使って、なるべく堰き止めるしかない。いったいわたしはどうしたんだろう。

「だから、これだけはたしかだ」父が聴衆に向かって言う。「たとえジュールが信じられないほど独立独歩の人間だとしても、これが自分のかわいい娘だとわたしは自慢したい。なぜなら、親ならだれでもそう思うものだから……どんなクズ親でも、こんな気持ちになる権利がこれっぽっちしかない親でもだ。そして、その気持ちにはわが子を守る本能もはいっている」もう一度わたしへ目を向ける。こんどはわたしも父を見るしかない。父の顔に本物のやさしさらしきものが宿っている。胸が痛む。

それから、父がウィルのほうを見る。「ウィリアム、見たところきみは……たいした男だ」わたしだけだろうか。〝見たところ〟が危険なほど強調されていると感じたのは。「だが」父がにやりとする。その顔なら知っている。微笑みとはまったくちがう。歯を剥き出している。「娘を大切にするんだぞ。つまらんことはするな。もし娘を傷つけるようなことを少しでもしたら――簡単だ」グラスをかかげ、静かに乾杯のポーズをとる。「わたしが乗り出す」

張り詰めた沈黙がただよう。わたしは無理に声を出して笑うが、どちらかといえばすすり泣きに聞こえる。つられて笑いのさざ波が立ち、ほかの人々もあとにつづく――どう受け取ればいいのかわかってほっとしたのだろう。〝ああ、ジョークか〟いや、ジョークではなかった。わたしにはわかっていて、父にもわかっていて――ウィルの顔を見れば――おそらく彼もわかっている。

オリヴィア——ブライズメイド

ジュールのパパがすわる。ジュールはぼろぼろだ。顔が赤くまだらになっている。ナプキンで目をぬぐうのが見えた。半分血がつながった姉はいつもタフだという雰囲気を出しているけれど、じつはとても感じやすい。正直言って、さっきは悪かったと思う。わたしが言ってもジュールは信じないだろうけれど、ほんとうにすまないと思っている。海の冷たさが体の奥までしみこんだみたいで、まだ寒さを感じる。昨夜のドレスに着替えたのは、この服ならジュールがあまり怒らないと思ったからだけど、できればいつもの服を着たかった。腕で体を包むようにしてあたたまろうとするけれど、歯の根が合わないほど震えている。

ウィルが立ちあがり、大声と口笛と少しのやじが沸き起こる。そのあと、会場が静かになる。ウィルが全員を惹きつける。彼は人にそういう力を及ぼす。自信たっぷりに見えるし、実際自信があるのだろう。そうやっていつも完全に主導権を握る。

「新婦の分も合わせてお礼を」彼が言いかけると、囃し立てる声と歓声、テーブルを叩き、足を踏み鳴らす音にことばの大半が掻き消される。彼がまわりに微笑みかけ、やがてみんなが落ち着く。「新婦の分も合わせてお礼を言わせてください。きょうは来てくださってどうもありがとう」彼が言う。「一番大切な愛する人たち、身近で親しい人たちとともに祝えるのはすばらしいことだと言ったら、ジュールも賛成してくれるでしょう」そしてジュールのほうを向く。「ぼくは世界一幸運な男だと思う」

ジュールの涙がいまは乾いている。そしてウィルを見あげたとき、彼女の顔つきがすっかり変わって大転換をとげている。突然あまりにも幸福そうな顔になったので、電球を見つめるときと同じでまともに見ることができない。ウィルが輝く笑みを返す。

「ほれぼれしちゃう」隣のテーブルの女性がささやくのが聞こえる。「どちらも完璧すぎるぐらいよ」

　ウィルが全員に笑顔を振りまいている。「ほんとうに幸運だったんです」彼が言う。「はじめて会ったときは。もしぼくがまさにそのときその場所にいなかったらどうなっていたでしょう。ジュールがよく言うように、それはぼくたちにとって未来が変わる何気ない瞬間だった」そう言ってグラスをかかげる。「ということで。幸運に乾杯。そして、自分から運を作ることに……というより、必要なら運に少し手を貸すことに」

　彼がウィンクをする。周囲が笑う。

「何よりまず」彼が言う。「ブライズメイドの美しさをたたえるのが習わしでしょう。あいにくたったひとりですが、七人分の魅力はじゅうぶんにあると言っていいでしょう。だから、オリヴィアに乾杯しましょう！　ぼくの新しい妹に」

　会場の全員がわたしのほうを向いてグラスをかかげる。わたしは耐えられない。床を見ていると、やがて歓声が鎮まり、ウィルがまた話しはじめる。

「それでは、つぎにぼくの新しい妻へ。美しい、賢いジュール……」周囲がまたやんやと騒ぐ。「きみがいなかったら、じつに味気ない人生だと思う。きみがいなかったら、なんのよろこびも愛もない。きみはぼくと同等の人間、ぼくの片割れ。ですからみなさん、立ちあがって乾杯をお願いします。ジュールに乾杯！」

　わたしのまわりの全員が立つ。「ジュールに乾杯！」満面の笑みで繰り返す。一同がウィルに微笑みかけ、とくに女たちは彼の顔に釘付けだ。彼女たちがそこに何を見ているかわかる。ウィル・スレイター。

テレビのスター。いまは半分血がつながった姉の夫。そして英雄。さっきわたしを海から救出した。どこから見ても好人物。

「ジュールとぼくがどんなふうに出会ったか知ってますか」みんながすわってからウィルが訊く。「運命のいたずらだった。ジュールが〈ザ・ダウンロード〉の記念パーティーをヴィクトリア＆アルバート博物館で開いたんです。ぼくはただの連れだった。友人といっしょに来たんですよ。とにかく友人が帰ることになって、ぼくは置いていかれた。ひとりで残るべきかどうかちょうど迷っていた。だから、なかへもどることにしたのは、ほんとうにとっさに決めたことだったんです。そうでなければどうなったか、だれにもわかりません。ぼくたちは出会っていたでしょうか。というわけで――ジュールが仕事にあまりにも没頭するので、ときどきぼくたちと仕事が三角関係に陥ったように感じるけれど、それでもそれがぼくたちを結びつけてくれたのだから感謝しよう。〈ザ・ダウンロード〉に乾杯！」

みんなが立ちあがる。「〈ザ・ダウンロード〉に乾杯！」オウムのように繰り返す。

ジュールのフィアンセに会ったのは、ふたりが婚約したあとだった。ジュールは彼のことをぜったい秘密にしていた。わたしたちを見て彼が尻込みするのを恐れ、婚約指輪をはめるまでは家に連れてきたくないらしかった。こんなことを言うといやな女だと思われそうだけど、ジュールはいくつかの点ではいつもすごく冷酷だ。はっきり言ってそれは彼女のせいじゃないと思う。ママもちょっとひどいから。

ジュールはどこまでもジュールらしく、全部の段取りを仕切った。ふたりがママのところへコーヒーを飲みにきて、三十分滞在したのち、みんなで〈リバー・カフェ〉へランチに行く（ジュールが言うにはふたりのお気に入りの店で、予約してあるらしい）。ママとわたしへの指示はとてもはっきりしていた。〝へまをしてわたしを困らせないこと〟

ジュールのフィアンセとの初対面でへまをするつもりなどほんとうになかった。でも、ふたりが家に着いて玄関からはいってきたとき、わたしはバスルームへ駆けこんで吐くしかなかった。そして、気づくとそこから動けなくなっていた。トイレの横でへたり、とても長く思える時間床にすわっていた。息が止まったような、だれかにお腹を殴られた感じだった。

何があったのかはっきりわかった。彼はわたしをタクシーに乗せたあと、ヴィクトリア&アルバート博物館へ引き返した。そこで出会ったのがパーティーの華だった姉だ――そっちのほうが彼にはずっとお似合い。運命のいたずら。はじめて彼に会ったときに言われたことばを覚えている。〝きみがもう十歳上だったら理想の女なんだけどな〟。これですっかりわかった。

少ししてから――大事な予定があるからだろう――ジュールが二階へやってきた。「オリヴィア」と声をかける。「これからランチへ行かなくてはならないのよ。もちろん、ぜひいっしょに来てほしいわよ。でもあまり具合がよくないのなら、そうね、まあどうでもいいわ」全然どうでもよくはない、という意味に聞こえたけれど、そんなことはかまわなかった。

なんとかして声を絞り出した。「わたし――行けない」ドア越しに言った。「体調が……悪くて」そのときは姉のあきらめに乗じるのが一番簡単なことに思えた。それに、とにかく気分が悪い――毒がはいったものを呑みこんだみたいに胃がむかむかしていた。

でも、あれから考えた。あのとき勇気を出してドアをあけ、その場で面と向かって姉に真実を告げていたらどうなっただろう。もはや手遅れになるまでじっと隠れている代わりに。

「わかった」ジュールが言った。「じゃあいいわ。行けなくて残念だけど」まったく残念そうではなかった。

「ここで怒ったりしないわよ、オリヴィア。ほんとうに体調が悪いのかもしれないしね。疑わしきは罰せずって言うでしょ。ただ、このことではあなたに支えてもらいたいのよ。最近つらい目に遭ったってママから聞いて、かわいそうだと思ってる。だけど、一度ぐらいわたしのために幸せそうにしてほしいのよ」

わたしはバスルームのドアに寄りかかってくずおれ、なんとか呼吸をつづけようとした。

彼は自分の反応をとてもすばやく隠した。たぶん、わたししか気づかないぐらいの反応だ。片方の目蓋がぴくりとし、顎がかすかに強張る。たったそれだけ。とても上手に隠し、とてもそつがなかった。

こういうわけで、わたしは彼をウィルだと思えない。わたしにとっては、これからもずっとスティーヴンだ。マッチングアプリで自分の名前を変えたとき、こんなことになるとは思わなかった。彼も嘘をついているとは思わなかった。

婚約パーティーのときは、前みたいに逃げ隠れしないと決めた。二カ月のあいだに取るべき態度をいろいろと考えておいた。あわてて逃げて吐くよりはずっとまともで、哀れっぽくもない態度を。そもそもわたしは何も悪いことをしていない。わたしとジュールにきちんと説明するのは彼のほうだ。彼のほうこそものすごく気分が悪くなるべきだ。はじめは勝ちを譲った。こんどは目にもの見せてやる。

でも、彼はわたしの出鼻をくじいた。わたしが着くと大きな笑みを浮かべた。「オリヴィア!」と声をかける。「きょうは体調がいいのかな。この前ちゃんと会えなくて残念だったね」

わたしはショックで何も言えなかった。彼は面と向かってまったく他人のふりをしていた。わたしは自分を疑いだす始末だった。ほんとうにこの人だった？　でも、たしかにそうだ。疑いようがなかった。近くで見ると、目尻の皺が同じで、喉にあのふたつのほくろがある。ほかにも、前に来たときに見せたあの一瞬の反応をはっきりと思い出した。

　彼は自分が何をしているか正確にわかっていた。そのうえで、知っている真実をわたしに暴露されづらい流れを作った。また、わたしがめそめそした子だからジュールには何も言えまい、何を言っても信じてもらえるとは思っていまいと踏んでいた。

　彼が考えたとおりだった。

ハンナ――同伴者

　いまのウィルのスピーチはどこか変だった。妙に覚えがある感覚、既視感《デジャヴ》。どこがそうとは言えないが、ほかの人たちの歓声や拍手を聞きながら、わたしはみぞおちのあたりにおさまりの悪さをかかえていた。

「さあ、いよいよだ」テーブルでだれかがささやくのが聞こえる。「みんな、メインイベントの用意はいいか」

　チャーリーはこのテーブルにいない。上座のテーブルで、ジュールのすぐ左にすわっている。それはそうだろう。わたしは結婚式の進行にかかわっていないけれど、チャーリーはかかわっている。ともあれ、どこを見ても夫婦は隣り合わせですわっているようだ。そういえば、けさからチャーリーをほとんど見かけず、会ったのは野外レセプションで飲んでいたときだけ——なぜか、まったく顔を合わせないよりも離れ離れになった気分だった。わずか二十四時間のうちに、わたしたちのあいだに深いみぞが広がったのかもしれない。

　まわりでは、ベストマンのスピーチの長さを予想して集計がおこなわれている。掛け金が五十ポンドなので、わたしは辞退する。そればかりか、このテーブルは〝悪たれ専用席〟に認定された。あたりには度を越した熱心さが感じられる。彼らはあまりにも長く閉じこめられていた子供のようだ。かれこれ一時間のあいだに、ひとりひとりがワインを少なくともボトル一本半は飲んでいた。隣にすわっているピーター・ラムゼイがあまりにも早口でしゃべるので、わたしは目まいがしてくる。鼻の孔のまわりにこびりついている白い粉が原因かもしれない。身を乗り出してナプキンのはじで粉をはたき落とすわけにもいかないだろう。

　チャーリーが立ちあがり、司会役にもどってウィルからマイクを受け取る。ついつい夫を観察し、飲みすぎの兆候に気を配る。顔面の筋肉がそれとわかるふうに少し垂れさがっていないか。やや足がふらついていないか。

「さて、それでは」夫が言うが、鋭い音でハウリングが起こり、同時に人々が——わたしが気づいたところではとくにアッシャーたちが——不満の声をあげてやじを飛ばし、耳をふさぐ。チャーリーが赤面する。わたしは内心夫にうんざりする。彼があらためて言う。

「さて、それでは……ベストマンからひと言いただきましょう。みなさん、ジョナサン・ブリッグスに盛大な拍手を」

「お手やわらかに頼むよ、ジョンノ！」ウィルが手をメガホンにして叫ぶ。苦笑いを浮かべて困ったなというゼスチャーを見せる。みんなが笑う。

　ベストマンのスピーチとはだいたいいつも聞くに堪

えないものだ。期待しすぎるせいもある。微妙なちがいで平凡な話が人を怒らせる話に変わる。たしかに、だれも傷つけずにそつなくまとめたほうが、核心を突こうとがんばるよりいいのかもしれない。ジョンノからは、だれが腹を立てようが気にしない人間という印象を受ける。

　気のせいかもしれないが、チャーリーからマイクを受け取るとき、ジョンノの体が少し揺れている。かたわらにいる夫が判事のごとく謹厳に見える。そのあと、ジョンノはテーブルをまわって前へ出るときにつまずいてころびそうになる。わたしのテーブルの面々から盛大なやじとかけ声が飛ぶ。すぐそばのピーター・ラムゼイが指笛を鳴らすので、鼓膜が変になる。

　ジョンノが一同の前に進み出るころには、酔っているのはだれの目にも明らかだ。数秒間無言で立ったあとで、ここがどこで自分が何をするところかを思い出したらしい。二、三度マイクを叩き、その音がテントに鳴り響く。

「さっさとやれよ、ジョンノ！」だれかが叫ぶ。「待ってるうちに歳を食っちゃうぞ」わたしのテーブルのまわりの者たちがこぶしでテーブルを叩き、足を踏み鳴らしはじめる。「スピーチ、スピーチ、スピーチ！スピーチ、スピーチ、スピーチ！」腕の産毛が逆立つ。きのうの夜を彷彿とさせる。部族的なリズム、脅されている感覚。

　ジョンノが〝落ち着け、落ち着け〟という手ぶりをする。全員に向かってにんまりと笑う。それから、振り向いてウィルを見る。咳ばらいをし、大きく息をつく。

「こいつとおれは長年のつき合いだ。トレヴェリアンを出たすべての仲間に告ぐ！」歓声が、とくにアッシャーたちから湧きあがる。

「それはともかく」声が静まると同時にジョンノが言い、ウィルを手で示す。「この男を見ろ。こいつを憎むのは簡単だよな」そこでことばが止まり、中断が一拍長すぎたかもしれないが、また話がつづく。「こいつはすべてを手に入れている。容姿、魅力、地位、金」――いまのは棘があっただろうか――「そして……」――こんどはジュールを指し示す――「女。だから、じつはいま、おれは考えている……たぶんおれはこいつが大嫌いなんだと。だれか同じ意見の者は？」

　会場に笑いの波が広がる。だれかが叫ぶ。「いいぞいいぞ！」

　ジョンノがにやりと笑う。目に荒々しい不穏な光が宿っている。「知らない者もいるから言っておくが、ウィルとおれは同じ学校にいた。しかしそこはふつうの学校じゃなかった。どちらかといえば……なんだっけな……捕虜収容所と『蠅の王』を合わせた場所――ゆうべ本の題名を教えてくれてありがとうな、チャーリー坊や！　つまり、がんばって成績をあげるなんてどうでもいい。肝心なのは生き延びる《サバイバル》ことだった」

　最後のことばに力がこめられ、まるでこの場にふさわしいかのように口にされたのは、わたしの気のせいだろうか。昨夜のディナーで話題になったゲームを思い出す。あれが〝サバイバル〟と呼ばれていたのでは？

「まあ聞いてくれ」ジョンノがつづける。「おれたちは長年同じ目に遭ってきた。いま話しているのはとりわけトレヴェリアン時代のことだ。暗い時期があった。頭にくる時期があった。ときどき、自分たちが外の世界と対抗している気持ちになった」そしてウィルのほうを見る。「そうだったよな」

　ウィルがうなずき、笑みを浮かべる。

　ジョンノの声の調子が少し変だ。危険な鋭さがある。何をしでかすか何を言うかわかったものではなく、とんでもない混乱を招きかねない。わたしはまわりのテーブルを見て、ほかのみんなも感じ取っているのだろうかと思う。たしかに会場がやや静かになっていて、全員が固唾を呑んでいる気配がある。

「それが大の親友ってもんじゃないか」ジョンノが言う。「おまえにはいつもみんながついていたけどな」

　テーブルの端からいまにも落ちそうなグラスを見ているかのようだ。何もできず、砕け散るのを待っているだけ。ジュールのほうをちらりと見てたじろぐ。口もとがにっこり笑った形にセットされている。このスピーチが終わるのを待ち望んでいるらしい。

「ところで、こいつを見てくれ」ジョンノが自分を指でさす。「きつすぎるスーツを着たでぶの野暮天野郎だ。そうそう」ウィルへ顔を向ける。「おれはおまえにスーツを忘れたって言ったよな。じつは、これにはちょっとした裏話がある」そう言ってわたしたち聴衆へ向き直る。

「さて。ほんとうのところ――正真正銘の真実はこうだ。スーツなんかなかった。というより……スーツはあったが、そのあとなくなった。最初は、ウィルがスーツを買ってくれるのかと思った。おれはこうした問題にくわしくないが、でもブライズメイドのドレスならぜったいそうだろう。だよな？」

　彼が問いかけるようにわたしたちを見る。だれも答えない。いまの大テントは静まり返っている。すぐ近くのピーター・ラムゼイさえ貧乏ゆすりをやめた。

「花嫁が買うんじゃないのか？」ジョンノが問いかける。「そういう決まりだろう。人にしょうもないものを着させようってんだ。その人間に選択の自由があるわけじゃない。そのうえ、親愛なるウィルはおれが〈ポール・スミス〉のスーツを着ることをことのほか望んだ。それ以下はだめだと言う」

　ジョンノがいつもの調子を取りもどしている。ライブハウスのコメディアンよろしく、わたしたちの前を堂々と行ったり来たりする。

「とにかくそれで……おれたちは店へ行って、おれはラベルを見てこう思った――すごいな、ずいぶん太っ腹じゃないか。八百ポンドもするぞ。女をその気にさせるスーツなんだろうな。だけど八百ポンドだろ。その金を払って寝たほうがいい。だいたい毎日の生活で八百ポンドのスーツを何に使うんだ。二週間に一度洒落たパーティーへ行くわけじゃないんだぞ。それでもおれは考えた。ウィルが着てもらいたがってるなら、おれが反対する筋合いじゃないってな」

わたしはウィルのほうをすばやく見る。微笑んでいるけれど、その笑みが引きつっている。

「しかしそのあとだ」ジョンノが言う。「レジのそばで一瞬決まり悪い場面があった。ウィルが我関せずの態度でおれに会計をさせたんだ。おれはそのとき自分のクレジットカードで支払いができますようにと祈っていた。支払えたのは正直言って奇跡としか言いようがない。そのあいだウィルは微笑んでそばに立っていた。ほんとうは自分が買ってやったみたいに。おれが振り向いて礼を言うのが当然みたいに」

「やばいぞ、これは」ピーター・ラムゼイがささやく。

「だから翌日おれはスーツを返しにいった。もちろん、ウィルに言うつもりはなかった。そんなわけで、ここへ来るずっと前から、スーツを家に置いてきたという筋書きを考えておいた。だれもおれをはるばるイギリスまで取りにいかせるわけにはいかないだろう。それに、さいわいおれはど田舎に住んでいるから、行って取ってきてあげようという〝親切な申し出〟があるはずもない——もしそうなったらえらく困っただろうけどな、ははっ！」

「これって面白いのかしら」わたしの向かいにいる女性が尋ねる。

「スーツに八百ポンド」ジョンノが言う。「八百ポンドだ。なにしろ、買えば自分の名前を上着の内側に刺繍してもらえるんだからな。おれは腎臓を売るはめになるところだった。こんなつまらないものを売るはめになるところだった」両手を体の下のほうへみだらなしぐさで言わせ、気のないやじが少し飛ぶ。「街の通りで。そうか、三十過ぎの太った毛むくじゃらの野郎のこれじゃあまり気を惹けないか」そして、大きな野太い声で笑う。

それにつづいて――その声が合図になったかのように――聴衆の一部がいっしょに笑う。安堵の笑い、それまで息を詰めていた人の笑いに聞こえる。

「つまり言いたいのは」ジョンノがまだつづける。「ウィルはおれにスーツを買ってもよかったんじゃないかってことだ。そこそこ裕福なんだろ。だいたいはいとしのジュールのおかげだ。それなのに、こいつはしみったれてる。もちろん、心から愛をこめて言ってるんだよ」おかまのしぐさで、ウィルへぱちぱちとまばたきを送る。

ウィルがもはや笑っていない。わたしはジュールの表情をうかがう気持ちにすらなれない。見てはいけない気がする。これは、車の事故現場を見ずにいられない、恐ろしい暗い衝動とはまったく別物だ。

「まあとにかく」ジョンノが言う。「どうでもいいことだ。ウィルは何も訊かずに替えのスーツを貸してくれた。それでこそ一人前の男じゃないか。ただ、言っとくけどな、兄弟」そう言って体をぐんと伸ばすと、とめられたボタンにさからって上着が張り裂けそうになる。「二度ともとの形にもどらないかもしれない」

ふたたびわたしたちのほうを向く。「でも、大の親友だからそれくらいかまわないよな。おまえにはいつもみんながついていた。たしかにこいつはけちんぼだったかもな。それでも、いつもそばにいてくれたのは承知している」

ジョンノが大きな手をウィルの肩に置く。ウィルがその重みで少し沈んだみたいに、ジョンノが押さえこんでいるみたいに見える。「そして、もちろんこれもよく承知しているが、こいつは二度とおれにいやがらせをしないだろう」ウィルの顔をうかがうかのように頭を傾ける。「そうだよな、兄弟」

ウィルが顔へ手をやり、ジョンノの唾が飛んだあたりをぬぐう。

間が空く――ぎこちない長い間がつづき、ジョンノが返事を待っているのは明らかだ。ついにウィルが言う。「ああ、しないよ。するわけないだろう」

「そうか、それならよろしい」ジョンノが言う。「よく言った！　なんたって、ははっ……おれたちはいろいろあったからな。おまえのことならあれこれ知ってるんだ。まずいことになるよな。思い出を全部分かち合ってるんだから。覚えてるだろ。ずいぶん昔の話だ」

ジョンノがふたたびウィルを見る。ウィルの顔から血の気が失せている。

「なんだよあれは」テーブルでだれかがささやく。

「ジョンノは何をしゃべってるんだ。薬でもやってるのか」

「たしかにな」それに応える声が聞こえる。「これは異常事態だ」

「ところで話は変わるが」ジョンノが言う。「さっきアッシャーたちとちょっと話し合った。イベントに少し伝統を持ちこんだら面白いだろうとおれたちは考えた。昔をなつかしんで」そして、会場へ向かって大きな身振りをする。「やるか？」

それを合図にアッシャーたちが立つ。いっせいに来て、すわっているウィルを取り囲む。

ウィルが面白がっているふうに肩をすくめる。「何をしようってんだ」みんなが笑う。けれどもウィルが笑みを浮かべていないのはわかる。

「お互い様だろ」ジョンノが言う。「伝統ってやつさ。来いよ、兄弟、楽しいぞ！」

そのあいだに、仲間たちがウィルにつかみかかる。全員笑ってはしゃいでいる――そうでなければ、その行動はもっとずっと不吉なものに見える。ジョンノが自分のネクタイをはずしてウィルの目を覆って結び、目隠し代わりにする。そのあと、みんなで肩にかつぎあげると、ゆうゆうとウィルを連れていく。大テントの外、濃くなってきた夕闇のなかへと。

ジョンノ――ベストマン

おれたちはウィルを〈ささやく洞窟〉の地面へ乱暴に置く。高価なスーツが濡れて砂まみれになったり、顔にパンチを食らうみたいに強烈なにおいが鼻を突いたりするのをウィルがよろこぶはずもない。腐った海藻と硫黄のにおいだ。あたりは暗くなりはじめ、目を少し凝らさないとよく見えない。海もさっきより荒れていて、両側の岩に打ちつける波の音が聞こえる。ここまで運ばれる途中、ウィルは笑いながらおれたちにジョークを飛ばしていた。「おいおい、ごみごみした場所へは連れてくなよ。このスーツに何か少しでもついたらジュールに殺される――」とか「特別にボランジェをひとケースやるから連れ帰ってくれないかな」

とか。

　みんな笑っている。連中にしてみれば、ちょっと昔に帰ったみたいで楽しくてたまらないのだろう。二時間ほど大テントにいるあいだにもっと酔っぱらって興奮している。鼻に粉をつけているピーター・ラムゼイみたいなやつはとくにそうだ。おれもスピーチの前に何人かと連れだってトイレで一発決めたが、やめればよかったかもしれない。神経がぴりぴりしただけだった。いろいろなものを妙に鮮明に感じたりもした。

　みんなは外に出たことでとにかく舞いあがっている。なんだかスタッグみたいだ。そろって昔に帰ったような。いまや風は疾風となり、いよいよすごい雰囲気になってくる。おれたちは頭を低くさげて向かい風のなかを進むしかなかった。その分ウィルを運ぶのがむずかしかった。

〈ささやく洞窟〉は格好の場所だ。かなり人目につきにくい。こんな洞窟がトレヴェリアンにあったなら、サバイバルに使われたにちがいない。

　ウィルが砂利の上、海に近すぎないところに横たわっている。このあたりの潮の干満がどうなのかは知らない。おれたちは母校の伝統にのっとり、ウィルの手首と足首を自分たちのネクタイで縛っておいた。

「よし、これでいい」おれは言う。「しばらくこのままにしておこう。こいつが自力でもどれるかどうか見るんだ」

「ほんとうに放置するわけじゃないよな」洞窟を出るときにダンカンが小声でおれに訊く。「自分でなんとかほどくまで」

「まさか」おれは言う。「そうだな、三十分経っても帰ってこなかったら迎えに来よう」

「そうしろよ！」ウィルが大声をあげる。いまだにこれが大がかりなジョークだという姿勢を崩さない。「ウェディングパーティーの途中なんだからな！」

　おれは仲間といっしょに大テントへ向かう。「あ、そうだ」フォリー館を通りかかったときに言う。「先に行っててくれ。小便をするから」

連中が笑ったり押し合ったりしながら大テントへ帰っていくのを見守る。おれもあんなふうになれたらいいのに。自分にとってそれが学校時代の罪のない思い出、ちょっとしたお楽しみだったらいいのに。いまでもゲームだったらいいのに。

仲間の姿が見えなくなると、おれは踵《きびす》を返し、洞窟へともどっていく。

「だれだ」おれが近づくやいなや、ウィルが声をあげる。それが洞窟のなかで反響し、まるで五人のウィルが言っているように聞こえる。

「おれだよ」おれは言う。「おまえの相棒さ」

「ジョンノか」ウィルが腹立たしげに言う。なんとか体を起こし、いまは洞窟の壁に寄りかかっている。あの連中が行ってしまったので、いまは仮面を取っている。目は覆われているが顎に力がこもっていて、ウィルがかなり怒っているのが見て取れる。「ほどけ、目隠しを取れ！　パーティーにもどらないと——ジュールがかんかんになる。おふざけはこれで終わりだ。こんなのは面白くない」

「そうだな」おれは言う。「うん、それはわかるよ。その証拠におれだって笑ってない。反対の立場にいるときはそれほど面白くないよな。でも、おまえはいままでそれに気づいてなかった。トレヴスでは一度もサバイバルをやらなかっただろ。なぜかやらされることもなかった」

ウィルが目隠しの奥で眉をひそめるのがわかる。

「あのなあ、ジョンノ」軽い気さくな口調でウィルが言う。「あのスピーチときたら……そしてこんどはこれだ——少し飲みすぎたんじゃないのか。なあ相棒、冗談は抜きに——」

「おれはおまえの相棒じゃない」おれは言う。「理由はなんとなくわかるだろう」

スピーチの最中、おれは実際よりも酔っぱらったふりをした。ほんとうはそこまで酔っていない。おまけにコカインで神経が研ぎ澄まされた。おれの頭はいまとてもすっきりして、まるで大きな明るいスポットライトでだれかに脳内を照らされているみたいだ。たくさんのものが突然ライトアップされ、なるほどそうかとわかる。

これからはだれにもばかにされるものか。

「午後の二時ごろまで、おれはおまえの相棒だった」おれはウィルに話しかける。「だけど、いまはもうちがう」

「なんの話をしてるんだ」ウィルが訊く。自信が揺らぎはじめたらしい。そうだよな。こわくなって当たり前だ。

あのスピーチのあいだじゅう、いったいどういうつもりだという顔でウィルがおれを見ているのがわかった。自分のことで、招待客全員につぎは何を話すつもりなんだ、と。びびっていたのならいいな。一切合切ぶちまけたらよかったと思う。でも、おれは怖気づいた。ずっと昔に怖気づいたみたいに——あのとき、教師のところへ行くべきだったし、どの下級生が告げ口しようが、そいつを擁護するべきだった。自分たちがしたことをきちんと話すべきだった。そうすれば教師もおれたちふたりに対して見て見ぬふりを決めこむわけにはいかなかったんじゃないか。

しかし、あのときおれはそれができず、スピーチのときもできなかった。なぜなら、どうしようもない臆病者だからだ。

これは次善の策だ。

「さっきピアーズと興味深い話をしたよ」おれは言う。「じつにためになった」

ウィルが息を呑むのがわかる。「そのことだけど」慎重に言うウィルの声色は、分別をわきまえて率直に話すときのものだ。そんなふうに言われてもよけいに腹が立つだけだ。「ピアーズが何を言ったか知らないが――」

「おれを食い物にしたな」おれは言う。「ピアーズに全部教えてもらう必要はなかった。自分の頭でわかったよ。そう、自分で。ばかなジョンノはもっとがんばらないとな。おれを参加させるわけにはいかなかったんだろ。あまりにも足手まといだ。おれがいたら昔の自分を思い出してしまう。自分がしたことを」

ウィルが顔をゆがめる。「ジョンノ、なあ、ぼくは――」

「おまえとおれ」おれは言う。「いいか、おまえとおれはいつも支え合う運命だった。おれたちは世界に刃向かっているっておまえは言ったもんだ。とくに、あのことがあって、お互いそれをかかえこんだあとではな。おれはおまえを守り、おまえはおれを守る。そんなふうに思っていた」

「いまもそうさ、ジョンノ。だってベストマンなんだから――」

「いいことを教えてやろうか」おれは言う。「あのウイスキーのビジネスだけどな」

「へえ、なんだい」ウィルがすばやく話に乗ってくる。「ヘルレイザーだよな！」こんどは覚えていた。「いいじゃないか！　おまえだって自分でうまくやってる。こんな恨みつらみをぶつける必要がどこに――」

「ちがうんだ」おれはまたさえぎる。「そんなものはないのさ」

「何を言ってるんだ。じゃあ渡されたあのボトルは……」

「偽物だよ」ウィルに見えなくても、おれは肩をすくめる。「スーパーマーケットにあったどこかのシングルモルトをふつうの瓶に詰め直した。ラベルは友人のアランに作ってもらった」

「ジョンノ、いったい――」

「だからさ、自分にもできるって最初はほんとうに思ってたんだよ。それが全然うまくいかない。だから、せめてどんなふうに見えるかと思って取りあえずアランにラベルの図柄を作らせたんだ。だが、この時代にウイスキーのブランドを立ちあげるのがどれほどむずかしいかわかるか。デヴィッド・ベッカムでもないかぎり無理だ。それとも、金持ちの親が出資するとか、大物とコネがあるとか。おれにはそんなコネはない。いままでもだ。トレヴスの連中はみんな知っていた。陰で浮浪者呼ばわりされてたのは知っている。けれども、おれたちが持っていたもの、それは揺るがないと思っていた」

ウィルが地面で体の位置を変え、姿勢を真っ直ぐにしようとしている。手を貸すつもりはない。「ジョンノ、なあ、頼むよ――」

「ああ、それから、アドベンチャーセンターを辞めたのはウイスキーのブランドを立ちあげるためじゃないんだ。どれくらい情けない理由で辞めたのかって？聞いて驚くなよ……仕事中にマリファナでハイになってクビになったんだ。ティーンエイジャーみたいにな。チーム結束を強化するためのコースに太った男がいた。懸垂下降のときにおれはそいつに速すぎる下降をやらせ、足首を骨折させた。ところで、なぜおれがハイになっていたかわかるか」

「なぜだ」ウィルが慎重な態度で訊く。

「どうにか生きていくにはマリファナを吸うしかないからだ。忘れさせてくれるのはそれだけだからな。おれの全人生が遠い昔のあの時点で止まってる気がする。なんだか――どういうわけか……あれからいいことがひとつもない。トレヴスを出てから久しぶりに出会ったましなことといえば、あのテレビ番組の企画ぐらいだ――それをおまえはおれから取りあげた」おれは話を中断して深く息をつき、二十年近くかけてやっと悟ったことを言う準備をする。「でも、おまえはちがうみたいだな。過去にとらわれていない。おまえは痛くも痒くもなかった。相変わらず必要なものをかすめ取っている。そして、いつも罰をのがれている」

ハンナ——同伴者

四人のアッシャーが大テントへ乱入する。ピーター・ラムゼイがラミネートの床を膝でスライディングし、巨大なウェディングケーキを据えたテーブルにぶつかりそうになる。ダンカンがアンガスの背中に飛びついてきついヘッドロックをかけ、アンガスの顔が紫色に変わりはじめる。アンガスがよろめき、半笑いしながらあえぐ。そこへフェミがいきなりのしかかったので、三人とも手足をからませて倒れこむ。あんなふうにウィルを大テントから拉致する無茶をやってのけたので、この男たちは興奮して浮かれているのだろう。

「バーへ行くぞ、者ども！」ダンカンが勢いよく立ちあがって吼える。「いまこそ地獄を呼び覚ませ！」

　これを合図に、ほかの大勢も笑ったりしゃべったりしながらあとにつづく。わたしは自分の席にとどまる。大半の人たちが、あのスピーチとその後の驚くべき展開に目を瞠り、浮き浮きしているようだ。けれども、わたしは同じ気持ちになれない——ウィルは笑みを浮かべていたけど、あれにはどこか尋常でないものが感じられた。目隠しとか、あんなふうに手足を縛ったことか。上席のほうを見やると、ジュールのほかはだれひとりおらず、そのジュールはひとり静かにすわって物思いにふけっているように見える。

　突然、バーがあるテントから騒ぎが起こる。大声が聞こえる。

「おいおい——落ち着けって！」

「いったいどうしたんだよ、え？」

「まあとにかく気を鎮めて——」

　そのあと、まちがいなく夫の声。うわ、大変。立ってバーのほうへ急ぐ。人だかりがあり、遊び場の子供たちさながら全員夢中になって見ている。わたしは人垣へ分け入り、なるべく急いで前へ行く。

　チャーリーが床にうずくまっている。それだけでなく、こぶしをあげてもうひとりの男に半分またがっている。ダンカンだ。

「もういっぺん言ってみろ」チャーリーが言う。

　一瞬、わたしは夫を見つめることしかできない。わたしの夫——地理の教師、二児の父親、ふだんはあんなに温厚なのに。夫のこうした側面を見るのはずいぶんひさしぶりだ。それから、なんとかしなくてはと気づく。「チャーリー！」わたしは前へ飛び出す。彼が振り向くが、一瞬わたしがだれかわからないらしく、まばたきをするだけだ。顔が紅潮し、アドレナリンで震えている。息が酒臭い。「チャーリー——あなたいったい何してるの」

　それを聞いて、夫は少しわれに返ったようだ。さいわい、それ以上騒がずに立ちあがる。ダンカンが小声でぶつくさ言いながらシャツを真っ直ぐに直す。道をあけてもらってチャーリーを連れていくとき、わたしは周囲の無言の視線を感じ取る。差し迫った恐怖が引いたいま、屈辱だけが残っている。

「いったい何があったの」中央のテントへもどり、すぐ近くのテーブルにすわるやいなや、わたしは尋ねる。「チャーリー――どうしちゃったのよ」

「もうたくさんだ」彼が言う。明らかにろれつがまわっていないし、さっきの激しい怒声からも相当酔っているのがわかる。「あいつがスタッグのことをえらそうにしゃべってたから、がまんできなくなった」

「チャーリー」わたしは言う。「スタッグでほんとうは何があったの」

彼が長いうめき声をあげて両手で顔を覆う。

「教えて」とわたし。「減るもんじゃないでしょ、別に」

チャーリーががっくりと肩を落とす。しかたなくではあるが、ふっと話す気になったらしい。深呼吸をする。長い間が空く。そして、とうとう語りだす。

「ストックホルムから二時間ばかりフェリーに乗ったところに群島があって、その島のひとつでぼくたちはキャンプをした。それはつまり……なんでも自力でやるキャンプで、自分たちでテントを張って火をおこすんだ。だれかが買っておいたステーキ肉を、ぼくたちは熾火《おきび》の上で焼いた。参加者で顔見知りはウィルだけだったが、みんないい連中に見えた」

飲んだ酒が舌をなめらかにし、堰を切ったように話し出す。それによれば、全員がトレヴェリアンの同窓生だったので、学校時代の思い出話ばかりで夫は飽き飽きしたらしい。チャーリーはただすわって笑みを浮かべ、興味があるふりをしていた。もちろん深酒をする気にはなれなかったので、みんながそのことでばかにした。そのうち参加者のひとりが――ピートだったとチャーリーは思っている――マッシュルームを取り出した。

「マッシュルームを食べたの、チャーリー。マジックマッシュルームを？」わたしは笑いだしそうになる。思慮深い安全重視の夫とも思えない。わたしはなんでも試してみたい性質《たち》で、十代のころマンチェスターのクラブで恐る恐る試したことがある。

　チャーリーが顔をしかめる。「まあそうだ。みんなやってたからね。ああいう連中といっしょにいるときに……いやとは言えないだろ。それにこっちは連中が行ってた裕福な学校の出身じゃないから、仲間はずれにされていた」

　でもあなたは三十六歳でしょ、とわたしは言いたい。もし息子のベンが、したくもないことを友達に強要されたら、あなたはベンになんと言うの。そのあと、囃し立てられてグラスを干したゆうべの出来事を思い出す。わたしもしたくなかったし、ほんとうはする必要がないのはわかっていた。「そうなんだ。マジックマッシュルームを食べたのね」これがわたしの夫、学校でドラッグ厳禁の姿勢を貫いている教師だ。「とんでもないわね」そう言って笑いだす——笑わずにいられない。「ＰＴＡが知ったらなんて言うかしら！」

　つぎにチャーリーが話すには、全員でカヌーに乗って別の島へ行ったそうだ。そして、裸になって海にはいって飛んだり跳ねたりしていた。彼らはチャーリーに三番目の小島まで泳ぐようそそのかし——そうした度胸試しがいっぱいあった——やがてチャーリーがもどってくると、みんないなくなっていた。カヌーなしで置き去りにされたのだ。

「服もなかった。春とはいえ北極圏だからね、ハン。夜は凍える。そこに何時間かいると、ようやく連中が迎えにきた。マッシュルームの効き目が切れかけていた。すごく寒かった。低体温症になるかと思った……死ぬかと思った。そしてあいつらが来たとき、ぼくは——」

「どうしたの」

「泣いていた。地面に突っ伏して、子供みたいにむせび泣いていた」

いまも屈辱で泣き出しそうに見えるので、わたしはかわいそうになる。ベンにするみたいに夫を抱き締めてあげたい——けれども、どうしてそこまでされるのかがわからない。男たちがスタッグでばかな真似をするのは知っているけれど、彼らはチャーリーひとりを標的にしていたようだ。だめでしょ、そんなのは。

「それって——あんまりだわ」わたしは言う。「まるでいじめじゃないの、チャーリー。というか、いじめそのものよ」

チャーリーが表情ひとつ変えず、遠い目をしている。わたしは気持ちを読み取れない。夫を昔から知り尽くしていると思っていたのは傲慢だった。いっしょになって何年にもなる。けれども、見知らぬ土地にいる二十四時間足らずのあいだに、その思いが空想だったことがはっきりする。ここへやってきたときからそれは感じていた。チャーリーはますますわたしの知らない人間になっていくようだ。スタッグのことでさらにそれを確認できた。夫が隠していた恐ろしい体験が明らかとなり、その体験が夫を複雑な目に見えない形で変えてしまったのではないか。正直言って、いまのチャーリーが本来のチャーリーだとは思えない。わたしが知っているチャーリーでもない。この場所が彼に、いや、わたしたちに何かをした。

「全部あいつの考えだ」チャーリーが言う。「そうに決まっている」

「だれの考えなの。ダンカン?」

「ちがう。やつは能無しだ。追随者だ。ウィルだよ。あいつが首謀者だ。だれだってわかる。それにジョンノもだ。あとの連中は指示されて動いていた」

ウィルが人にそんなことをさせるなんて想像もつかない。とにかく、スタッグで采配をふるうのはまわりの男性たちであって、花婿ではない。そう、ジョンノが裏にいるのは簡単にわかる。あんなおかしな真似をしたあとではなおさらだ。彼には少し乱暴なところがある。悪気はなく、うっかりやりすぎたのかもしれない。ダンカンがぜったいに首謀者だ。でもウィルはちがう。チャーリーはウィルを好きでないから、彼を悪者にしたいのだろう。

「信じないんだな」チャーリーが暗い顔で言う。「ウィルじゃないと思ってるんだろう」

「まあそうね」わたしは言う。「正直なところ、ちがうと思う。なぜなら――」

「なぜなら、あいつとやりたいからだ」チャーリーが罵る。「気づかれてないと思ったのか。ゆうべあいつを見る目つきでわかったぞ、ハンナ。あいつの名前を言うときの声でもな」そして不愉快な裏声でささやく。「まあ、ウィル、凍傷になったときのことを教えてちょうだい、あら、あなたってとっても男らしいのね……」

その残忍な口ぶりに、わたしは思わず身を引く。チャーリーが酔ったのがひさしぶりで、ここまで変貌するのを忘れていた。でも、わたしが反応したのは、そこに一片の真実が含まれていたからでもある。知らず知らずのうちにウィルにとっていた態度を思い返し、罪の意識が頭にちらつく。けれども、それがたちまち怒りに変わる。

「チャーリー」わたしは押し殺した声で言う。「信じられない……よくもそんなことが言えるわね。自分がどんなにひどいことを言ってるかわかってる？ あの人はわたしがまわりに溶けこめるように心を砕いてくれただけよ――あなたなんかよりずっとね」

それから、ゆうべのジュールとのいちゃつきぶりを思い起こす。あの男たちとは明らかに飲んでいなかった夜半過ぎ、こそこそと寝室にもどってきたことも。

「いったい全体」わたしは声を張りあげる。「どの口が言ってるの。ゆうべのあなたとジュールの茶番にはぞっとする。ジュールときたらあなたを手玉に取ってきたみたいな態度ばかりとって——それにあなたが調子を合わせて。わたしがどんな気持ちかわかる？」声が割れる。「わかってるの？」怒りと涙の板挟みとなり、一日の気苦労と孤独感のせいで限界に達している。

チャーリーが少ししゅんとなる。口を開いて何か言いかけるが、わたしはかぶりを振る。

「彼女と寝たんでしょ」以前はぜったいに知りたくなかった。でもいまは訊く勇気が湧いている。

長い沈黙がある。チャーリーが両手に顔をうずめる。

「一度」指の隙間からくぐもった声が聞こえる。「でも……ほんとうにずっと昔で……」

「いつよ。いつだったの。十代のころ？」

彼が顔をあげる。口を開き、話すかに見えるが、また閉じる。彼の表情。ああ、そんな。十代のころなんかじゃない。お腹をパンチされた気分だ。でも、いまは知るしかない。「もっとあと？」わたしは尋ねる。

彼が深く息を吐き、それからうなずく。

喉がふさがったみたいで、ことばを発するのに苦労する。「それって……わたしたちがいっしょになってから？」

チャーリーがすっかりしおれて、また両手で顔を覆う。長くて低いうめき声を漏らす。「ハン……すまない。そんな気はなかった、ほんとうだ。ばかなことをしたよ。きみが……つまりその、ぼくたちが長いあいだセックスをしなかったときだ。それは——」

「ベンが生まれたあとね」胃がむかむかする。急にはっきりする。返事がないのがじゅうぶんな裏付けだ。

ようやく彼が話す。「だから……あのころぼくたち夫婦は大変だった。きみが、その……四六時中落ちこんでいて、ぼくはどうすればいいか、どう手を貸せばいいかわからなくて——」

「つまり、わたしが産後鬱になりそうだったとき？

縫った傷が治るのを待っていたとき？　信じられない、チャーリー――」

「ほんとうにすまない」さっきの悪ぶった態度がすっかり消えている。まったくのしらふに見えるくらいだ。「悪かったよ、ハン。ジュールは当時つきあってたボーイフレンドと別れたばかりで――ぼくたちは仕事のあと飲みにいって……ぼくは飲みすぎた。あとになって、よくないことだから二度としないってことになった。だから、そんな気はなかったんだよ。ろくに思い出せないくらいだ。ハン――こっちを見てくれ」

　夫を見ることができない。見ようとも思わない。あまりのむごい仕打ちに、まともに考えることもできない。ショック状態にいるらしく、痛みがまだ全部は染みこんでこない。それでも、あのいちゃつき方、親しげなスキンシップのすべてが、あらたな恐ろしい光のなかへと投げこまれる。ジュールにわざと除外され、チャーリーをひとり占めされた、そんな気がしたときのことをあれこれ思い浮かべる。

　あの牝犬《ビッチ》。

「じゃあ、いままでずっと」わたしは言う。「自分たちはただの友達だとか、馴れ馴れしくしたって変な気はないとか、彼女は妹みたいなものだとか言ってきたのは……嘘っぱちだったってことね。ゆうべふたりで何をしてたのか、わたしは知らない。知りたくもない。それにしたって、よくもまあ」

「ハン――」チャーリーが手を伸ばし、わたしの手首におずおずとふれる。

「やめて――さわらないで」わたしはさっと腕を引っこめて立つ。「それに、見苦しいわ」わたしは言う。「恥さらしよ。スタッグで何をされたにせよ、ここで乱暴を働く言いわけにはならない。たしかに、あの人たちがしたことはひどいかもしれない。でも、被害はいっときだったんでしょ。いいかげんにして。あなたはおとなで、父親で……」もう少しで〝夫で〟を加えそうになるけれど、言う気になれない。「あなたにはもう責任がある。だからね。あなたの面倒を見るのはもううんざり。わたしはもう知らないから。自分のことは自分で始末しなさい」わたしは踵を返し、さっさと立ち去る。

ジョンノ——ベストマン

「ジョンノ」少し笑いながらウィルが言う。笑い声が洞窟の壁に当たって返る。「なんの話かよくわからないな。過去がどうのこうのって。そういうのはよくないぞ。人は進んでいくしかないんだ」

たしかにそう思うが、おれにはできない。自分の一部がそこにはまって動かない。忘れようと努力はしたが、あの毒が自分の芯に残ったままだ。あれからおれの人生には何も、とにかく大事なことは何も起こらなかった気がする。そして、ウィルが後ろを少しも振り返らずに人生を歩んでいられるのを不思議に思う。

「あれは痛ましい事故とされた」おれは言う。「だがちがう。おれたちのせいだぞ、ウィル。完全におれたちが悪い」

「部屋の整頓をしていたんですが」ローナーがそう言ったのは、おれたちがラグビーの練習からもどったときだった。おれがそれを命じたのは、ほかに言いつける雑用がなくなったからだ。「こんなものがありました」あいつは火傷しそうだと言わんばかりに、手に持ったものを差し出した。GCSEの問題用紙の束だった。


あいつはウィルを見た。ローナーの顔つきを見て、だれかが死んだと思っても無理はない。あいつにとっては死んだのだろう。あいつのヒーローが。

「もどしておけ」ウィルがとても静かな声で言った。

「あなたは持ち出すべきじゃなかった」ローナーが言った。おれたちはふたりともあいつの背丈の二倍ぐらいあったから、度胸のあるやつなんだろう。考えてみると、あいつはかなり勇敢な子供で、おまけにちゃんとしていた。でも、なるべく考えないようにする。あいつは首を横に振った。「これは――カンニングです」


部屋を出たあと、ウィルがおれに向き直る。「おまえは救いようのないドジだな」ウィルが言った。「あれがあそこにあるって知っていて、なぜあいつに部屋の整頓をさせるんだ」あれを盗んだのはウィルで、おれじゃない。いまならわかるが、ばれたときはおれに罪を着せるつもりだったんだろう。


あのときウィルが歯を見せて笑ったが、本物の笑みとは全然別物だったのを覚えている。「なあ、いいか」ウィルは言った。「今夜サバイバルをやろうと思う」

「おまえは自分を止められなかった」おれはウィルに言う。「ばれたら放校になるのを知ってたからな。それに、くそみたいな評判がおまえには大事だった。いつもそうだった。自分がほしいものを取る。そして、自分の行く手に立つ者をだれでも利用する。おれさえも」

「ジョンノ」ウィルが静かな理性的な口調で言う。「おまえは飲みすぎたんだよ。自分が何を言ってるのかわかってない。もしぼくたちのせいだったなら、責任をまぬがれるはずがない。そうだろ」

おれたちはふたりだけで決行した。あの夜、ローナーは寮の四人部屋にいた。四人のうち二人が体調を悪くして療養室にいた。だからやりやすかった。部屋へ侵入したとき、ひとりが身じろぎしたかもしれないが、おれたちはすばやかった。おれは暗殺者になった気分だった——めちゃくちゃかっこよくなった気分だ。楽しかった。あまり考えていなかった。アドレナリンがみなぎるにまかせた。おれがラグビー用靴下をあいつの口へ押しこむあいだにウィルが目隠しをし、あいつが出した声はくぐもって静かだった。運び出すのはむずかしくない。あいつは全然重くなかった。

あいつは少しもがいた。ただし、ほかの連中がときどきやるみたいにびびって漏らしたりしなかった。やはり、かなり勇敢な子供だった。

おれは森へ行くものと思っていた。だけど、ウィルが崖のほうを指差す。おれは解せなくてウィルを見た。一瞬、崖から投げ落とすつもりかと思って肝を冷やした。〝崖の小道だ〟ウィルが口の形で伝える。「ああ、わかった」おれはほっとした。崖の小道をくだるのにずいぶん時間がかかった。一歩進むたびに石灰岩が崩れ、足もとが滑るが、両手がふさがっているので、岩に取りつけてある手すりにつかまることができない。あいつが息をしているか心配になったのを覚えている。そこで猿ぐつわを取ろうとすると、ウィルがだめだと首を振った。「鼻から息ができるさ」と言う。おれが後悔しはじめたのはたぶんそのあたりからだ。何をばかな、と自分を叱咤した。ここまで来たんじゃないか。このまま行くんだ。

　とうとう濡れた砂の浜辺へ着いた。このあとどんなふうに帰りづらくするか、おれにはわかっていなかった。いったん目隠しをはずしてしまえば、たとえ眼鏡なしでも自分のいる場所は一目瞭然だ。学校からさほど遠くなく、崖の小道はだれにでものぼれる——小柄な子供ならなおさらだ。生徒たちはしょっちゅう浜辺へおりる。でもおれは考えた。雑用をこなしたことに免じて、結局ウィルはこいつが簡単に帰れるようにしてやりたいのではないか——おれたちのシューズをきれいにし、部屋を整頓し、ほかにもいろいろやった。それなら公平だろう。

「わかってるよな、ウィル」おれは言う。胸の奥で耳障りな音がする。痛みの音が。おれは泣いているのかもしれない。「おれたちは償うべきだった。自分たちがしたことを」

　ウィルが崖の小道の下のほうを指差したのをおれは覚えている。ウィルが紐を取り出したのはそのときだった。ありきたりのラグビーシューズの紐だ。

「こいつを縛りつけるんだ」ウィルが言った。

　結局なんてことはなかった。ウィルは、崖の小道の一番下にある手すりにあいつを縛りつける役をおれにさせた。おれは縄結びがとても得意だった。これでもうわかった。こうすれば少しむずかしくなる。ここから脱出するには〝脱出王〟の奇術師、フーディニー並みの技が必要で、時間がかかるだろう。

　そしておれたちはあいつを置き去りにした。

「いいかげんにしろよ、ジョンノ」ウィルが言う。

「あのときおまえも聞いただろう。悲惨な事故だったと」

「それが真実じゃないのはわかってるはず――」
「いいや、それが真実だ。ほかにはない」

翌日目覚めると、寮の窓から海が見えたのを覚えている。気づいたのはそのときだった。自分たちの愚かさが信じられなかった。潮が満ちていた。

「ウィル」おれは言った。「ウィル――あいつが紐をほどけたとは思えない。満潮だ……おれは考えなかった。どうしよう、もしかしたらあいつは――」吐くかもしれないと思った。

「騒ぐな、ジョンノ」ウィルが言った。「何も起こらなかった、いいな。ここはひとつ、おれたちだけの秘密にして切り抜けるしかないんだよ、ジョンノ。そうしないと大変なことになる。わかるよな」

こんなことになるなんて、おれは信じられなかった。眠って目覚めたら全部幻だってことになるんじゃないか。現実とは思えない、あんまりだ。試験の問題用紙を少し盗んだだけなのに。

「よし」ウィルが言った。「いいな。おれたちはベッドにいた。何も知らない」

ウィルがすばやく判断をくだした。だれかに打ち明けるなんて、おれは考えもしなかった。でも、それこそ自分たちがしなくてはいけないことだと、たぶん思っていた。それが正しいことじゃないか。こんなことを秘密にしておけない。

それでも、ウィルにいやとは言えなかった。なんとなくウィルの顔がこわかった。目がいつもとちがって――奥が真っ暗とでも言うか。おれはゆっくりうなずいた。それがあとでどうなるのか、どこまで自分を蝕むのか、そのときは考えなかった。

「声に出して言えよ」ウィルが指示した。

「ああそうだ」おれは言ったが、声がしわがれていた。

あいつは死んでいた。脱出できなかった。〝痛ましい事故〟だった。遺体発見から一週間後、生徒全員が集会でそう告げられた。遠くの浜に打ちあげられていたのを学校の管理人が見つけた。紐はどうにかほどけたようだが、そのときはもう遅かったのだろう。いずれにしても、縛られた痕がありそうなものだ。地元警察の署長はウィルの父親の友人だった。ウィルの父親の書斎でふたりはよく飲んでいたものだ。たぶん、それでうまくやったんだろう。

「あいつの両親を覚えてるよ」いま、おれはウィルに言う。「あのあと学校へやってきた。母親は自分も死にたそうだった」母親が車からおりるのを寄宿舎の階上から見た。彼女が顔をあげたので、おれは見えないようにあとずさって震えていた。

洞窟にしゃがんでウィルと同じ高さになる。両肩をしっかりつかんで面と向き合う。「おれたちが殺したんだ、ウィル。おれたちがあの少年を殺したんだよ」

ウィルが手首を縛られた両腕をやみくもに振りまわしておれを撃退しようとする。爪が首に当たり、襟の下が引っ掻かれる。おれは片手でウィルを岩壁のほうへ押しやる。

「ジョンノ」荒い息でウィルが言う。「いいかげん落ち着けって。減らず口はやめたほうがいいぞ、このくそたわけ」ウィルが怒ったのがこれでわかる。この男はめったなことでは罵詈雑言を使わない。人気者のイメージにそぐわないからだろう。

「知ってたのか」おれは尋ねる。「知ってたんだよな」

「何を知ってたって？　なんのことかわからないな。ほんとに頼むよ、ジョンノ——ほどいてくれよ。もうじゅうぶんだろう」

「満潮になるのを知ってたのか」

「なんの話かわからない。ジョンノ——おまえ、言ってることが変だぞ。昨夜もおかしいと思ったが、あのスピーチではっきりした。飲みすぎてるんだ。悩みでもあるのか。なあ、ぼくは友達だ。手助けの方法はいろいろある。だが、こんな作り話はやめてくれ」

　おれは目にかかった髪を払いのける。寒いのに、指に汗がつく。「おれは救いようのないばかだった。昔からにぶいのは自分でもわかっている。それを言いわけにはしない。あいつを縛ったのはおれだ。そう、おまえに言われてな。でも、満潮になるとは思わなかった。翌朝まで気づかず、わかったときは遅すぎた」

「ジョンノ」だれかが来るのを恐れているのか、ウィルが声をひそめて怒る。

　それを聞いて、もっと大声を出したくなる。「これまで」おれは言う。「ずっと疑問をいだいてきた。そして、疑わしきは罰せずの立場をとった。こう考えた。そうか、学校時代のウィルはろくでなしだったのかもな。だいたいおれたち全員がそうだった。あの場所で生き延びるにはそうなるしかなかったしな」

　だから、おれたちは獣になった。

　あの少年を思い出す。あいつは、そうならなかった場合どうなるかという実例だった――善良すぎて、正直すぎて、ルールがわかっていなかった場合。

「だけど」おれは言う。「こうも思った。〝ウィルはほんとうは悪いやつじゃない。子供を殺したりするもんか。試験の問題用紙を盗んだことを知られたぐらいで。たとえ放校になるかもしれなくても〟」

「ぼくはあいつを殺さなかった」ウィルが言う。「だれもあいつを殺さなかった。海が殺したんだ。ゲームが殺したのかもな。でもぼくたちじゃない。あいつが逃げられなかったのはぼくたちのせいじゃない」

「そうだな」おれは言う。「そうなんだよ。それこそが、おれが長年自分に言い聞かせてきたことだ。おまえが作った話を繰り返してきた。ゲームのせいだった。だけど、おれたちがゲームそのものだったんだよ、ウィル。あいつはおれたちを仲間だと思っていた。おれたちを信頼していた」
「ジョンノ」さらにウィルが怒る。身を乗り出して言う。「四の五の言うな。ぼくの将来をおまえにぶち壊されてたまるか。おまえが過去を悔やもうが、おまえの人生がめちゃくちゃで失うものがなかろうが、知るかそんなこと。ああいうガキは――ああいうやつは実社会では生き残れなかったさ。できそこないだったんだ。ぼくたちがやらなくても、ほかのだれかの餌食になったはずだ」

死者が出たため、その学期は早めに終わった。もうじきはじまる夏季休暇に、だれもが注意を向け、その少年ははじめからいなかったかに見えた。学校全体にとっては、ほとんど存在しなかったようなものだろう。影の薄い一年生だった。

ただ、チクるやつがひとりいた。おれたちをこそこそつけまわしていた生徒だ。それがローナーの友達の太ったちびなのははじめからわかっていた。おれたちが部屋へやってきてローナーを縛りあげるのを見たと言った。その訴えはあまり効果がなかった。ウィルの父親はもちろん校長だ。あの校長はだいたいいつもいやなやつで――ほかのだれよりもウィルに対してひどかった。しかしこれについてはさすがにウィルの肩を持ち、おれのことも擁護した。

そして、おれたちは互いを守った。

長いあいだ、おれたちはずっとくっついていた――身に覚えがあること、ともに手を突っこんだどす黒いクソ、自分たちがしでかしたことを絆として。おれは、ウィルも同じ気持ちだと思っていた。互いになくてはならない存在だと。けれども、テレビの一件を見れば、こいつがおれと関係を絶ちたいと思っていたことは明らかだ。おれはあまりにも足手まといだ。こいつはおれと距離を取りたかった。おれがベストマンをやると宣言したとき、道理でひどく浮かない顔をしたわけだ。

「ジョンノ」ウィルが言う。「ぼくの親父のことを考えろよ。どんなやつか知ってるだろ。だからぼくは死に物狂いで合格しようとした。ああするしかなかったんだ。それに、もし親父がほんとうのことを、ぼくがあの問題用紙を持ち出したってことを知ったら――ぼくは殺されてたよ。だから、あのガキをこわがらせてなんとか――」

「よせ」おれは言う。「ごちゃごちゃ泣き言を言うな。自分がどれだけ楽をしたかわかってるのか。その外見でたいしたやつだと人を信じこませて」哀れっぽい愚痴のせいでよけいに腹が立つ。「みんなに言う」おれは言う。「もうがまんできない。全部ぶちまけて――」

「できるもんか」ウィルの声が変化する――低く、けわしい声に。「ぼくたちの人生がめちゃくちゃになる。おまえだって終わる」

「へえ！」おれは声をあげる。「おれの人生はとっくにめちゃくちゃなんだよ。あの朝から、口を閉じてろとおまえに言われたときから、ずっと壊れつづけてる。そもそもおまえがいなかったら、おれはぜったい人に話していた。あの少年が死んでからそれを考えない日は、だれかに話せばよかったと思わない日は一日もなかった。だがおまえはどうだ。いやはや、おまえは屁とも思ってなかったんだよな。どうでもよかったんだ。だけどな。そろそろ始末をつけるころだとおれは思うんだ。おれとしてはほっとするよ。何年も前にするべきだったことをするだけだ」

　そのとき、洞窟に女の声が響く。「だれかいますか」

　おれたちはどちらも凍りつく。

「ウィル？」ウェディング・プランナーだ。「いるんですか」岩壁のむこうから現れる。「あら、こんにちは、ジョンノ。ウィル、あなたを探しにきたんですよ。

ここに置いてきたとアッシャーたちから聞いて」少しも動じない、仕事に徹した声だ。物々しい洞窟のなかで、ひとりが縛られて目隠しをされ、地面にへたりこんでいてもだ。「だいたい三十分経ったので、行ってあなたを……そのう、救出するようにとジュリアから言われました。申しあげておきますが、彼女はその――」上品な言い方を探しているらしい。「この件をあまりうれしく思っていないようで……それに、もうすぐバンドの演奏がはじまりますよ」

彼女はじっと待ち、おれがウィルのいましめをほどいて助け起こすのを教師のように監視する。そのあと、おれたちは彼女のあとから洞窟を出る。何かを聞かれたか見られたかしただろうか、と考えずにはいられない。あるいは、この女に邪魔されなかったら自分は何をしていただろうか、と。

イーファ
――ウェディング・プランナー

大テントでは、祝宴がもう一段階ギアをあげていた。招待客たちがシャンパンを一滴残らず飲み干した。いま彼らが飲んでいるのはもっと強い酒だ。仮設のバーで提供されるカクテルやショット。みんな一夜の解放感で高揚している。

フォリー館のトイレでハンドタオルを交換するとき、明らかにそれとわかる上質な白い粉が床にこぼれ、スレートのシンクまわりにも散っているのを発見する。客が大テントへもどってきたときにこっそり鼻をぬぐうのを見ていたから、驚きはしない。この人たちはきょう一日行儀よくしていた。ここへ着くまで長旅だった。贈り物を携えてやってきた。ふさわしい服装で式に参列し、席についてスピーチに耳を傾け、上品な顔で正しいことを言った。でもいまは、責任をいっとききき放棄したおとな、つまり親がついていない子供みたいなものだ。これからは彼らの自由時間だ。新郎新婦がファーストダンスをまだはじめていないのに、我先に前へ出てダンスフロアを占拠しようとしている。

　一時間ほど前にフォリー館へもどったとき、二階で怪しい物音を耳にした。建物の開放部分以外は当然はいれないようにしてあるが、酔った人間が行きたいところへ行くのを止める方法は限られている。偵察しようと二階へあがり、新郎新婦の寝室のドアをあけて見つけたのは、あの幸せそうなカップルではなく、ベッドにかがみこんだ別の男女だった。わたしの侵入にふたりはあわてて取り繕い、女のほうは顔を赤くしてスカートを引きさげ、男のほうは勃起したものをシルクハットで隠した。ほんの少しあとで、ふたりが何食わぬ顔でそれぞれ大テントの別の一角へもどっているのがわかった。とくにわたしが興味を覚えたのは、どちらも結婚指輪をはめていたこと。そのうえ——おそらくいまではジュリアに劣らず席次を記憶しているので——どの夫婦も隣り合ってすわっているのも知っている。

　とにかく、あのふたりはわたしに見られても心配していなかった。あまり深刻には。わたしがやってきてはじめは動揺したものの、まもなく照れくさそうな安堵に変わった。わたしが秘密を漏らさないのを知っているからだ。それに、こちらも別段驚かなかった。同じ光景を何度も見たことがある。こうした行き過ぎた行動はめずらしくもなんともない。結婚式のまわりにはつねに秘密があるものだ。耳にはいってくるのは表立っては言えない話、意地悪な意見、ゴシップ。あの洞窟では、ベストマンのことばが一部聞こえた。

　結婚式を取り仕切るとはこういうことだ。招待客が協力し、一定の限度を忘れずにわきまえてくれるなら、わたしは完璧な一日をまとめあげることができる。けれども、彼らが限度を忘れた場合、その反動が二十四時間よりはるかに長くつづくことがある。そうした余波はだれにも制御できない。

ジュール――花嫁

バンドが演奏をはじめた。ウィルが少しよれよれになって大テントへもどってきて、わたしの手を取るなり、わたしたちはラミネートのフロアへと踏み出す。わたしは彼の手を痛いほどきつく握っているらしいのに気づき、力を緩めなさいと自分に言い聞かせる。とはいえ、アッシャーたちのばかばかしいいたずらで今宵の祝宴が中断されたことに、はらわたが煮えくり返っている。招待客たちがわたしたちを囲んで歓声をあげ、大声で何か言っている。みんな顔を紅潮させて汗にまみれ、歯を見せて目を大きく見開いている。酔っている――それ以上だ。押し合いへし合い寄ってきて身を乗り出すので、ふいにここが狭すぎると感じる。

においが嗅ぎ取れるほど間近に人々がいる。香水やコロン、ギネスビールやシャンパンの不快な発酵臭、体臭、酒臭い息。わたしがだれにでも微笑みかけるのは、それがわたしの役目だからだ。微笑みすぎて耳の下あたりに鈍痛を覚え、顎全体が伸び切ったゴムみたい。

楽しんでいるように見えればいいけれど。ずいぶん飲んだのに、わたしにはこれといった効き目がなく、むしろいつもより用心深く神経質になっている。あのスピーチを聞いてからますます不安が膨らんでいる。わたし以外の人たちはみんなおおいに楽しんでいる。もはや自制心をかなぐり捨てている。脱線したスピーチなどきょうという日の単なるつけ足し、面白い逸話にすぎないのだろう。

ウィルとわたしはあちらこちらへとターンする。ウィルが体を離してわたしをスピンさせ、また引き寄せる。こんなぱっとしない動きにも招待客たちが賞賛の声をあげる。くだらなくてやっていられないと思い、わたしたちはダンスのレッスンへ行かなかったが、ウィルはもともとダンスがうまい。それなのにドレスの裾を何度か踏むので、わたしはつんのめる前に彼の足の下から裾を引っ張らなくてはいけない。こんなに無神経なのは彼らしくない。心ここにあらずに見える。

「いったいあれはなんだったのよ」彼の胸へ引き寄せられたときにわたしは訊く。耳もとへ甘いことばをささやいているかのように小声で。

「ああ、あれはばかばかしかった」ウィルが言う。「男ってのはしょうがないな。すぐにふざけるんだから。スタッグ・パーティーのおまけってところだろう」そう言って笑みを浮かべるが、いつもと様子がちがう。大テントへ帰ってきたとき、大きなグラスでワインを立てつづけに二杯飲み干していた。ウィルが肩をすくめる。「ジョンノが冗談で計画したことだ」

「ゆうべの海藻はちょっとした冗談だったかもしれない」わたしは言う。「あまり面白くなかったけど。そしてこんどはこれ？　それにあのスピーチときたら——彼は何を言いたかったの？　昔の話って？　いろいろあったってなんのこと……どんな秘密があったっていうの？」

「そんな」ウィルが言う。「わからないよ、ジュール。ジョンノがふざけてるだけなんだから。なんでもないさ」

わたしたちはフロアをゆっくりとひとまわりする。大勢のにこやかな顔と拍手を感じる。

「でも、なんでもないようにはとても聞こえなかった」わたしは言う。「ぜったい何かあるように聞こえた。ウィル、あの男に何を握られてるの」

「いい加減にしてくれ、ジュール」ウィルがぴしゃりと言う。「言っただろう。なんでもない。この話は終わりだ。いいね」

わたしは目を瞠る。こんな言い方をされるなんて——それに、こんなにきつく腕をつかむなんて。そのことが、とにかくなんでもないわけがないと言えるだけの強力な証拠に思える。

「痛いんだけど」わたしは腕を引いて彼の手をはずす。

彼がすぐに悔い改めた態度を示す。「ジュール——ねえ、悪かったよ」声が完全に変わり、とげとげしさが一瞬で微塵もなくなる。「きつい言い方をするつもりじゃなかった。ほら、長い一日だっただろう。もちろんすばらしい日なんだが、長かったからね。許してくれるかい」そしてわたしに微笑みかける。あの夜ヴィクトリア&アルバート博物館で見て以来抵抗できなくなった、あの同じ微笑みだ。それでも、その笑みにはいつもどおりの効き目がない。それどころか、表情がすばやく変わったせいでよけい不安になる。まるで仮面をつけたかのようだった。

「わたしたち、もう夫婦になったんだから」わたしは言う。「いろいろ分かち合えるようにならなくてはね。お互いを信頼しなくては」

ウィルが腕をあげてわたしをくるくるとまわし、ふたたび引き寄せる。観衆がこの見せ場に喝采を送る。

そのあと、もう一度ふたりで向き合ったとき、彼が深く息をつく。「じつはね」と言う。「ジョンノは妙な妄想をいだいてるんだ。昔若いころにあったことだと本人は言ってる。それに取り憑かれてる。とにかく夢想家なんだよ。いままでかわいそうなやつだと思っていた。それがいけなかったんだな。あいつを助けなくてはいけないような気がしてね。だって、ぼくはうまくいってるのに、あいつのほうはだめだから。いまのあいつは妬んでるんだ。ぼくが、ぼくたちが持っているすべてを。ぼくが借りを返すべきだと思ってる」

「まあ、あきれた」わたしは言う。「あの人にどんな借りがあるっていうのよ。あっちこそあなたから長年恩恵を受けてきたんじゃないの」

彼は何も言わない。その代わりにわたしを引き寄せ、同時にバンドのボーカリストの歌声が最高潮に達する。喝采が湧き起こる。けれども、突然音が遠のいたように感じる。「今夜が過ぎれば、それまでだ」ウィルがわたしの髪へ口を寄せ、きっぱりと言う。「人生からあいつを切り離す――ぼくたちの人生から。約束する。あいつとは終わりだ。だいじょうぶ。なんとかするから」

ハンナ――同伴者

あてもなくダンスフロアのテントに来ている。幸いファーストダンスが終わり、ながめていた人たちがどっと群がってフロアの隙間が埋まる。自分がここで何を見つけたいのか、はっきりとはわからない。たぶん気晴らし、頭のなかでぐちゃぐちゃになった考えを忘れさせてくれるもの。チャーリーとジュール。つらすぎて考えられない。

ひとり残らずここに集まっているみたいで、まるで人間加熱圧搾機だ。バンドのボーカリストがマイクを取る。「みんな、ダンスの準備はいい」

バンドが活気のあるリズムを刻みはじめる。四つのフィドルが演奏する、激しいリズミカルな曲だ。体をぶつけあいながら、へたくそでも酔っぱらっていても、だれもが自分なりのアイリッシュ・ジグを踊ろうとする。ウィルが人だかりのなかからオリヴィアをつかまえるのが目にはいる。「花婿がブライズメイドとダンスをはじめるぞ！」けれども、ふたりがダンスフロアで踊るとき、まるでどちらかがいやがっているみたいに妙に歩調が乱れている。オリヴィアの表情が妙に気になる。罠にかかったように見える。あのスピーチのときも少しこんなふうだった。前にもそう思った。なんだっただろう。妙に見覚えがあると思ったものだ。記憶を探って焦点を合わせようとつとめる。

ヴィクトリア＆アルバート博物館、それだ。そこでジュールが開いたパーティーへスティーヴンを連れていった、と昨夜彼女が話してくれた。そして、ありとあらゆることが静止すると同時に浮かんだ考えとは――

でも、そんなの完全にイカれてる。ぜったいありえない。どこをどう考えてもおかしい。明らかに異様なめぐり合わせだ。

「ねえ」すれちがうとき体がふれた男が声をかける。

「何を急いでるんだい」

「あら」そちらへ目をやる。「ごめんなさい。ちょっと……ぼんやりして」

「なあに、ダンスをすればすっきりするよ」男がにっこり笑う。わたしはあらためて男をながめる。けっこう魅力的——長身、黒髪、笑うと片頬にえくぼ。こちらが何か言う前に、男がわたしの手を取ってそっと引き寄せ、ラミネートのダンスフロアへといざなう。わたしは抵抗しない。

「さっききみを見かけたんだ」音楽に負けない大きな声で男が言う。「礼拝堂でひとりですわってたよね。だからこう思った。この人とならお近づきになってもいいなって」また満面の笑みを浮かべる。なるほど。ここにひとりでいるから、わたしを独身だと思ってるのね。バーでチャーリーとともにさらした醜態を見ていないのだろう。

「ルイスだ」男が自分の胸を指さして叫ぶ。

「ハンナよ」

夫と同伴だと言うべきかもしれない。けれども、いまはチャーリーのことを考えたくない。それに、この男から見た自分の新しいイメージに気をよくしたので——イケてないドレスを着た場ちがいな女ではなく、気になる謎めいた女——わたしは何も言わないことにする。ルイスとともに、音楽に合わせて体を動かしてみてもいいと思う。もう少し彼が体を寄せられるようにし、目と目が合う。わたしも体を寄せたのだろう。じゅうぶん近づいたので、相手の汗のにおいがする——でも、きれいな汗、いいにおいだ。お腹の底で何かがはためく。満たされない思いがちくりと刺さる。

現　在
婚礼の夜

〝あそこにだれかいる〟そう思って幻影に怯え、暗闇に立ちはだかるものから逃げ腰になるが、やがてそれが目の錯覚だとわかる。もう仲間を失うまいと、一同はしっかりくっつき合って進む。ピートはいまだに行方不明だ。

彼らは得体の知れない視線をひしひしと感じている。さっきより無様で無防備になった気がする。でこぼこの地面や隠れたヒースの茂みに足を取られてよろめく。ピートのことはなるべく考えない。そんな余裕はない。自分の面倒を見るしかない。何よりも安心したいがために何度も大声で声をかけ合い、その声は夜を照らすもうひとつの光そのもので、いつになく思いやり深いものとなる。「そっちはだいじょうぶか、アンガス」「ああ――きみも平気かい、フェミ」声をかけ合うおかげで進みつづけられる。膨れあがる恐怖を忘れられる。

「うわっ――あれはなんだ」フェミがトーチを左右に大きく動かす。照らされたのは直立した形の何かで、闇の中から青白く浮かびあがり、人間ほどの高さがある。似た形がいくつかあり、もっと小さいのもある。

「墓地だよ」アンガスがそっと言う。一同はケルト十字を、崩れかけた石の墓標を見つめる。異様な無言の群れを。

「なんだよ」ダンカンが叫ぶ。「人間かと思ったぜ」

一瞬、三人ともそう思った。丸い上部と真っ直ぐ立つ細めの基部がいっときだが人間に見えた。やや慎重にあともどりするいまでも、あの歩哨の形をした大勢ににらみつけられているという感覚をぬぐい切れない。

あらたな方角へしばらく進んでいく。

「あれが聞こえるかい」アンガスが大声で言う。「海に近づきすぎているんじゃないかな」

三人とも足を止める。どこか近いところで、波が岩に当たって砕ける音がかすかに聞こえる。波が砕けるときに足もとの地面が震えるのがわかる。

「よし。そうか」フェミが考える。「墓地が後ろで海はここだ。だから、おれたちが向かうべきは――あっちだ」

彼らは砕け散る波音からそろそろと遠ざかる。

「あれ――何かそこにある――」

全員がすぐさまその場で止まる。

「なんだって、アンガス」

「何かがそこにあるって言ったんだよ。ほら」

一同がトーチをかざす。投げかけた光が地面で震える。それぞれ身の毛もよだつ光景に出くわす心の準備をしている。驚きながら幾分ほっとしたのは、明るく反射するのが硬い金属の輝きだとわかったときだ。

「それって――なんだ？」

一番度胸のあるフェミが前へ出て拾う。仲間のほうへ振り向いてまぶしさに手をかざしてから、あとのふたりに見えるようにそれをかかげる。すぐに正体がわかる。とはいえ、それは無惨に変形し、金属がねじれて割れている。金の冠だ。

その日のまだ早い時間

オリヴィア——ブライズメイド

大テントの片隅をうろつく。テーブルのあいだを歩きまわる。まだ半分はいっているグラス、他人の飲み残しを手に取り、流しこむ。なるべく酔っぱらいたい。

ダンスの相手をさせられたあと、できるだけすばやくウィルから離れた。すごく近寄られて気分が悪くなり、体を押しつけられたことで彼としたことを……彼にさせられたことを……ふたりのあいだの恐ろしい秘密を思い出した。彼は楽しくてたまらないらしかった。最後にわたしの耳もとでささやいた。「さっきはとんでもないことをしてくれたな……あれっきりにしろ、いいな。二度とするな。聞こえるか。もうたくさんだ」

ほったらかしの酒をわたしが飲みあさっていることにだれも気づかないらしい。だれもかもかなり酔っぱらっているうえに、テーブルを離れてダンスフロアへ行ってしまった。あそこはぎゅうぎゅう詰めだ。三十過ぎのおとなたちがしゃがんで卑猥なポーズを決めたり、互いに腰をくっつけてくねらせたり、まるでゼロ年代のくそクラブで50セント（アメリカのラッパー）のヒップホップに合わせて踊っているみたい。だれかがフィドルをかなでる孤島の大テントとは思えない。

以前のわたしなら楽しんだかもしれない。もしかしたら友達にメールして、目の前で繰り広げられている完全にドン引きする光景を実況解説していたかも。

数人のウエイターが大テントの隅から客を見守り、すぐに動けるように待機している。わたしと同じぐらいか、もっと若い子もいる。わたしたちのことが大嫌いにちがいない。無理もない。わたしだってあの人たちが大嫌いだ。とくに男たちが。今夜はここで、ウィルとジュールのいわゆるお友達の何人かに肩とお尻と胸をさわられた。つかまれ、なでられ、握られ、手のひらで覆われた——奥さんやガールフレンドが見ていないところでは、わたしはまるでひと切れの肉。もううんざりだ。

ついさっきさわってきた男を憎しみをこめてにらんでやったら、そいつはあとずさって素っ頓狂に目を瞠り、両手を宙にあげた——わざとじゃないと言いたげに。もう一度されたら、わたしはほんとうにキレるかもしれない。

もっと飲む。口のなかがまずい。酸っぱくていやな味だ。そんなことが気にならなくなるまで飲まなくては。味もなにも感じなくなるまで。

そうするうちに、いとこのベスにつかまってダンスフロア用テントのほうへと引っ張っていかれる。ベスとは礼拝堂の外で昼間会ったけど、それを除けば去年の叔母の誕生会以来だ。ものすごい厚化粧をしているけれど、化粧の下にはまだ丸くてやわらかい子供の顔、大きく瞠った目が見える。口紅とアイラインを落とし、安全な子供の領分にもうしばらくとどまりなさいと言ってあげたい。

ダンスフロアで動いたり押しのけたりする人の波に揉まれるうちに、会場がまわりはじめる。飲んだお酒が一気に膨れあがってわたしを呑みこもうしているみたい。やがてつまずく——だれかの足に引っかかったか、ばかみたいにヒールの高い自分の靴のせいだろう。激しく転び、大きな音がするが、しばらくしてから痛みを感じる。頭を打ったらしい。

よどんだ空気のむこうから、そばのだれかに話しているベスの声が聞こえる。「ひどく酔ってるみたい。どうしよう」

「ジュールを呼ぶんだ」だれかが言う。「母親でもいい」

「ジュールがどこにも見当たらないのよ」

「見ろよ、ウィルがいるぞ」

「ウィル、彼女がかなり酔ってるの。なんとかしてあげられる？　わたし、どうすればいいか――」

彼がやってきて笑みを浮かべる。「おや、オリヴィア。どうしたんだい」こちらへ手を伸ばす。「さあ、起こしてあげよう」

「やめて」わたしはその手を激しく払う。「来ないでよ」

「さあ、いいから」ウィルがとてもやさしく穏やかな声で言う。助け起こされるのがわかる。もがいても無駄だろう。「外の空気を吸いにいこう」両手をわたしの肩に置く。

「その手をどけて！」わたしはなんとか手をどけようとする。

見ている人たちのささやきが聞こえる。気難しい子だな。どうせそんなことを言っているのだろう。イカれた娘。ぶざまなやつ。


大テントの外では、風が容赦なく吹きつけてくるので、わたしは倒れそうになる。「こっちだ」ウィルが言う。「こっちへまわったほうが風をよけられる」あまりにも疲れて酔っているので、ふいに抵抗する気が失せる。海が迫る大テントの裏側へ連れていかれる。遠くに本土の明かりが、闇にこぼれる光の小道のように見える。焦点が合ったりずれたり、くっきり見えたりぼやけたり、水を通して見ているかのよう。

ひさしぶりにふたりきり。

わたしと彼と。

ジュール――花嫁

新郎が見当たらない。「だれかウィルを見かけなかったかしら」わたしは招待客たちに尋ねる。彼らが肩をすくめて首を横に振る。いままで持っていたはずの影響力が、いまの自分にはまるでないように思える。わたしの晴れの日に招かれたことを客は忘れてしまったらしい。さっきまではうるさいほどまわりに群れ、女王の前の廷臣よろしく褒めことばと好意をたずさえて歩み寄ってきた。いまはもう、わたしに関心がないようだ。彼らにとって、これからは享楽のひとときなのだろう。子供の問題や厄介な仕事の重圧に押しつぶされそうになる前に、大学時代や二十代前半のころの自由をもう一度楽しんでいる。今宵の中心は彼らだ――友人の近況を聞き出し、昔別れた相手を誘惑してみる。わたしとしては気に入らないが、しかたがないとあきらめる。もっと気になる大事なことがある。ウィルだ。

彼を探すうちに、ますます不安が募ってくる。

「見かけた」甲高い声が聞こえる。まだ若いいとこのベスだ。「オリヴィアといっしょにいる。彼女、ちょっと酔っちゃって」

「ああ、そうそう。オリヴィアね！」別のいとこが相槌を打つ。「ふたりで出入口のほうへ行ったわよ。彼女に外の空気を吸わせたかったんでしょうね」

オリヴィア、また恥をさらしたのね。けれども、外に出てもふたりの影も形もない。出入口付近にたむろしているのは喫煙者のグループ――大学時代の友人たちだけだ。みんながわたしを見てお決まりのことばを並べる。わたしがすばらしくきれいで、セレモニーが魔法のようで――そのことばをさえぎる。

「オリヴィアかウィルを見なかった？」

一同が曖昧に手で示したのは、大テントをまわりこんだ海の方角だ。でも、いったいなぜウィルとオリヴィアがそっちへ行くのだろう。天候が変わりはじめ、あたりは暗く、かすかな月明かりしかないのでよく見えない。

　吹きすさぶ風のなかへ進むと、大テントとわたしのまわりで強風がうなりをあげる。妹が溺れかけた昼間の光景を思い出し、恐怖で胃がひっくり返りそうになる。オリヴィアがばかな真似をしたんじゃないでしょうね。

　ようやくふたりの人影を見つけたのは、大テントの明かりがあまり届かない、海に近い場所だ。けれども、なんとなく勘が働いて声をかけるのをやめる。いま気づいたが、ふたりの体と体がとても近い。ほぼ暗闇のなかで、ふたりのぼんやりとした輪郭が一体となっている。一瞬恐ろしい考えがよぎったが……ちがう、きっと何か話しているのだろうと思い直す。それにしても腑に落ちない。妹とウィルが礼儀正しい会話以外で話すのを見るのははじめてかもしれない。そもそもお互いのことをほとんど知らないはず。前に一度会ったきりだ。それなのに、話すことが山ほどあるように見える。いったい何を話すというのだろう。人目を避けてここまでやってくる理由はなんだろう。

　わたしは泥棒のように静かに、しだいに濃くなる闇のなかへと少しずつ進んでいく。

オリヴィア——ブライズメイド

「姉に話す」わたしは言う。打ち明けるのは大変だけど、覚悟を決める。「わたし……わたしたちのことを姉に話すから」さっきハンナに言われたことを考えている。〝さらけ出したほうがいいに決まってる——たとえ恥ずかしいと思うことでも、わかってもらえないと感じることでも〟

　彼がわたしの口を手でふさぐ。ショックだ——こんなに突然。コロンのにおいがする。そのコロンがあとになっても自分の肌から消えなかったのを覚えている。とても豊かな、おとなびた香りだと思っていた。いまはこれを嗅ぐと吐きたくなる。

「いや、ちがうね、オリヴィア」ウィルが言う。相変わらず穏やかでやさしそうな声だけど、余計気分が悪くなるだけだ。「きみがほんとうに話すとは思えないな。なぜだかわかるかい。お姉さんの幸せをぶち壊すことになるからさ。きょうは彼女の結婚式なんだよ、おばかさん。ジュールはきみにとって特別な人だから、きみはそんなことはできない。それに、なんのために？　これからぼくたちのあいだに何か起こるわけじゃないんだよ」

　大テントの反対側から急にやかましいおしゃべりが聞こえ、こんなところをだれかに見られるのを警戒したらしく、彼がわたしの口から手を離す。

「わかってるわよ!」わたしは言う。「そういう意味じゃない……そんなことは望んでない」

　そのことばを信じていいのか迷っているらしく、彼が両眉をあげる。「じゃあ何をしたいんだ、オリヴィア」

　これ以上ひどい気分になりたくないのよ、とわたしは思う。ずっとかかえてきた恐ろしい秘密を手放したいのよ。でも答えない。そこで彼がつづける。「わかったよ。ぼくを非難したいんだな。真っ先に認めよう。一連の成り行きについて、ぼくは非の打ち所がない行動をとったわけじゃない。きみにきちんと別れを告げるべきだった。あまり隠し事をしてはいけなかったかもしれない。だれかを傷つけるつもりはまったくなかったんだよ。それから、忌憚《きたん》のない意見を言ってもいいかな、オリヴィア」

答を待っているようなので、わたしはうなずく。

「きみにその気があったのなら、いまごろとっくにそうしてたと思うよ」

わたしは首を横に振る。でも、そのとおりだ。ジュールに真実を告げる時間は、ほんとうはたっぷりあった。早朝のベッドのなかで、ジュールとふたりきりになる方法を何度も考えた――ランチに誘うとか、コーヒーでもいい。けれども、けっして実行しなかった。あまりにも臆病だった。実行する代わりに、たとえばブライズメイドのドレスの試着をしに店へ行くのをこばんだりして、ジュールを避けた。隠れて、何もなかったふりをするほうが楽だった。

自分がジュールやママだったらどうするかを考えた。たぶん、彼にはじめて紹介されたときに思い切り暴露していただろう――そして婚約パーティーの全員の前で彼に恥をかかせる。でも、わたしはあのふたりみたいに強くないし、自信もない。

だから、手紙という方法をとった。プリントアウトして、ジュールの郵便受けに入れた。

ウィル・スレイターは自分を偽っている。
詐欺師で嘘つきだ。あの男と結婚するな。

とにかく、これを読めばウィルのことを怪しむかもしれないと思った。考え直すかもしれない、と。ジュールの心に小さな疑念を植えつけたかった。お粗末な試みだったといまならわかる。ジュールの手もとに届きもしなかったかも。ウィルが最初に見つけたとか、たくさんのチラシといっしょに捨てられたとか。それに、たとえジュールの目にふれたとしても、彼女は手紙をみて思い悩むような人間ではない。ジュールはくよくよしない。

「お姉さんの人生をめちゃめちゃにしたくないよな」ウィルが言う。「そんなことできるわけがない」

それはそうだ。ジュールのことが大嫌いだと思うこともあるけれど、それ以上に大好きだ。ジュールがこれからもずっとわたしの姉だとしても、打ち明けたらわたしたちの関係は二度と修復されないだろう。

ウィルは自分の予想に自信たっぷりだ。わたし自身の予想はぼろぼろだ。それに、現実には嘘をついていないという彼の言い分には一理ある。彼は真実を告げなかっただけだ。これ以上自分の怒りに、赤々と燃えるそのエネルギーにしがみつくのは無理かもしれない。怒りがすり抜けたあとにもっと悪いものが残っているのがわかる。虚無みたいなもの。

そのとき突然、ジュールの笑顔が思い浮かぶ。ウィルの正体をまったく知らずに、礼拝堂でウィルの隣に立っていたときの笑顔が。彼女は人が自分を笑いものにするのをぜったい許さない……でも、彼は姉を笑いものにした。自分のことはよくても、姉のためにわたしは憤《いきどお》る。

「あなたのメールを保存してあるもの」わたしは彼に言う。「それをジュールに見せる」それが最後の切り札、残っているなけなしの力だ。携帯電話を彼の前に突き出して決意を見せる。結果を予想するべきだった。でも、彼の話し方がやたらにやさしくて穏やかだったので、少し注意がおろそかになる。そこへ彼の腕がさっと出る。空中でわたしの手首をつかむ。もう一方の手首も。そして、すばやい動作で電話を奪う。何をされているのかわたしが理解すらしないうちに、それははるか遠く、暗い海へと投げられる。海面で〝ポチャン〟というかすかな音がする。

「バックアップがあるんだから――」わたしは言うが、どうやって復旧させるかはよくわからない。

「へえ、そうかい」彼があざ笑う。「みんなの人生を台無しにしたいのかな、オリヴィア。言っておくが、ぼくの携帯電話には少しばかり画像が保存してあって――」

「やめて！」ジュールに――ほかのだれかに――わたしのあんな姿を見られたら……

　彼に写真を撮られているとき、とても不安だった。でも、言われるままにポーズをとっているあいだ、すごくセクシーで興奮する、とことば巧みに説得された。それに、聞き入れなければ堅物で子供っぽい女だと思われそうでいやだった。そして、彼自身は画像に一度も姿を現さなかった――顔も、声も。わたしが自撮りして送りつけた画像だと言い張れば問題ない。彼はすべて否定できる。

　彼の顔がわたしの顔の間近にある。一瞬ばかげた考えがよぎり、キスされるのかと思う。そういう自分が大嫌いだけど、キスしてもらいたい気持ちもかすかにある。心のどこかでこんな男を求めている。だから吐き気がする。

　彼がまだわたしの片方の手首をつかんでいる。痛い。声をあげて引き抜こうとするものの、いっそう強くつかまれて指が肉に食いこむ。わたしよりずっと力が強い。昼間わたしを海から引き揚げたときは、みんなの前で英雄のふりをしていただけだ。剃刀の刃のことが頭に浮かぶけれど、それは大テントのどこかにあるビーズバッグのなかだ。

　わたしはウィルにぐいと引き寄せられ、足がもつれる。靴が片方脱げる。崖っぷちまでそれほど遠くないことにいまごろ気づく。そして彼がわたしをそちらへ引っ張っていく。月明かりのなかで黒光りする海面が目の前に広がる。でも……まさかそんなこと。

現在
婚礼の夜

フェミが持つ押しつぶされた金の冠を、アッシャーたちがじっと見る。見つけた場所にあまりにもそぐわないもの――黒い地面、しかも嵐の真っ最中――なので、前にどこで見たかを思い出すまで少し時間がかかる。

「ジュールの冠だ」アンガスが言う。

「やばいな」フェミが言う。「たしかにそうだ」

どんな暴力によってここまで無惨につぶれたのだろう、とそれぞれがだまって考える。

「彼女の顔を見たかい」アンガスが尋ねる。「ジュールをさ。ケーキカットの前だったよな。なんだか彼女――ほんとうは腹を立てていたんじゃないかな。というより……こわがっていたのかも」

「大テントで彼女を見かけたか」フェミが訊く。「電気が復旧したあとで」

アンガスがおずおずと言う。「でも、まさかそんな……マジでやばいことが彼女の身に起こったんじゃないよな」

「やめろ」ダンカンが絞り出すような声で言う。

「そんなことは言ってない」フェミが言う。「こう訊いただけだ――彼女を見たのを覚えてるか」

長い沈黙がある。

「覚えてない――」

「だよな、ダンク。おれもだ」

彼らは周囲の闇を見まわしながら、どんな動きにも目を凝らし、どんな音にも耳をそばだて、息をひそめる。

「おい見ろよ。ほら、そこにも何かある」アンガスが腰をかがめて何かを拾う。持ちあげて明かりにかざすとき、手がひどく震えているのがわかるが、怯えるアンガスをもうだれもからかわない。いまは全員がこわがっている。

靴だ。ハイヒールが片方、淡いグレーのシルク地で、宝飾の留め金がついている。

数時間前

ハンナ――同伴者

　このルイスって人、すごくダンスがうまい。バンドが会場の全員を煽って狂乱の渦へと巻きこみ、まわりで人がすごい勢いで動くので、いやおうなくわたしたちは体を近づけ合う。そしてわたしは、きょう一日自分がどれほどつらい緊張と孤独の中にあったかを思い返している。だいたいはチャーリーのせいだ。でも、いまはあの人のことなど考えたくない。怒りも悲しみも限度を超えている。そんなことより、最後に音楽に身をゆだねたのはいつだったろう……最後に思い切り踊ったのはいつだったろう。踊りたくてうずうずし、すごく艶っぽい気分になったのはいつだったろう。そんな自分の切れっぱしを、歩んだ道のどこかでなくしたらしい。これから二、三時間、あのころを取りもどして楽しもう。両手を頭上にあげる。振った髪が剝き出しの肩にふれるのを感じる。ルイスがわたしを見ているのがわかる。腰でリズムを刻む。いつだってわたしはダンスがうまかった――十代のころマンチェスターのクラブ通いで覚えたダンスは、パーティー好きの聖地イビサ島の最新スタイルより粗削りだけど。自分の体にこれほどぴたりとはまる感覚を、これほどぐっと来る感じを、わたしは忘れていた。それに、ルイスのほれぼれとした顔を見れば、自分がどれほどイケてる女かわかる。見つめ合っていた目がわたしの体の動きで離れたとたん、彼は全身に視線を這わせてくる。

　スローな曲に変わる。ルイスがわたしをもっと引き寄せる。彼の両手がわたしの腰に置かれ、シャツを通して心臓の鼓動と胸のぬくもりが感じ取れる。肌のにおいがする。唇と唇の距離が少ししかない。体が密着しているので、彼のものが硬くなってわたしに押しつけられていることにようやく気づく。

わたしは体を引いて二、三センチの隙間を空けようとする。頭ははっきりさせておきたい。「ねえ、ちょっと」わたしは言う。声が震える。「飲み物を取りにいきたいんだけど」

「うん」彼が言う。「それがいいね！」

いっしょに来てほしいわけではなかった。なんだか急に距離を置きたくなるけれど、それを説明する気力も湧かない。そんなわけで、連れだってバーがあるテントへ向かう。

「ウィルとはどういう知り合い？」わたしは音楽に負けない大声で訊く。

「何？」聞き取ろうと彼が体を寄せてくるので、耳がわたしの唇をかすめる。

わたしは質問を繰り返す。「あなたもトレヴェリアンの同窓生？」と尋ねる。

「ああ」彼が言う。「学校のこと？　いや、ぼくたちはエディンバラの同じ大学の出身でね。ラグビーチームでいっしょだった」

「やあ、ルイス」バーのそばにいる男が手をあげ、わたしたちが近づくなりルイスにハグをする。「さびしい独り者と一杯つき合ってくれるよな。ダンスフロアでイオナに振られちまったよ。これっきりだろうな」

わたしに目をとめる。「やあ、これはこれは。はじめまして。友人の相手をしてくれてたんですね。じつはこいつ、礼拝堂であなたを見初めて――」

「やめろよ」ルイスが顔を赤らめて言う。「でもそうさ。ぼくたち、いっしょに踊ったよね」

「ハンナっていうの」少し緊張した声で言う。わたし、ここで何をしているんだろう。

「ジェスロです」ルイスの友達が名乗る。「ところでハンナ、何を飲みたい？」

「そうねえ――」控えめにしておくほうがいいとは思う。きょうはもうずいぶん飲んでいる。そこへまたチャーリーのことを、ジュールとの関係を聞かされたことを思い出す。ダンスフロアでつかの間感じたあの解放感をもう一度手にしたい。酔わずにはいられない。「ショットを」バーテンダーに言う。さっきと同じくオーエンだ。「ええと……テキーラで」手っ取り早くいこう。

　ジェスロが驚いて眉をあげる。「よおし、ぼくもそれをもらおう。ルイスは？」

　オーエンがテキーラを三つのグラスに注ぐ。わたしたちは飲み干す。「うはっ」ルイスが勢いよくグラスを置き、目に涙をためている。けれども、わたしのテキーラにはなんの効き目も感じられない。水も同然だ。

「もう一杯」わたしは言う。

「気に入ったよ」ジェスロがルイスに言う。「でも、おれの肝臓がもたないかもな」

「めっちゃかっこいいね」ルイスがそう言って、わたしに輝くような笑みを見せる。

　わたしたちはショットをおかわりする。

「きみはエディンバラにいなかった」ジェスロがわたしに向かって目を細める。「そうだよね。いたら覚えてるはずだ。きみみたいなパーティー好きの女性のことなら」

「そうよ」またその場所だ。その地名を聞いただけですっかり酔いが醒める気がする。「わたしは――」

「おれたちはさ」ジェスロがルイスの首に腕をまわす。「充実してたよな、ルイス。いまでも懐かしいよ。ラグビーをやってたことも。やらないほうが安全だろうけど」昔折れたと思われる平たい鼻梁を指さす。

「ぼくは歯を一本なくした」ルイスが言う。

「そうだったよな！」ジェスロが笑う。そしてわたしへ向き直る。「もちろん、ウィルはかすり傷ひとつ負わなかった。あいつはウィングだ。美少年のポジションさ。だからいやになるほどハンサムなんだ」

「それに、最悪のブロッカーだったな」ルイスが言う。

「試合が終わってみんなで出かけたときだよ。人が女の子を口説こうとしているところへウィルがゆうゆうとやってきて、一杯ずつおごるけどどうって訊くから、女の子はみんなあいつのことしか目にはいらなくなったもんだよ」

「ありえないヒット率だった」ジェスロがうなずきながら言う。「あいつが〈リーリング・ソサイエティ〉に入会した唯一の理由は、女の子とつき合えるからさ。でも、百発百中じゃなかったことを忘れるな」

「ああ、そうだね」ルイスが言う。「あれを忘れてたよ。北部の女の子のときだろ。頭脳明晰な子だったよね」

ああ、まさか。恐ろしいものがくっきり見えてくる気がする。わたしはただここに立ってながめるしかできない。

「そうそう」ジェスロが言う。「きみに似てたな」わたしにウィンクをする。「あいつはその女の子に捨てられたんで仕返しをした。覚えてるか、ルイス」

ルイスが顔をしかめる。「そんなには。ただ……その女の子が大学をやめたのは覚えてる。あいつが振られてがっくりしてたのもね。まあ、彼女は少し頭がよすぎてあいつには向かなかったってことさ」

腹の底からむかむかしたものがこみあげる。

「広まったよな、あの動画」ジェスロが言う。

「そういうことか！」ルイスが目を大きく見開く。「そりゃあもちろん。あれは……残酷だった」

「いまでもポルノ動画サイトで見つかるんじゃないかな」ジェスロが言う。「きっとヴィンテージ部門にある。彼女はいまどうしてるんだろうな。動画が出まわっているのは知ってるんだろうな」

「ねえ」ふいにルイスが言ってわたしを見る。「だいじょうぶかい。まずいな――」わたしの腕に手を置く。「顔色が悪い」心配そうに顔を曇らせる。「いまのショットで悪い酔い方をしたんじゃないかな」

わたしはルイスを押しのけ、よろめきながらその場を離れる。外へ出なくては。すんでのところで間に合い、四つ這いになって地面に吐く。熱が出たみたいに全身が震えている。入口の奥で二、三人が驚いてうんざりしながらささやき合ったり、ころころ笑ったりしているのがおぼろげに聞こえる。いよいよ激しくなってきた風に髪が引きちぎられんばかりになぶられ、吹きつけられた目に涙がたまるのがぼんやりとわかる。

もう一度吐く。でも、ボートで船酔いしたときとちがい、少しもすっきりしない。このむかつきがおさまるはずがない。新しく知ったことが毒となり、体の奥深くまでしみこんだ。わたしの芯にまで届いてしまった。

現在
婚礼の夜

「これを履いてたのはだれだ」アンガスがハイヒールをかかげる。手が震えている。

「見たことはある」フェミが言う。「でもどこで見たのか——なにしろずいぶん前のことに思えるから」きょうという日が現実とは思えない。夜、嵐、不安、彼らにとっていまあるのはそれだけだ。

「これを持っていったほうがいいかな」アンガスが訊く。「もしかしたら——事件の手がかりみたいなものかも」

「いや。もとの場所にもどしておくべきだ」フェミが言う。「手をふれるのもいけなかったんだ。じつはあの冠だってそうだ」

「どうしてさ」アンガスが尋ねる。

「よく聞け、間抜け」ダンカンが噛みつく。「証拠品かもしれないからだ」

「そうか」アンガスが言い、一同は靴を置いて歩きつづける。「風が――やんだぞ」

　そのとおりだ。なぜか気づかないうちに嵐がおさまっていた。あとには不気味な静けさがただよい、もう一度吹き荒れたほうがましと思えるほど薄気味悪い。この静けさはいっとき息を止めたようなもの、偽の平穏だ。いま聞こえるのは、怯えている自分たちの耳障りな浅い呼吸の音。

　四方八方へ気を配っていてはなかなか進むことができなかった――何か危険はないか、何か動く気配はないかとベルベットの闇に気もそぞろに目を凝らしていたのだから。けれどもいま、ようやくフォリー館が前方に姿を現し、暗い窓がきらりと光る。

「あそこだ」フェミが急に立ち止まる。あとのふたりも後ろで凍りつく。

「たぶん」フェミが言う。「あそこに何かある」

「もう片方の靴じゃないだろうな」ダンカンが声を荒らげる。「なんだってんだ。シンデレラか。ヘンゼルと血まみれのグレーテルか」ジョークを言おうとしても伝わらない。声が恐怖で裏返っているのがわかる。

「ちがう」フェミが言う。「靴じゃない」

　ふたりはフェミの声の鋭さに気づいている。それがなんであれ、見ずに逃げ出したくてたまらない。それでも、フェミがトーチをゆっくり動かして、明かりが地面をほのかに照らすそばで、無理やりじっとしている。

　そこに何かがある。いや、いまは何かではない。だれかだ。膨れあがる恐怖を抑えて見つめるうちに、地面にある長いものが照らされる。倒れていて、ただごとではない様子だが、まちがいなく人間だ。フォリー館のすぐ近く、固い地面から泥炭の湿地へと変わるあたりにその体は横たわっている。風の中で衣服のへりがそわそわ動いたりくすくす笑ったりし、それが揺れ動くトーチの明かりと相まって、体そのものが気味悪く動いているような印象を与える。ぞっとするトリック、巧妙な錯覚。

アッシャーたちにしてみれば、その衣服の中身が本物の人間とは思えない。ついさっきまで話したり笑ったりしていた人間とは。いっしょに婚礼の祝杯をあげていた人間とは。

少し前

イーファ
――ウェディング・プランナー

数人の給仕スタッフの手を借り、限りなく慎重に、わたしたちは大テントの中央へ巨大なケーキを据えた。まもなくなく招待客たちがここに呼び集められ、ケーキへの最初の一刀を見届ける。それはおそらく、昼間の礼拝堂でのセレモニーに劣らず神聖なものだ。

フレディがナイフを持って配膳コーナーから現れる。わたしを見て顔を曇らせる。「だいじょうぶかい」わたしの顔を間近でながめながら尋ねる。

「平気よ」わたしは返事をする。一日つづいた緊張が顔に出ているのだろう。「少しまいってるだけだと思う」

フレディが納得してうなずく。「そうか」と言う。

「もうじき終わるさ」そして、ケーキの横に置いておくようにとナイフを手渡す。美しいナイフ、みごとな鋳造だ。刃渡りが長く、真珠層をあしらった優美な柄がついている。「よくよく気をつけて扱うようにと伝えてくれ。ほんの少しふれただけで怪我をすることがあるからね。特別切れ味のいいものをという花嫁の希望なんだが——なにもここまでしなくてもな。こういうナイフは本来肉切り用なんだから。とにかく、スポンジ生地がバターみたいによく切れるだろうよ」

ジュール——花嫁

崖のへりにいるオリヴィアとウィル。わたしはすべてを聞いた。というより、少なくともじゅうぶん理解できる程度のことを。ときどき声が風に掻き消されたのでさらに近づくしかなく、ふたりがこちらを見てわたしを発見するにちがいないと思った。けれども、ふたりとも相手のことしか眼中になく、言い争いばかりしていて気づかない。はじめはなんのことかわからなかった。

「わたしたちのことを姉に話すから」オリヴィアが叫んだ。わたしは最初、そのことばの意味をわかるまいとした。そんなばかな、恐ろしすぎてまともに考えられない——

それから、オリヴィアが海からあがったときのことを思い出した。一瞬だけど、妹が何かを伝えようとしているように見えた。

やがて、ウィルの声音が変わった。妹の口をふさいだ。腕をつかんだ。実際彼が言っている内容よりその光景のほうがずっとショックだった。ここにいるのはわたしの夫。そして、わたしがほとんど知らないもうひとりの男。

物陰から見ていて気づいたのは、体と体がふれるときの、どんなことばよりも雄弁に物語る遠慮のなさだった。

崖のそばでふたりを見るうちに、わたしの前におぞましい全体像が形を成しはじめた。

まず、怒りを覚える暇がなかった。あったのは自分を呑みこんでしまう巨大な衝撃だけ。すべての根底が崩れた。そしていま、ちがう感覚が芽生えているところだ。

この男はわたしを辱めた。もてあそんだ。わたしは憤っているが、このなじみ深い感情に包まれてほっとしているぐらいだ。体の内側から湧き起こる怒りが、その他もろもろの感情を消滅させていく。

金の冠をむしり取り、地面へ投げ捨てる。ねじれた金属片になるまで踏みつける。それだけでは気がすまない。

オリヴィア——ブライズメイド

「ウィル！」ジュールの声だ。そして、明るい青みがかった光——彼女の携帯電話のライトに照らされる。まるでスポットライトを当てられたみたい。わたしたちはどちらも固まる。ウィルがわたしの肌にふれて火傷をしたとでも言いたげにぱっと腕を放し、すばやくわたしと距離を置く。

　彼の名を呼ぶ声からは何も感じ取れなかった。まったくふつう——少しいらついていたかもしれない。どこまで見られたのだろうか。いや、それより、どこまで聞かれたのだろうか。でも、そんなに聞かれたはずがないでしょう？　だって知られたら——そう、ジュールのことだもの。いまごろふたりとも崖の下に転がっているはず。

「こんなところで何をしているの」ジュールが尋ねる。「ウィル、あなたがいないのでみんなが変に思ってるわよ。それからオリヴィア——倒れたんですって？」そう言って近寄る。ジュールのどこかがちがう。金の冠がない。だからだ。でも、はっきりわからないけれど、まだちがうような。

「そうなんだ」感じのよさを取りもどしたウィルが報告する。「彼女に少し新鮮な空気を吸わせるのが一番だと思ってね」

「そうなの」ジュールが言う。「やさしいのね。だけど、もう中へもどらなくてはだめよ。これからケーキカットなんだから」

現在
婚礼の夜

アッシャーたちが用心しながら死体へ近づく。

乾いた場所から少し離れた、泥炭地がはじまるあたりにそれは横たわっている。湿地が亡骸の先端あたりで早くも力を振るいはじめ、うれしそうにせっせとまわりを囲んでいく。だから、その死人が突然奇跡的に息を吹き返し、ふんばって立とうとしても、思ったほどうまくいかないかもしれない。もがけば片手と片足ぐらいは抜けるだろう。でもいつの間にか、湿った黒い大地の懐に抱きすくめられてしまうのではないか。

以前も湿地はほかの死体を丸呑みし、地中深く引きずりこんだ。ずいぶん昔のことだ。しばらくのあいだ、湿地は空腹だった。

一同が忍び寄るにつれ、トーチの明かりに照らされた体のそれぞれの部分が見えてくる。両脚が不格好に開き、頭は仰向けだ。視力を失ったうつろな目が明かりを浴びて光る。半開きの口をちらりと見ると、わずかに舌が出ていてどことなくみだらだ。そして、胸部に赤黒い血の染み。

「ああっ、そんな」フェミが言う。「嘘だろ……ウィルじゃないか」

その花婿がすてきに見えないのははじめてだ。顔がゆがんで苦悶の仮面となっている。大きく見開かれた曇った目、垂れた舌。

「うう、ひどい」だれかが言う。アンガスが吐く。ダンカンがむせび泣く。動揺した姿を友人たちに見せたことのないダンカンが。それから、ダンカンがかがんで死体を揺する。「おい、兄弟。起きろよ、起きろってば！」首ががくんがくんと揺れ、アニメの残酷なパントマイムを見ているようだ。「やめろよ！」アンガスがダンカンをつかんで叫ぶ。「やめろってば！」

一同はただただ目を瞠る。フェミの言ったとおりだ。たしかにこれは。でも、ありえない。ウィルのはずがない。仲間の中心、手出しのできない人間、みんなの人気者。

彼らは死んだ友人ウィルにばかりとらわれ、衝撃と悲しみに打ちひしがれていたので、警戒を怠っていた。一メートルほど先の動きにだれも気づかない。こんどはまぎれもなく生きた人間が、暗闇からこちらへ足を踏み出している。

少し前
ウィル——花婿

ジュールといっしょに大テントへもどる。オリヴィアは勝手にさせておく。そろって崖のへりにいると気づいたとき、一瞬変な気を起こした。もしもの事態になったとしても、あまり驚かれなかったはずだ。昼間、彼女は溺れて死のうとしたのだから——というか、ぼくが助ける前は明らかにそう見えた。それにこの風が——実際いまは強風だ——痕跡を見分けづらくしただろう。

でも、そんなのはぼくらしくない。ぼくは人殺しじゃない。いいやつなんだ。

それにしても、少しばかり状況が混乱して、あれもこれも手に負えなくなってきている。かたをつけるしかないだろう。

当たり前だが、ジュールにはオリヴィアのことをぜったい話すわけにいかなかった。あそこまで話が進んでいた以上、それは無理だ。わざわざジュールを傷つけることになんの意味があったというのか。オリヴィアとのことは――ちゃんとつづくはずがないじゃないか。あれはいっときのお楽しみだった。あの交際は、彼女とぼくの両方の嘘で成り立っていた。だいたい、あの日デートをして交際をつづけようと思ったのは、彼女が別人に成りすまそうとしていたからだ。年齢が高いふりをし、洗練されているふりをした。あの危うさ。あれを見て彼女を堕落させたくなった。大学のとき一度つき合ったガールフレンドとよく似ていたな。いい子ちゃんタイプのこまっしゃくれたガリ勉女で、程度の低いハイスクール出のくせに分をわきまえていなかった。

けれども、あのパーティーでジュールと出会ったときはちがった。運命みたいなものだ。いっしょになったら最高だとすぐにわかった。見るからに似合いのカップル――体のほうももちろんだが、ちょうど釣り合いが取れているという意味でも。ぼくにはこれから新しいキャリアが約束されていて、彼女はあれほどの野心家だ。ぼくには同等の人間が、自信と野心を持つ、自分に似ただれかが必要だ。いっしょになればぼくたちは無敵になる。そして、いまそうなっている。

オリヴィアは沈黙を守るだろう。それははじめからわかっていた。どうせだれも信じてくれないと思うはずだ。彼女は自分に自信がなさすぎる。ただ――気にしすぎかもしれないが――ここに来てから彼女はどこか変わった。この島ではあらゆるものがちがって見える。まるでこの島が力を及ぼし、わけがあって全員をここに引き寄せたかのようだ。ばかばかしい考えだとわかっている。一度にあまりにも大勢集まったせいだ。過去も現在もいっしょに。ぼくはふだんずいぶん慎重なほうだが、全員がここに集えば何が起こるかを、よくよく考えていたわけではなかった。その結果どうなるかを。

　そうだな。まずはオリヴィア。たぶんあれでだいじょうぶだろう。だけど、ジョンノについては大テントへもどりしだい手を打たなくてはならない。あたりかまわずしゃべらせてはおけない。どうもあいつをあなどっていたようだ。ここへ招ばないよりは、招んでそばに置いたほうが安全だと思っていた。ところが、ジュールが勝手にピアーズを招待した。そう、じつはあれこそがうまくいかなくなった原因だ。もし彼女が招待しなかったら、ジョンノはテレビの一件をまったく知らず、ぼくたちの関係はいままでどおりだったはずだ。あいつがテレビでうまくやれるはずないってのは、本人もわかってるはずだ。そりゃあそうだろう。うまいことを言ってたな。そうさ、あまりにも足手まといなんだよ。マリファナを吸って大酒を飲み、おまけに昔のつまらないことをよく覚えている。ジャーナリストの前であられもないことを口走ったら、全部ばれてしまう。それがわかっているのに――自分の身にも災難がふりかかるのに――なぜあんなにガタガタ言うのかどうもわからない。いずれにしても、あいつは危険だ。知っているということは、話すかもしれないということ。だれも信じないに決まっているが――二十年前のばかげた話など。しかし、危険を冒すわけにはいかない。あれは別の意味でもあぶないやつだ。あいつが洞窟で何をするところだったのか、目隠しをされていたからわからないが、イーファが探しにきてくれてほんとうに助かった。そうでなければどうなっていたことやら。

　まあいい。もう不意を突かれないぞ。

ハンナ——同伴者

いまわたしは、ジェスロとルイスから聞いた話を冷静に受け止めようとしている。偶然の一致という可能性も少しはあるんじゃない？　自分の良識的な声になるべく耳を傾ける。チャーリーが同じ状況にいたら自分が何を言うか想像する。あなた酔ってるわよ。筋が通った考えじゃないもの。ひと晩置いて、朝になったら考えましょ。

だけどほんとうは——じっくり考えるまでもなく——わかっている。感覚でわかる。どんな偶然も寄せつけないほどぴったり一致している。

もちろん、アリスの動画は匿名の投稿だった。当時わたしたち家族は悲しみのあまり呆然としていて、犯人探しを手伝ってくれそうなアリスの友人を訪ね歩こうとは考えなかった。けれどもその後、もし姉の人生をめちゃめちゃにした男、姉の命までも終わらせた男に復讐するチャンスが訪れたら、その男を苦しめてやるとわたしは心に誓った。ああ、それなのに……その男に惹かれるとは。ゆうべ彼の夢を見た——思い出すと、口のなかまで苦い胆汁がせりあがってくる。さらにもうひとつの屈辱は、アリスを滅ぼした同じ魅力にわたしも引っかかったことだ。

婚礼前夜のディナーがはじまる前のウィルを思い浮かべる。〝婚約パーティーでお会いしましたか〟〝ジュールの写真であなたを見かけたんでしょうね。なんとなく見覚えがある〟。見覚えがあると言ったとき、彼が覚えていたのはわたしではなかった。アリスだ。

大テントへ引き返したとき、わたしは冷静なうわべの下に、自分でも恐ろしくなるほどの強烈な怒りをかかえている。姉を死に追いやった男が華々しい成功をおさめ、まがい物の魅力を振りまき、もとからある美貌と特権を利用して地位を手に入れてきた。一方、この男より百万倍聡明で善良なアリスは――賢く、才気あふれる姉は――まったくチャンスをつかめなかった。

　周囲は人でいっぱいだ。みんなが酔っぱらいのうすのろとなってざわめいている。人垣のむこうが見えず、通ることもできない。人を掻き分けて進むが、ときどき無理に押すので小さな悲鳴が聞こえ、いくつもの顔がこちらを向くのがわかる。

　照明がまた不具合のようだ。風のせいだろう。人の群れを通り抜けるあいだ、明かりがまたたいては消え、またともる。そして消える。さっきは黄昏どきだったので、それでもじゅうぶん見えた。けれどもいまは電灯なしではほとんど真っ暗闇だ。卓上の小さなキャンドルでは役に立たない。人の形が曖昧に見えて影があちこちに動くので、むしろ余計に混乱を招く。まわりの人間が甲高い声をあげたりくすくす笑ったりしながらわたしにぶつかってくる。幽霊屋敷にいるみたいだ。大声で叫びたくなる。

　手を握ったり開いたりするけれど、力をこめすぎて爪が皮膚を突き破るのではないかと思う。

　これはわたしではない。何かが取り憑いているみたいだ。

　明かりがつく。全員が歓声をあげる。

　マイクで増幅されたチャーリーの声が会場の隅から反響する。「みなさん、いよいよケーキカットの時間です」群がる人々のむこう側にいる夫をわたしは見つめる。これほど夫を遠くに感じたことはなかった。

　ケーキがある。白くて、輝いていて、疵ひとつなく、砂糖菓子の花と葉があしらわれている。そのそばにジュールとウィルがじっと立っている。じつをいえば、ふたりはウェディングケーキのてっぺんによく飾られている精巧な人形に似ている。引き締まった体に上品なスーツを身に着けた金髪の彼、砂時計のようにくびれた白いドレスをまとった黒っぽい髪の彼女。わたしは人を憎んだことがないのかもしれない。ほんとうの意味では。アリスに対するボーイフレンドの仕打ちを聞きつけたときですらそうだったのは、憎しみをぶつけるべき実物を知らなかったからだ。ああ、だけどいまはあの男がほんとうに憎い。あそこに立って、たくさんの携帯電話のフラッシュに向かってにっこり笑っている男が。わたしはもっと近くへ行く。

ウェディングパーティーの参加者がふたりのまわりに集まっている。四人のアッシャーが笑顔を振りまき、ウィルの背中を叩き……それにしても不思議だ。あの男たちは彼の本性をちらりとでも見たことがないのか。気にしていないのか。そしてチャーリーがいて、いかにもしらふできちんと役目をこなしているかのような印象を——あくまでも印象だけだが——与えている。すぐ横にいるジュールとウィルのそれぞれの両親が、満足げに微笑んでいる。それからオリヴィア、きょう一日じゅう打ちひしがれているようだ。

わたしはもう少し近寄る。わが身に縦横にひびを走らせているこの感情、このエネルギーをかかえてどうすればいいのかわからない。まるで血管に電流を流されたみたいだ。手を出し、その感情のせいで指が震えているのを見る。恐ろしくなると同時に興奮もする。いま試したら、自分に新しい超自然的能力がそなわっているのがわかるかもしれない。

イーファが進み出る。ナイフをジュールとウィルへ渡す。大きなナイフで、長くて鋭利な刃だ。柄が真珠層で飾られているのは、鋭さを隠して全体の見た目をやわらげ、あたかもこう言っているかのようだ。これはウェディングケーキを切るためのナイフであって、別に不吉なものではありません、と。

ウィルがジュールの手に自分の手を重ねる。ジュールが全員ににこやかな笑みを向ける。歯がきらめく。

わたしはもっと近寄る。ほぼ真正面にいる。

ふたりがともにナイフを入れ、柄を握る彼女の指関節が白く、そこに彼の手が添えられている。ケーキがぱっくりと割れて深紅の中心が現れる。ジュールとウィルがまわりの撮影中の携帯電話に向かって微笑んで、微笑んで、そしてまた微笑む。ナイフがテーブルの奥に置かれる。刃がきらりと光る。すぐそこにある。手を伸ばせば届く。

するとそのとき、ジュールが身を乗り出してケーキをひとつかみ手に取る。そして携帯電話のほうへ微笑みながら、閃光のごときすばやさでそれをウィルの顔へ叩きつける。平手打ちやパンチと同じぐらい強烈だ。ウィルがよろよろとあとずさり、顔に残骸を貼りつけたままあっけに取られて彼女を見つめ、それと同時にスポンジ生地と砂糖ごろもが落ちてきれいなスーツに着地する。ジュールの表情からは何も読み取れない。

驚愕のあまりあたりが一瞬静まり返り、どうなるかと全員が固唾を呑む。やがて、ウィルが片手を胸に置いて〝やられた〟という身振りをし、にやりと笑ってから言う。「洗いにいったほうがいいな」

どっと会場が沸いて歓声と叫び声が飛び交い、見たばかりの奇妙な瞬間が忘れ去られる。これもセレモニーの一環というしだいで。

けれども、ジュールが笑っていないことにわたしは気づく。

ウィルが大テントを出てフォリー館のほうへと歩いていく。みんながおしゃべりと笑いを取りもどす。ウィルが出ていくのを振り向いてながめたのは、たぶんわたしだけだ。

バンドが演奏を再開する。全員がいっせいにダンスフロアへと向かう。わたしはその場に立ちつくす。

そして、明かりが消える。

オリヴィア——ブライズメイド

彼の言うとおりだ。いまはどうしてもジュールに言えない。

彼がいろいろな場面で物事をねじ曲げたことについて考える。こんなことになったのはすべて自分のせいだとわたしが感じるように、それとなく彼は仕向けた。わたしに恥ずかしいと思わせて、その気持ちを利用した。それは彼がジュールとともに家に来るのを見たときからずっと感じていた恥ずかしさだ。彼のせいで、わたしは自分がちっぽけで愛されていない人間、醜くて愚かで価値のない女だと思った。彼はわたしに自己嫌悪を植えつけ、わたしと周囲の人たちとのあいだに亀裂を生じさせた。家族さえ——とくに家族を——わたしから遠ざけたのはこの恐ろしい秘密のためだった。

ついさっき崖のそばで彼に腕をつかまれたことを思い出す。ジュールが来なかったらどうなっていたことかと思う。もしジュールが見ていたら、すべてが変わるだろう。でも、彼女は見なかったし、わたしもタイミングをのがした。いまごろ言ったところでだれも信じないだろう。そしてわたしを責めるだろう。言えない。そこまで思い切れない。

それでも、何かできるはず。


そして、明かりが消える。

そう。彼はわたしを見くびっている。

自分の内側で怒りが育ち、ショックと悲しみを追い越していく。それが肋骨の奥で湧きあがってくるのを感じる。ほかのあらゆる感情を食いつくすさまに、解放感に近いものを覚える。

そして、明かりが消える。

ジュール――花嫁

ケーキだけでは物足りなかった。ちまちましたやり方では全然足りない。心底見損なった。あれではうちの一族のろくでなしどもと変わらない。わたしは慎重に張りめぐらせてきた安全対策を彼に対しては無効にした。彼の前では無防備になった。

手を重ねてともにケーキカットしたときの彼の微笑みを思い出す。あの手がわたしの妹の体をなでまわし、あの手が――だめだ、むかつきすぎて考えられない。わたしと寝ているときもあの子のことを思ったのだろうか。わたしが勘ぐりもしないほどばかだと思ったのだろうか。そうにちがいない。そしてそのとおりだ。細かいことだが、それもまた侮辱だ。

ジョンノ——ベストマン

ここは外の暗闇だ。ものすごい風が吹いている。闇の中からしょっちゅう何かが現れる。それを手で追っ払う。一番しつこく現れるのは、ゆうべ自分の部屋で見たのと同じで、またあの顔だ。大きな眼鏡、連れ出す数時間前に、寄宿舎の部屋で最後に見せたあの眼差し。あの少年をおれたちは殺した。おれたちふたりで、殺した。だが、それによって壊れたのは、おれたちの人生のうちひとつだけだ。

おれは相当おかしくなっているらしい。ピート・ラムゼイが食後のミントキャンディみたいに麻薬を配っていた。それがようやく効いてきたところだ。

ウィル、あのろくでなしめ。何事もなかったかのように、屁とも思わなかったみたいに大テントへはいっていった。にやけきった顔で。あの洞窟で、まだチャンスがあるうちに息の根を止めるべきだった。

なんとかして大テントへもどろう。テントの明かりは見えるのに、ひっきりなしに場所が変わっているみたいだ……近かったり、ずっと遠くだったり。うるさい音が聞こえる。帆布が風にはためく音、音楽——

そして、明かりが消える。

イーファ
――ウェディング・プランナー

明かりが消える。招待客から悲鳴があがる。

「ご心配なく、みなさま」わたしは大声で呼びかける。

「風のせいでまた発電機の調子が悪いようです。二、三分で復旧するはずですから、全員ここにいてください」

ウィル――花婿

フォリー館のバスルームで、顔についたケーキを洗い落とす。建物の明かりを目印にしたとはいえ、たえず風になぶられて進路からはずれそうになるので、ここまでたどり着くのは楽ではなかった。それでも、少し離れた場所で考えを整理するのもいいだろう。くそっ、砂糖ごろもが髪の毛に、いや、鼻にまではいりこんでいる。ジュールはずいぶん思い切ったことをしたもんだ。赤っ恥じゃないか。あのあと顔をあげたら、親父がこっちを見ていた。例のあの顔つきで――大きな試合に向けた最初のメンバー発表でぼくの名前がなかったときと同じだ。オックスフォードかケンブリッジにはいれなかったときも、ＧＣＳＥの結果が出て、答案が少し完璧すぎたときもそうだ。もともとその程度だと思っていたがやはりそうかと言いたげな、ひねくれた納得顔。息子を自慢に思う親父をただの一度も見たことがない。いつも言われているとおり上を目指し、成功しようとひたすらがんばってきたのに。そして、ここまで成功したのに。

あのケーキをつかみあげたときのジュールの顔。まずいな。何か気づかれたんだろうか。でも何を？　たぶん、アッシャーたちがあんなふうに花婿を連れ去ったことにまだ腹の虫がおさまらないだけだ。今宵の祝宴が中断されたんだから。きっとそれだけだ。とにかく、必要なら別の方法で納得させる自信はある。

こんなことになるはずじゃなかった。突然、あっけなく壊れそうな気がしてくる。いまにも全部が音を立てて崩れ落ちそうだ。あそこへもどって事態を収拾しなくてはならない。しかし、何からはじめればいいだろう。

顔をあげると、鏡に自分の姿がある。この顔をさずけてくれた神に感謝しよう。ここ数時間のストレスなど微塵も感じさせない顔。これがパスポートだ。これで信頼と愛を手に入れる。だから、ジョンノみたいなやつを踏み越えて最後にはかならず勝つはずだ。口の端についた最後の小さな砂糖ごろもをぬぐい、髪をなでつける。にこりと笑う。

そして、明かりが消える。

現在
婚礼の夜

一同が死体のそばにしゃがむ。フェミが——ふだんは外科医だが、いまはそれとはほど遠い気分で——仰向けの体のほうへかがみこみ、少しは呼吸をしていないかと、顔を口に近づけて耳を澄ませる。現実には無駄な行為だ。風の音に混じって万が一何か聞こえたとしても、見開いたままの濁った目、ぽっかりあいた口、胸の赤黒い染み、それを見れば死んでいるのは明らかだ。

三人ともそこにある動かぬ死体をじっと見つめるばかりで、ほかにもだれかいることに気づかない。自分たちのすぐそばの暗がりに人がいるのに、だれもちらりとも目を向けない。そこへその男がトーチの明かりのなかへ足を踏み出し、古《いにしえ》の伝説の生き物さながら闇から現れる——旧約聖書に登場する復讐の化身そのものだ。だれなのか最初は見分けもつかない。まず目にはいったのは血、それだけだ。

男は返り血を浴びたらしい。シャツの前が血に染まり、いまや白というより赤いシャツだ。手が手首のところまで血まみれだ。首にも血がついて顎にそってこびりつき、まるで血を飲んだかのようだ。

一同が男に目を剝き、静かな恐怖に包まれる。

男がひっそりと泣いている。三人に向かって両手をあげたので、こんどは金属がきらりと光る。そのつぎに見えたのはナイフだ。考える暇があったなら、そのナイフに心当たりがあったかもしれない。刃渡りの長い優美なナイフで柄に真珠層があしらわれ、ついさっきウェディングケーキを切るのに使われたものだ。

ようやくフェミが言う。「ジョンノ」ゆっくり慎重に声をかける。「ジョンノ——もういいんだよ、兄弟。

ナイフを置くんだ」

少し前
ウィル——花婿

いまいましい。また停電か。上着のポケットの携帯電話を探り、ライトをつけて暗がりへ出る。外はひどい風だ。頭を低くして前のめりの姿勢でとにかく進むしかない。まいったな、風で髪が乱れるのが一番きらいなんだ。こんなことを大きな声では言えない——〈夜を生き延びろ〉のイメージにあまり合わない。

顔をあげて進行方向を確認すると、懐中電灯の明かりしか見えないが、だれかがこちらへ向かってくるようだ。こちらからは見えなくても、向こうはこちらを照らしているはずだ。

「だれだい」声をかける。やがて、相手の姿が見えてくる。

彼女の姿が。

「なんだ」少しほっとして言う。「きみか」

「大変でしたね、ウィル」イーファが言う。「ケーキはきれいに取れました？」

「ああ、だいたいね。どうしたんだい」

「また停電です」彼女が言う。「ご迷惑をおかけします。この天気のせいで。予報ではここまでひどくなるなんて言ってなかったんですよ。発電機が不具合のようです。そろそろ作動してもいいころなんですが……。どうなってるのか見にきたんですよ。ところで――手伝ってもらうわけにはいきませんか」

ほんとうは手伝いたくない。もどって解決すべきことがある――妻の怒りを鎮める、ブライズメイドとベストマンを……どうにかする。でも、暗いなかではどうせ何もできないだろう。だから、ここは手伝ったほうがよさそうだ。「いいとも」愛想よく言う。「手伝いたくてたまらないぐらいだよ」

「ありがとうございます。ご親切に。ではちょっとこちらへ」彼女が道からはずれて、フォリー館の裏手へ案内する。ここには風が来ない。それから――変だな――発電機らしきものへたどり着いていないのに、彼女が向き直る。懐中電灯でこちらの目を照らしている。ぼくは片手をあげる。「ちょっとまぶしいな」そう言って笑う。「取り調べを受けてるみたいだ」

「あら」彼女が言う。「そうですか」

それでも懐中電灯をおろさない。

「頼むよ」うんざりしてきたが、ものやわらかな態度は崩さないようにする。「イーファ――光が目に当たってるんだよ。何も見えないじゃないか」

「時間があまりないんです」彼女が言う。「ですから、急いですませるしかありません」

「なんだって？」一瞬妙な間があり、言い寄られているのかと思う。彼女はたしかに魅力的だ。けさ、大テントで気づいた。魅力を出さないようにしているところがまたいい――いつもそうだが、女のそうした無自覚であやういところに惹かれる。この女はフレディみたいなでぶ亭主で満足なのかとだれもが思っているだろう。といっても、いまはそれどころではない。

「ちょっとお伝えしたいことがあったものですから」彼女が言う。「けさ、あなたがおっしゃったときに申しあげるべきだったのかもしれません。あのときは打ち明けるのが賢明ではないと思ったんです。昨夜ベッドに海藻があった件です。あれはわたしがやりました」

「海藻?」光に向かって目を瞠り、なんの話か考える。「いや、ちがうんだ」と言い返す。「アッシャーのだれかがやったにちがいない。だってあれは――」

「トレヴェリアンでいつもやっていたことだから――下級生たちに。知っています。トレヴェリアンのことならみんな知っています。あまり知りたくないことまでたくさん」

「知ってるって……でもどういうわけで――」なぜかわからないが、胸の鼓動が少し速くなる。

「あなたのことをネットでずいぶん探しました」彼女が言う。「でも、ウィリアム・スレイターって――よくある名前ですよね。やがて〈夜を生き延びろ〉が放映されました。あなたが出演していました。フレディはひと目でわかりましたよ。それに、あなたはやり方を変えることすらしませんでしたね。わたしたちは放送を全話観ました」

「どういうつもりで――」

「そう。なぜわたしが大変な苦労をして、あなたたちをここへ招き寄せたかということですね」彼女が言う。「なぜ奥様の雑誌に掲載してもらうのとひきかえに、法外な値引きを申し出たのか。じつは、奥様にはもう少し怪しまれるかと思いました。でも、だからこそおふたりはお似合いなんでしょうね。社会的地位があるから、世間が何かをしてくれて当然だと思っている。わたしたちが今回まったく収益を見こめないのを奥様は承知していたはずです。けれども、そのおかげでわたしはあるものを手に入れ、こうなりました」

「だからなんのことだ」後ろへじりじりとさがる。急によからぬ予感がしてくる。けれども、右足の下は地面がやわらかい。足が沈みはじめる。ここはまさに湿地のへりだ。そこまで計算していたかのようだ。

「わたしはあなたと話がしたかった」彼女が言う。「それだけです。そして、話すのにこれ以上いい方法を思いつきませんでした」

「何を話す――こんなふうに風が吹き荒れる真っ暗闇で」

「ほんとうは完璧な方法だと思いますよ。あなたはダーシーという少年を覚えてますか、ウィル。トレヴェリアンの生徒でした」

「ダーシー？」顔に当たる光がまぶしくてまともに考えることができない。「いや、あいにく覚えてないな。ダーシーね。だいたいそれって男の子の名前なのか」

「姓のマローンは？　あそこではみんな姓で呼ばれていたはずです」

そう言えば聞いたことがある。しかし、そんなはずはない。まさか――

「とはいっても、思い出すのはローナーという少年でしょうね」彼女が言う。

「マローン……ローナー。あなたたちはその子をそう呼んでいたんですよね。あの子の手紙は全部、わたしがまだ持っているんですよ。この島に持ってきました。けさもそれを読み返しました。もちろん、あなたたちのことが書いてありましたよ。あなたとジョナサン・ブリッグス。あの子の〝友人たち〟。友人関係がどこか不健全なのはわかっていて――わたしは何もしなかった。それがわたしの背負うべき十字架です。

ここにあの子のお墓があります。わたしたち家族が最も幸福だった場所に。どういう意味かわかるでしょうね」

「え――いや、わからないな」

ようやく思い出したのは、十代の女の子が白い砂浜にいる一枚の写真だ。それをネタにして、ジョンノといっしょにあいつをしょっちゅうからかった。魅惑的な姉だった。でも、ありえない――

「全部を説明する時間はありません」彼女が言う。「そうできたらいいのですが。わたしの望みは、あなたがなぜあんなことをしたのか突き止めること、ほんとうはそれだけでした。だからこそ、あなたがたがここに来て、この島で結婚式を挙げられるように熱心に働きかけたんです。あなたに訊きたいことが山ほどありました。もう最後だというとき、あの子は怯えていたのか。あなたはあの子を助けようとしたのか。寄宿舎の部屋へはいってきたとき、あなたがたふたりは興奮しているようだったとフレディから聞いています。大がかりないたずらをするときみたいに」

「フレディ？」

「ええ、フレディです。それとも〝でぶっちょ《ファットファック》〟と呼ばれていたかもしれません。彼はあの晩あそこで目を覚ましていたただひとりの生徒でした。自分がつかまってサバイバルに連れていかれるのではないかと思ったそうです。だから隅に隠れ、眠っているふりをして、ダーシーが連れ去られるときにひと言も発しなかった。あれ以来彼は自分を許せないでいます。彼にはなんの罪もないとわたしはなるべく説得してきました。あの子を連れ去ったのはあなたがたふたりです。というより、ほとんどはあなたがやったことです。少なくとも、お友達のジョンノは自分がしたことを悔いていますから」

「イーファ」できるだけ慎重に声をかける。「理解できないな。わからない……きみは何を言ってるんだい」

「ただ——いまとなってはあれこれ質問する必要もなさそうですね。答はわかっています。昼間あなたを探しにいったとき、洞窟のなかで答をすべて聞きました。もちろん、こんどは別の疑問も出てきましたけど。たとえば、やった理由です。あなたが試験の問題用紙を盗んだせいで？　ほんとうにそれが、ひとりの少年の命を奪うだけの動機になるんでしょうか。盗みがばれてしまうというだけの理由で」

「イーファ、すまないが、ほんとうにもう大テントへもどらなくては」

「だめです」彼女が言う。

　ぼくは声をあげて笑う。「どういうことかな、だめって」いままでで一番感じのいい声を出す。「いいかい。きみは自分の言っていることになんの裏づけも持っていない。なぜなら、そんなものはないからだ。弟さんをなくしたのは非常に気の毒だ。きみが何をするつもりかは知らない。しかし、何をしてもあまり効果はないだろう。お互いことばで争うだけだ。どちらが信じてもらえるかは目に見えていると思う。どの記録を調べても、痛ましい事故とされているんだからね」

「そう言われると思ってました」彼女が言う。「あなたが認めないのはわかっています。あなたが悔いていないのもわかっています。洞窟でもう聞きましたから。あなたはあの晩わたしからすべてを奪いました。母もあの夜に死んだも同然でした。数年後に父が心臓発作で亡くなりましたが、悲嘆によるストレスが原因だったのは明らかです」

　こんな女を恐れるな、と自分に言い聞かせる。弱みは握られていない。いまはもう少し大事な、やらないと困ったことになる用事がぼくにはある。これはひねくれて頭が混乱しているだけの女で——

　そのとき、何かがちらりと見える。金属が光っている。懐中電灯を持っていない、彼女のもう片方の手に。

現在
ジョンノ――ベストマン

おれはこいつを助けられなかった。

いま思えば、ナイフを抜くべきではなかった。たぶん出血がひどくなっただけだ。

暗がりで見つかったとき、みんなにわかってもらいたかった。フェミ、アンガス、ダンカン。でも、あいつらは聞こうともしなかった。火がついているトーチを武器のようにかかげ、おれを野獣扱いにする。叫んだり悲鳴をあげたりして、ナイフを置け、〝いいから、それを、置け〟と大声で命令するので、頭にがんがん響いた。おれは何も言えなかった。だから、おれじゃないんだって伝えられなかった。説明できなかった。

ピート・ラムゼイから何をもらったにしろ、嵐の中で効き目が薄れてきていた。

明かりが消えた。

暗がりでウィルを見つけた。そばにかがみこんだらナイフが見えた。あいつの体から生えたみたいに胸から柄が伸びて、刃がまったく見えないぐらい深く突き刺さっている。そのときになってわかった。いろいろあったけど、それでも愛してたんだって。おれはあいつを抱きかかえて泣いた。

ほかのアッシャーたちがおれを取り囲んだ。警察《ガルディ》がボートで着くまでのあいだ、おれを動物みたいに生け捕りにした。連中の目を見れば、おれをどれほど恐れているかわかる。こんなやつはほんとうは仲間じゃなかったと思っている目だ。

警察が来ている。おれは手錠をかけられた。逮捕された。本土へ連れていかれるのだろう。国へ送り返され、親友を殺した罪で裁判にかけられるのだろう。

そうとも、洞窟でそうしようと思ったんだ。ウィルを殺そうって。手近の石を拾えばいいって。あのときほんとうに、芯からそう思った。それが一番簡単な気がした。一番いいんじゃないかって。

でも、おれが殺したんじゃない。それぐらいわかる——ピート・ラムゼイから薬をもらって少し朦朧としていたから、多少曖昧な点はあるけれども。要するに、おれはテントに行きもしなかった。どうやってあのナイフをくすねたっていうんだ。しかし警察はそんなことを問題にしないだろう。

とにかくおれは、自分が人殺しだとは思ってない。いや、人殺しだよな。ずいぶん昔だが、あの少年のことがある。結局あいつを縛りあげたのはおれだ。ウィルが指示したんだが、それでもやったのはおれだ。頭が鈍いのでどうなるか思い至らなかったなんてのは、たいした言いわけにならないじゃないか。

結婚式の前夜に見たもののことがついつい頭をよぎる。部屋にうずくまっていたあれ、あの人影。もちろん、そんなことをだれかに言っても埒《らち》があかないだろう。考えてもみろ。〝いや、おれじゃないって。じつはウィルをばかでかいケーキナイフで刺した犯人は、おれたちが殺した少年の幽霊じゃないかと思う——そうそう、婚礼の前夜、そいつがおれの寝室に現れたみたいでさ〟信じてもらえそうもないな。いずれにしろ、おれが見たものは自分の頭のなかから出てきたんだろう。わからなくもない。ある意味あの少年は、長年そこで生きていたんだから。

おれを待っている独房について思いをめぐらせる。考えてみれば、潮が満ちていたあの朝以来、おれは牢獄にいる。おれたちのむごい行為に正義が追いついたのかもしれない。それでも、おれは親友を殺さなかった。つまり、ほかのだれかがやった。

イーファ

──ウェディング・プランナー

ナイフを振りあげる。フレディには、ウィルをここへ招いてただ話をしたいのだと言った。少なくともはじめはそのつもりだった。気が変わったのは、たぶん洞窟で立ち聞きしたせいだ。悔恨のかけらもなかった。あのひと晩で四つの人生が壊れた。無辜《むこ》の命をひとつ奪ったあがないに罪深き命をひとつもらう。このうえない公平な取引だろう。

懐中電灯の光で身動きできないまま、この刃が見えればいいのにと思う。あの夜弟が浜に倒れたまま海が押し寄せてくるとわかっていたときの気持ちを、この男が──前途洋々でだれにも手出しのできない男が──少しでも感じればいいのに、と一瞬思う。その恐ろしさを感じるがいい。人生最大の恐怖を味わうがいい。懐中電灯の光を見開いた目に当てつづける。

そして、弟のために刺し貫く。この男の心臓を。

地獄を呼び覚ましたのはわたしだ。

エピローグ

数時間後

オリヴィア――ブライズメイド

風がついにやんだ。アイルランドの警察が到着した。一ヵ所にいてもらいたいとのことで、全員大テントに集められる。何が起こったか、何を発見したか、警察から説明がある。だれを発見したかも。だれかが逮捕されたらしいけれど、だれかはまだ知らされていない。

百五十人の人間がほとんど物音を立てないでいられることに驚かされる。みんながテーブルのまわりにすわって小声で話している。寒さとショックをやわらげようと銀色の防災用ブランケットにくるまっている人たちもいて、動くたびにそれが立てる音のほうが話し声よりも響く。

わたしは彼と崖のへりに立って以来、だれともひと言も話さない。わたしの内からいっさいのことばが奪われたような気がする。

何ヵ月間も、彼のことだけを考えてきた。そしていま、彼は死んだという。よろこんではいない。少なくとも、そんな気持ちにはなれない。なんといっても、いまはまだ動揺している。

やったのはわたしではない。でも、わたしがやっていたかもしれなかった。ジュールとケーキカットしている彼を最後に見たときの気持ちを覚えている。あのナイフを見て……その考えが頭に浮かんだ。ほんの二、三秒だ。でも、一心にそう思い、強く念じたので、もしかしたらほんとうは自分が犯人で、なぜか記憶が抜け落ちているのではないかと心のどこかで思っているぐらいだ。顔を覗きこまれては困るので、だれとも目を合わせられない。

剝き出しの肩にだれかの手がふれてぎくりとする。目をあげる。ジュールがいて、銀色のブランケットをウェディングドレスの上からはおっている。ジュールがはおるとそれも衣装の一部、戦場の女王が身に着けるケープに見える。口を引き結んでいるので唇が見えず、目がきらりと光る。手がわたしの肩をきつくつかんでいる。

「知ってるわ」ジュールがささやく。「彼と――あなたのこと」

　ああ、おしまいだ。言うべきかどうかあれほど悩んだあげく、結局姉にいつの間にか気づかれていた。それなら姉はわたしを憎んでいる。そうにちがいない。わたしにはわかる。ジュールがいったんこうと決めたらわたしにそれを覆せないのは承知している。何を言っても無駄だ。

　そのとき、いつもとちがって彼女の表情に何か新しいものが覗いた気がする。

「もしわたしが知っていたら……」声よりも姉の口の動きでわかる。「もしわたしが――」そこで止まり、ことばを呑みこむ。しばらく目を閉じ、ようやく開いたとき、涙がたまっているのが見える。そして、姉に手を差し伸べられてわたしは立ち、抱き締められている。やがて、彼女の体が震えはじめたのではっとする。ジュールが泣いている。大きな声で、怒ったようにむせび泣いている。わたしはジュールが最後にいつ泣いたのかを思い出せない。最後にこんなふうに抱き合ったのがいつかも。一度もなかったかもしれない。わたしたちのあいだにはいつも距離があった。でも、いっときその距離がなくなった。それを除けば、この一夜がもたらしたものは衝撃と心の傷ばかりだけど、その真っただ中にわたしたちはふたりでいる。わたしと姉のふたりで。

翌日

ハンナ——同伴者

チャーリーとわたしは本土へもどるボートに乗っている。招待客の大半がわたしたちより先に出発し、親族はまだ残っている。わたしは島を振り返る。いまは天気が好転し、海面に陽光が降りそそいでいるけれど、島では雲が垂れこめて薄暗いままだ。島は大きな黒い獣のようにうずくまり、つぎの食事を待っているように見える。わたしは顔をそむける。

帰りはボートの揺れがほとんど気にならない。わずかな胸のむかつきなど、姉を殺したも同然の男がウィルだと昨夜知ったときの、心の吐き気とはくらべものにならない。

島へ渡るボートの上でチャーリーにしがみついていたことを思い出す。あれからまだ四十八時間も経っていない。わたしは最悪の気分だったのに、いっしょに声をあげて笑ったものだ。それを思うと胸が痛む。

チャーリーとはほとんどことばを交わしていない。お互いをちらりと見るのがやっとだ。どちらも——たぶん——物思いにふけり、すべてが起こる前に最後に話したときのことを思い出している。そして、いまのわたしには話したくても話すだけの気力がないようだ。体も感情も砕け散ったみたいで……考えをまとめたり自分の気持ちを探ったりできないほど腑抜けになっている。明らかに昨夜は全員が一睡もできなかったけれど、それ以上の疲れだ。

もちろん、家に帰ったらすべてと向き合うしかないだろう。現実にもどったとき、この週末に破裂したものが修復可能かを検討しなくてはならない。だいぶ多くのものが壊れてしまった。

それでも、その残骸からはっきりと姿を現したものがひとつあった。失われたパズルの一片だ。これで終わったと言うつもりはない。あの傷が完全に癒えることはけっしてないからだ。あの男と対決する機会がまったくなかったことが腹立たしい。けれども、アリスの死後ずっとかかえていた疑問に答が出た。それに、ウィルを殺した犯人がアリスの仇を討ってくれたとも言える。わたしとしては、この手でナイフを突き立てられなかったことだけが残念だ。

謝辞

編集者のキム・ヤング、そしてシャーロット・ブラビンへ。本書はじつに多くの方々の協力の賜物だけれど、それでもわたしはおふたりの名前をぜったい筆頭にあげるべきだと思う。わたしができるだけいい作品を生み出せるようにいつも励ましてくれてありがとう。本を書きはじめたころも、何冊か書いたころも、ジャンルにかかわらず、わたしとわたしの作品に揺るぎない信頼を置いてくれてありがとう。これほど特別な支えはめったにありません。

並みはずれた才能を持つエージェントのキャス・サマーヘイズへ。ともにここまでなんという旅をしてきたのでしょう！　わたしが知る最も仕事熱心な人として（先にあげた人たちと並んで）、機会があるたびにわたしとわたしの本を支持してくれてありがとう。すごく楽しい人であることにも感謝しています。

ケイト・エルトンとチャーリー・レッドメインへ。いまも支えとなり、わたしとわたしの作品を信頼してくれてありがとう。

ルーク・スピードへ。映像専門のすばらしいエージェントであり、このうえなくすてきな人。あなたの先見の明と知恵に感謝します。

ジェン・ハーロウへ。作家が望みうる最高の楽しさと活気と情熱を持っている広報担当者。いままでの激務と創意工夫に感謝します。そして、頼りになる旅友達でいてくれてありがとう。

アビー・ソルターへ。マーケティングの優れた技術に感謝します。あなたの独創力と革新性にはいつも驚かされているので、引きつづきこの作品にかけてくれる魔法を見るのが待ちきれません。

イジー・コバーンへ。いっしょに仕事ができるようになってすごくうれしいです。スリンドンの女性ふたりもよくがんばってくれました。すばらしい才能を発揮してくれてありがとう。

パトリシア・マクヴェイへ。わたしの本をアイルランドで熱心に応援してくれてありがとう。エメラルド島（アイルランドの愛称）でのさらなる冒険に乾杯！

クレア・ワードへ。本のエッセンスを驚くべき簡潔さで表紙のデザインにすべて抽出する、あなたの能力に畏敬の念をいだいています。あなたは真の炯眼の持ち主です。

フィノラ・バレットへ。本書の中で登場人物のさまざまな声がどのように聞こえるか、わたしよりも正確にわかってくれてありがとう。また、ご家族とともにわたしのアイルランド語をチェックしてくださって感謝しています。

〈ハーパーコリンズ〉の精鋭ぞろいのチームに感謝します。ロジャー・カザレット、グレース・デント、アリス・ゴーマン、デーモン・グリーニー、シャーロット・クロス、ローラ・デーリー、クリフ・ウェブ。

ケイティ・マクゴーワン、カラム・モリソンへ。わたしの本を世界中の家で見つけてくれてありがとう！

シーラ・クロウリーへ。支えてくれてほんとうにありがとう。あなたはすごい人です。

シレ・エドワーズ、アンナ・ウェゲリンへ。熱心な仕事ぶりに感謝するのはもちろん、ときどき少し野放図になるこの著者を柵で囲っておいてくれてありがとう！

〈ウォーターストーンズ〉と〈ウォーターストーンズ〉の書店のみなさんへ。その情熱と、店頭販売における驚くほど創造的なディスプレーに感謝します。とくに、スコットランド支社の仕入れ担当マネージャーで、スコットランド旅行の道連れに最高なアンジー・クロフォードへ――気前よく時間を割き、引きつづき協力してくれて心から感謝しています。

イベントを開いてわたしの本を店頭で売ってくださる数々の小規模書店の方々へ。書きことばを愛してやまず、その愛を発見するためのあたたかい場所を作り出している書店に感謝します。

ライアン・タブリディへ。時間を見つけて本書を読み、心あたたまる感想をくださってありがとう。

〈ネットギャラリー〉で見つけてデジタルファイルを取り寄せたか、それとも書店で購入したか、どちらにせよ、この本を読んで面白かったと言ってくださった読者のみなさんへ。わたしは感想を聞くのが大好きです。みなさんからのメッセージをいただいてこんなにうれしいことはありません。

わたしの両親へ。その誇りと愛情に感謝しています。わたしが必要としたときによく気配りしてくれてありがとう。一番好きなことをやれと昔からいつも励ましてくれました。

ケイトとマックス、ロビーとシャーロットへ。毎日をこんなに楽しくしてくれて、そしていつも元気づけてくれてありがとう。

リズ、ピート、ドム、ジェン、アンナ、イヴ、セブ、ダンへ。愛と支えをありがとう。噂話で興奮を分かち合ったことも、手描きのカードを送ってくれたことも！

アイルランドとイギリスのいとこ、フォーリー家とアレン家のみんなに感謝します。個別に名前をあげれば（順不同で）ウェンディ、ビッグO、ウィル、オリヴァー、リジー、フレディ、ジョージ、マーティン、ジャッキー、ジェス、マイク、チャーリー、ティンキー、ハワード、ジェイン、イネス、イサベル、ポール、アイナ、リアム、フィリップ、ジェニファー、チャールズ、アイリーン、イーヴァン。

最後になったけれど、この人を忘れてはいけない……アルへ。いつもわたしの最初の読者になってくれる人。あなたがしてくれたあらゆることに感謝します。いつもわたしを支えて勇気づけ、新しい本のアイディアを生み出すための六時間の車の旅によろこんでつき合い、プロットの穴に深くはまって抜け出せないわたしを救出し、週末を全部使ってわたしの最初の草稿に目を通してくれた。あなたがいなければ、この本は完成しなかったでしょう。

訳者あとがき

アイルランド沖の小さな孤島で一夜の宴が繰り広げられる。いまをときめく有名人カップルのウェディングパーティーだ。オンライン雑誌を立ちあげた女性起業家ジュール、サバイバル番組で活躍中のハンサムな売れっ子ウィル。しかし、華やかなパーティーで大勢が浮かれ騒ぐうちに、島は激しい嵐に見舞われて停電、しかも外の暗闇で死体を見たと言う者が現れ、招待客たちに動揺が走る……。

本書は二〇二〇年の英国推理作家協会（CWA）賞ゴールド・ダガーのロングリストにノミネートされた心理サスペンス小説で、孤島を舞台にした殺人劇である。アガサ・クリスティーのポップな現代版とも言われ、高い評価を得ている。島というクローズドサークルと、主要人物全員の心理を描写しながらもフーダニットを成立させる趣向に、クリスティーの『そして誰もいなくなった』を思い起こす読者もいるだろう。著者はとくに語っていないが、かの作品を意識したのではないかと思わせる場面も作中にある。

ただ、本書にはクリスティーの名作を引き合いにしては語りきれない並外れた特徴がある。まず、全体が登場人物六名の一人称（「わたし」「おれ」「ぼく」）で書かれ、その主要登場人物たちがつぎつぎと入れ替わって自分の思いを語る中で物語が進んでいく。さらに短い挿入部がいくつもあり、そこだけが場面を俯瞰する形で三人称になっている。つまりこの小説の視点は七つあり、そのうち六つまでが一人称視点だ。それが読みづらいどころか、視点の切り替えと時系列の構成の巧みさで読み手はストーリーへと難なく引きこまれてしまう。「常道無視の小説手法を成功させた」として書評家が賞賛するゆえんだ。

もうひとつ面白いのは、荒涼とした孤島に集まった招待客たちが、浮世の憂さを晴らそうとしだいにはめをはずしていくくだりだ。宴たけなわとなって悪乗りし、思う存分猥雑にお下品に盛りあがっていく様子がじつに力強く、クリスティーのロジカルな作風とはまったくちがう。この孤島には、人間たちの混沌としたエネルギーが炸裂している。そのほか、アイルランドならではの風景や土着の伝説が織り交ぜられ、その野趣に富んだ情緒がいい。

結婚式やウェディングパーティーはこのうえなく幸せな行事である一方、一波乱起こりかねない場でもある。疎遠だった親族、古い友人、学校時代の知り合い、ふだん会わない人々が一堂に会したとき、さまざまな思惑や疑念が交差して、ときには水面下で積年の恨みが再燃することもあるだろう。この小説でも、各登場人物の語りによってそれぞれの過去と心の傷がしだいに明らかになる。そして嵐の襲来に合わせるように緊張が高まり、完璧なはずのウェディングパーティーについに惨劇が起こるというしだいだ。

ここでイギリスの結婚式について蘊蓄を少し。

作中にはベストマンという花婿付添人代表、アッシャーという花婿付添人たち、ブライズメイドという花嫁付添人が登場する。

ブライズメイドは日本の結婚式でもおなじみになりつつあるが、結婚式で花嫁のサポート役としてそばに立つ女性のこと。花嫁の友人や親族から選ばれる未婚の女性で、何名かでつとめるのが一般的だ。もともとは中世のヨーロッパが起源で、幸せを妬む悪魔から花嫁を守るために、花嫁と同じようなドレスを着て付き添い、悪魔の眼を惑わして新婦を守るという伝統が由来とされている。ブライズメイドの男性版がアッシャー、アッシャーたちのまとめ役がベストマンだ。ベストマンは花婿を支えてアッシャーたちとともに結婚式の準備や進行をつとめる大役で、花婿が最も信頼する男性がなるものとされている。

ちなみに結婚前の独身最後の自由を楽しむパーティーで、男性版をスタッグ・パーティー（アメリカではバチェラー・パーティーという）、女性版をヘン・パーティーと呼んでいる。〝スタッグ〟は牡鹿という意味だが、古くはオスの動物全般をさし、〝ヘン〟は雌鶏だが、これも古くはメスの鳥全般をさした。スタッグ・パーティーの起源はイギリスではヘンリー八世とされ、六人も妻を迎えた国王が婚礼のたびに前夜に派手な祝宴を開いたのがはじまりと言われている。

さらにもうひとつ、イギリスの学校と試験について。

本書では登場人物たちが過ごしたパブリックスクール時代の出来事が重要な要素となっている。アメリカでパブリックスクールといえば文字どおり公立の学校のことだが、イギリスの場合、かなり裕福な家庭の子供しか入学できない、私立学校のなかでも伝統と格式と学費がトップクラスのエリート校をさす。近世になって貴族の身分に属さない富裕層ジェントルマンが勃興し、その子弟のための学校が必要となったので、高貴な身分以外の一般の（パブリック）者たち、つまり富裕層の子弟が学ぶ場所として生まれたのがパブリックスクールだ。

作中に試験の名前でＧＣＳＥやＡレベルテストというものが出てくるが、どちらもイギリスが実施している全国統一試験だ。ＧＣＳＥ（General Certificate of Secondary Education）は十六歳で受け、これに通れば義務教育修了の資格となるが、成績によって今後の進学先が左右されるので重要な試験となる。そして十八歳のときに自分の希望進路に合わせてより専門性の高いＡレベル（General Certificate of Education, Advanced Level）テストを受け、これによって入学可能な大学が決まるシステムになっている。作中で言われるような、ＡレベルテストですべてＡ評価というのは当然ながら相当な秀才だろう。

物語の背景について簡単に補足説明をしたが、イギリスの風習や教育事情を少しでも身近に感じる手助けになれば幸いだ。だれが主役とも決めがたい六人の登場人物全員の心の内を味わい尽くすもよし、ひとりだけ贔屓にして心を寄せるもよし、いずれにしても、このサスペンスを存分に楽しんでいただけたらと思う。

著者のルーシー・フォーリーはロンドン在住、編集の仕事を経て二〇一五年に小説家としてデビューした。旅行が大好きで、アイルランド西部のコネマラ地方の旅でこの作品のインスピレーションを得たという。本書は五作目だが、殺人物のミステリーを書いたのはこれが二作目で、現在三作目を執筆中とのこと。これからもますますサスペンスの離れ業を披露してもらいたいものだ。

二〇二一年十月

HAYAKAWA POCKET MYSTERY BOOKS No. 1973

唐《から》木《き》田《だ》みゆき

上智大学文学部卒，英米文学翻訳家

訳書

『冷たい家』JP・ディレイニー

『生物学探偵セオ・クレイ　森の捕食者』

アンドリュー・メイン

『殺人記念日』サマンサ・ダウニング

（以上早川書房刊）他多数

この本の型は、縦18.4センチ、横10.6センチのポケット・ブック判です。

［ゲストリスト］

2021年11月10日印刷　　2021年11月15日発行

著　者　ルーシー・フォーリー

訳　者　唐木田みゆき

発行者　早川　浩

印刷所　星野精版印刷株式会社

表紙印刷　株式会社文化カラー印刷

製本所　株式会社川島製本所

発行所　株式会社　**早川書房**

東京都千代田区神田多町2－2

電話　03-3252-3111

振替　00160-3-47799

https://www.hayakawa-online.co.jp

（乱丁・落丁本は小社制作部宛お送り下さい
送料小社負担にてお取りかえいたします）

ISBN978-4-15-001973-0 C0297

Printed and bound in Japan

ハヤカワ・ミステリ〈話題作〉

1953 **探偵コナン・ドイル**
ブラッドリー・ハーパー　府川由美恵訳
十九世紀英国。名探偵シャーロック・ホームズの生みの親ドイルがホームズのモデルのベル博士と連続殺人鬼切り裂きジャックを追う

1954 **最悪の館**
ローリー・レーダー＝デイ　岩瀬徳子訳
〈アンソニー賞受賞〉不眠症のイーデンは星空の景勝地を訪れることに。そしてその夜殺人が……誰一人信じられないフーダニット

1955 **果てしなき輝きの果てに**
リズ・ムーア　竹内要江訳
薬物蔓延と若い女性の連続殺人事件に揺れる街で、パトロール警官ミカエラは失踪した妹が次の被害者になるのではと捜査に乗り出す

1956 **念入りに殺された男**
エルザ・マルポ　加藤かおり訳
ゴンクール賞作家を殺してしまった女は、出版業界に潜り込み、作家の死を隠ぺいするため奔走するが……一気読み必至のノワール。

1957 **特捜部Q**
―アサドの祈り―
ユッシ・エーズラ・オールスン　吉田奈保子訳
難民とおぼしき老女の遺体の写真を見たアサドは慟哭し、自身の凄惨な過去をQの面々に打ち明ける――人気シリーズ激動の第八弾！

ハヤカワ・ミステリ〈話題作〉

1958 **死亡通知書 暗黒者**
周 浩暉
稲村文吾訳
予告殺人鬼から挑戦を受けた刑事の羅飛は、省都警察に結成された専従班とともに事件を追うが――世界で激賞された華文ミステリ！

1959 **ブラック・ハンター**
ジャン＝クリストフ・グランジェ
平岡 敦訳
ドイツへと飛んだニエマンス警視は、富豪一族の猟奇殺人事件の捜査にあたる。映画化された『クリムゾン・リバー』待望の続篇登場

1960 **パリ警視庁迷宮捜査班 魅惑の南仏殺人ツアー**
ソフィー・エナフ
山本知子・山田 文訳
個性的な新メンバーも加わった特別捜査班は、他部局を出し抜いて連続殺人事件の真相に辿りつけるのか？ 大好評シリーズ第二弾！

1961 **ミラクル・クリーク**
アンジー・キム
服部京子訳
〈エドガー賞最優秀新人賞など三冠受賞〉治療施設で発生した放火事件の裁判に臨む関係者たち。その心中を克明に描く法廷ミステリ

1962 **ホテル・ネヴァーシンク**
アダム・オファロン・プライス
青木純子訳
〈エドガー賞最優秀ペーパーバック賞受賞作〉山中のホテルを営む一家の秘密とは？ 幾世代にもわたり描かれるゴシック・ミステリ

ハヤカワ・ミステリ〈話題作〉

1963 **マイ・シスター、シリアルキラー**
オインカン・ブレイスウェイト
粟飯原文子訳
〈全英図書賞ほか四冠受賞〉次々と彼氏を殺す妹。姉は犯行の隠蔽に奔走するが……。数々の賞を受賞したナイジェリアの新星の傑作

1964 **白が5なら、黒は3**
ジョン・ヴァーチャー
関麻衣子訳
黒人の血が流れていることを隠し白人として生きる青年が、あるヘイトクライムに巻き込まれ――。人種問題の核に迫るクライム・ノヴェル

1965 **マハラジャの葬列**
アビール・ムカジー
田村義進訳
〈ウィルバー・スミス冒険小説賞受賞〉藩王国の王太子暗殺事件の真相とは？『カルカッタの殺人』に続くミステリシリーズ第二弾

1966 **続・用心棒**
デイヴィッド・ゴードン
青木千鶴訳
裏社会のボスたちは、異色の経歴の用心棒ジョーに新たな任務を与える。テロ組織の資金源を断て！　待望の犯罪小説シリーズ第二弾

1967 **帰らざる故郷**
ジョン・ハート
東野さやか訳
出所した元軍人の兄にかかる殺人の疑惑。エドガー賞受賞の巨匠が、ヴェトナム戦争時のアメリカを舞台に壊れゆく家族を描く最新作